U0658475

# Martin Amis

The Rachel Papers

[英]
马丁·艾米斯

著

李尧

译

# 雷切尔文件

上海译文出版社

# 马丁·艾米斯和他的小说

马丁·艾米斯1949年生于英国南威尔士，父亲金斯利·艾米斯是著名小说家，母亲希拉莉·巴德威尔是农业部一名公务员的女儿。马丁十二岁时，父母离异。继母伊丽莎白·简·霍华德也是一位小说家。马丁原来和其他同龄孩童一样，喜欢阅读连环漫画。继母引导他读简·奥斯丁的小说，这是他最早受到的文学启蒙熏陶。马丁曾经在英国、西班牙、美国十三所学校上学，然后在伦敦和布莱顿补习，为大学入学考试作准备。他考进牛津大学埃克塞特学院英语系，毕业时获一等荣誉奖。他写的第一部小说《雷切尔文件》 1973年获毛姆奖。1975年，他担任伦敦《泰晤士报文学副刊》的助理编辑，出版了第二部小说《灵与魂的夭亡》。他还发表了许多书评和散文。于是他被《新政治家》编辑部录用，这时他才二十七岁。后面两部小说《成功》（1978）和《其他人：一个神秘的故事》（1981）出版之后，他成了专业作家，并且给《观察家》《泰晤士报文学副刊》《纽约时报》等报刊杂志写文学评论。他是一位多产作家，陆续发表了下列作品：《太空侵略者的入侵》（1982）、《金钱——绝命书》（以下简称《金钱》）（1984）、《白痴地狱》（1987）、《爱因斯坦的怪物》（1987）、《时间箭——罪行的本质》（1991年获曼·布克奖提名）、《访问纳博科夫夫人及其他游览杂记》（1993）、《经历》

（回忆录，2000 年获詹姆斯·泰特·布莱克纪念奖）、《会面屋》（2006）、《第二平面》（2008，关于"9·11 事件"及反恐战争的文集）、《黄狗》（2003 年获布克奖提名）、《莱昂内尔·阿斯博：英格兰现状》（2012）。2007 年至 2011 年，马丁在曼彻斯特大学新写作中心担任创意写作课程教授。2008 年，《泰晤士报》将他评为 1945 年以来五十位最伟大的英国作家之一。马丁·艾米斯结过两次婚。他的第二位夫人伊莎贝尔·丰塞卡也是一位作家。马丁·艾米斯曾经住在伦敦肯辛顿区王后大道，他的小说时常以这个地区作背景。书中人物抱怨这里外国游客过多，商业气氛过浓，反映了伦敦市民丧失文化根底的异化感。他像狄更斯一样，喜欢从伦敦街头俚语、行业切口中吸收新鲜词汇，来丰富他的英语。这种植根于日常生活的通俗语言，被其他青年作家、记者、读者们纷纷仿效而流行一时。

在接受记者采访时，马丁·艾米斯阐明了他的文学观念：

"如果严肃地加以审视，我的作品当然是苍白的。然而要点在于：它们是讽刺作品。我并不把自己看作先知；我不是在写社会评论。我的书是游戏文章。我追求欢笑。

"我不相信文学曾经改变人们或改变社会发展的道路。难道你知道有什么书曾经起过这种作用吗？它的功能是推出观点，给人以兴奋和娱乐。

"小说家惩恶扬善的观念，再也支撑不住了。肮脏下流的事情，当然成为我的素材之一。我写那种题材，因为它更有趣。人人都对坏消息更感兴趣。只有一位作家，曾经令人信服地写过幸福，他就是托尔斯泰。似乎除他之外，再无别人能把幸福写得跃然纸上。

"我利用在自己周围所看到的所有荒诞可笑的、人们所熟悉的、凄惨可怜的事情……在这些日子里，到处存在着寒伧破旧、苦难悲惨的景象。

"阐明社会因果关系并非小说家的事业。他们必须对他们所具有的艺术效果非常敏感。"

马丁的处女作《雷切尔文件》被誉为青春期赞歌。这部小说的时间跨度只有一个晚上，但是通过记忆联想和闪回等意识流手法，扩展了它的容量。主人公查尔斯·海威在他二十岁生日之夜，回想他第一次爱情经历。他是一位聪明、敏感的青年，渴望成为作家。在几本笔记本里，他写满了描述女友雷切尔·诺伊斯的文字。通过这些笔记和其他回忆，第一人称叙述者查尔斯展示了一个引人入胜的故事，机智幽默地描述他的成长过程和初恋的惊喜感受。马丁·艾米斯认为，"在青春期，人人都感到创作的冲动——想要写诗、写戏剧、写短篇小说。作家不过是那些把这冲动继续坚持下去的人。"

我们发现，马丁·艾米斯的创作冲动继续坚持着，而且他有一种黑色幽默的灵感。他的第二部小说《灵与魂的夭亡》，把幽默讽刺、生活堕落、荒诞暴行混杂在一起。这部小说写六个年轻人在伦敦郊区一幢大房子里度周末。时间跨度从星期五早晨至星期六。作者仍然使用意识流闪回手法，来扩展六个人物的生活经历和心理深度。当这群青年星期五聚在一起过周末时，来了三位美国客人。他们激起了大家放荡的欲望，在酗酒、吸毒之余，男女混居，任意淫乱。然后是一连串暴行：殴打、虐待、谋杀、撞车。此书的平装本改名为《阴暗的秘密》，因为《灵与魂的夭亡》这个标题实在太触目惊心了。这部小说如实暴露了西方社会的阴暗面，然而它的色情、暴力内容却可能会引起我们东方读者的强烈反感。

1984年出版的《金钱》是一部非常独特的社会讽刺小说。此书采用第一人称叙述，主人公约翰·塞尔夫是位极端令人厌恶的反派角色，集粗野、好色、蛮横、奸诈等恶习于一身。他的职业是制作电视广告和色情影片。他坦言其所有的嗜好都具有色情倾向，包括"诅咒、斗殴、射击、玩女人、吸毒、酗酒、吃快餐、赌博、手淫"。塞尔夫（Self）的英文含义是"自我"，可见他是个以自我为中心的人物。然而他自我意识的核心元素是金钱。他用金钱来购买一切，包括爱情。他的情人塞琳娜·斯特里特是交际花。斯特里特（Street）的英文含义是街道，暗示塞琳娜是出卖色相的街头女郎。她所做的一切都是为了钱。她和塞尔夫上床，她拍三级影片，都是为了金钱。塞尔夫与她臭味相投。他说，"我爱她的堕落"。他们做爱时不是说我爱你，而是说钱。只有钱才能帮助塞尔夫达到完美的性高潮。他内心情绪很不稳定，是偏执狂。他认为塞琳娜应该有众多情夫，这才显得她更够劲，更有价值。他又总是怀疑塞琳娜对他不忠，突然间没来由的惊恐不安、汗流浃背。约翰的父亲巴里·塞尔夫离不开毒品、女人、黄色录像、高级餐馆。他的情妇维罗妮卡是有露阴癖的脱衣舞女。他用儿子的钱来购买性爱。人与人之间没有伦理亲情，只有金钱关系。故事发生在1981年，查尔斯亲王和戴安娜王妃成婚，举国欢庆。这是个势利社会，金钱可以购买一切，而高尚的文化毫无意义，因此塞尔夫追求金钱而不追求艺术。他的另一位情妇玛蒂娜·吐温是个有文化的知识分子。她试图引导塞尔夫欣赏高雅艺术，消减他的满身铜臭。但是在塞尔夫眼中，印象派画家莫奈的作品不是艺术品，而是金钱的等价物。他的心灵已被金钱彻底地占领和腐蚀！小说的主题是金钱：描述了主人公如何得到它、保存它、消耗它、丢失它。在这过程中，塞尔夫日益腐化堕落、丧失自我。作者所使用的语言相当独特，充满着俚语、行话，弥漫着市井色情文学的特殊气息。在字里行间，响彻着金钱以及金钱的呼声，令人寒心地感到这里有一种异化压抑的气氛。这是一个国际性毒品文化的世界，吸食各种毒品的瘾君子令人恶心，人际关系极其混杂。塞尔夫表面上是个文化人，暗地里是个奸商，频繁往返于纽约和伦敦之间，靠走私毒品牟利，小说的场景也就随之而变换。在纽约和伦敦各有一个马丁·艾米斯，他们似乎是作者的化身。这些知识分子是在金钱世界中仅存的批判性良知。艾米斯给塞尔夫打工，为他写电影剧本。塞尔夫强迫他在剧本《良币》中添加暴力色情场景。后来塞尔夫穷困潦倒，与艾米斯下象棋赌博。艾米斯不肯手下留情，要将塞尔夫置于死地。最后，塞尔夫撞地铁列车自杀，终于得到了应有的下场。他口袋里那本用来赚钱的剧本《良币》成了陪伴他走向死亡的绝命书。在撒切尔夫人统治下的英国，经济暂时复苏，贪得无厌的拜金主义成了流行一时的社会风尚和万恶之源。作者对于这种资本主义社会的弊端深恶痛疾。作者以"绝命书"作为副标题，发人深省。金钱的破坏性控制力笼罩一切，要想摆脱它的控制，除了死亡之外别无它途。这是何等触目惊心的警示！

马丁·艾米斯1989年出版的《伦敦场地》，题词所示是献给他父亲金斯利·艾米斯的。此书篇幅将近五百页，是他最长的小说，其中蕴含的黑色幽默甚至超过了《金钱》。故事发生在伦敦西区拉德布罗克丛林，时间是1999年。作品结构并不复杂。

男主人公基思·泰伦特是个精力充沛、容易激动的飞镖手。他非常迷恋他的女友妮古拉·西克斯，又怀疑她不忠于爱情。读者感到有一种不祥的预兆，最后果然发生了惨案，西克斯被残暴地谋杀了。结果发现是死者本人精心策划，诱骗凶手杀害了她。在人们期盼的"至福千年"前夕，伦敦场地上居然发生了如此惨剧，资本主义世界还有什么希望！此书在1989年布克奖评委会中引发了一场剧烈争辩。两位女性评委麦吉·琪和海伦·麦克奈尔实在难以容忍女主人公西克斯被残暴杀害的血腥场面。由于她们竭力抗辩，此书被否决了。另一位评委戴维·洛奇为此悔恨不已。他认为当时五位评委的意见是3：2，此书应该入选。

1991年出版的《时间箭——罪行的本质》是一部简短的小说。马丁·艾米斯借鉴了库尔特·冯内古特1969年的小说《第五号屠宰场》和菲利普·迪克1967年作品《时光倒转的世界》中的叙事技巧。作者在此显示出他对自己所掌握的辉煌技巧的极端自信：整个故事用倒叙法从坟墓回溯到摇篮，读者必须仔细辨认那些轶事和对话，把它们颠倒的时序重新理顺。在作者的颠倒叙述中，穿插了许多插科打诨的笑话，其五花八门的内容包括吃饭、排泄、争吵、做爱等等；与此并行的书中人物的倒叙，涉及令叙述者苦恼的道德价值判断。叙述者是二次世界大战中的纳粹战犯，他在盖世太保集中营里当军医。他不是用其医术救死扶伤，而是用它来蓄意杀人。他在战后逃亡到美洲，把时光之箭倒转过来，从死亡到出生把人生之路重新走了一遍。于是死于纳粹屠刀之下的犹太难民自然也活了过来，纳粹集中营里出现了奇特的复苏景象。食物不是从嘴里吃进去，而是从胃里反刍出来。清洁工不扫垃圾，而是往地上倒垃圾。既然一切都颠倒了，双手沾满鲜血的纳粹战犯的罪行也就被漂白了。这种是非颠倒的态度和研制原子弹的科学家何等相似！这部黑色幽默作品，启发读者去思考一个极其严肃的问题。那就是本书的副标题：罪行的本质——是非颠倒，人性泯灭！

1997年出版的《夜车》也是一部简短的作品。叙述者是一位颇有男子汉气魄的美国女侦探麦克·胡里罕。小说情节围绕着她老板年轻美貌的女儿的自杀案件逐渐展开，总体气氛灰暗、凄凉而充满着不祥预感。作者炫耀他的语言天赋，随意穿插美国本地土话、切口。评论界对此书毁誉参半。

2003年出版的第十部小说《黄狗》与《夜车》相隔六年之久。主人公汉·米欧是演员和作家。他的父亲梅克·米欧是极其残暴的强盗，早已死在狱中。他生活在父亲的阴影中，唯恐遇见父亲生前的仇人或同伙，害怕他们对他报复。在沉重的精神压力下，他变得十分孤僻，甚至疏远了自己的妻子和女儿。一直想实施报复的科拉，指使色情演员卡拉把汉诱骗到加利福尼亚，想以色相破坏其婚姻，但未得逞。汉在加州意外地遇见了自己的生身父亲安德鲁斯。这个意外发现使科拉放弃了报复的念头，因为他并非米欧的真正后代。小说把梅克·米欧作为暴君的象征，表现了主人公如何摆脱暴君影响的过程。他渴望摆脱亡父的阴影，正如那条哀鸣的黄狗试图挣脱背负的锁链。小说家泰勃·费希尔写道："我在地铁里阅读此书，唯恐有人从我身后瞥见我在读什么……就像你喜爱的叔叔在学校操场上被当场逮住手淫一样。"马丁·艾米斯却说这是他最好的三部小说之一。此书入围当年布克奖候选小说之列，但最终未能获奖。

《怀孕的寡妇》原来打算在2008年问世，后来一再修订，拓展到四百八十页篇幅，到2010年才正式出版。此书的主题涉及1970年代欧美的性革命，西方世界两性关系的规范从此改观。然而，旧的道德伦理被摧毁了，新的道德伦理尚未诞生。亚历山大·赫征将这个过渡时期称为"怀孕的寡妇"，暗示逝者已去，新儿未生，尚在寡妇腹中。作者以此作为本书标题。故事发生在意大利凯潘尼亚一座城堡中，主人公基思·尼亚林是一位文学专业的英国大学生。1970年夏季，他与一群朋友到意大利度假。他们亲身体验了男女两性关系的变化。叙述者是处于2009年的基思本人的"超我"，即他的道德良心。与基思一起到意大利度假的有他若即若离的女友丽丽以及她那位富于魅力的闺蜜山鲁佐德（这位姑娘与《一千零一夜》传奇中的公主同名）。基思与山鲁佐德互有好感，丽丽因而开始折磨基思。小说下半部的情节发生出乎意料的转折，给基思后来的爱情生活留下了难以磨灭的痕迹。此书幽默、机智、感伤，是对于性革命浪潮中失去自控能力的年轻人的漫画写照。

2012年出版的《莱昂内尔·阿斯博：英格兰现状》是马丁·艾米斯的第十三部小说。此书似乎可以看作《金钱》的续篇，金钱魔力在此书中引发的闹剧甚至比前者更为夸张。故事发生在伦敦迪斯顿市镇。主人公德斯蒙德·佩珀代因住在大厦第三十三层。这位少年的同龄伙伴们在街头打架，他却在图书馆里看书。他的舅舅阿斯博是个贪得无厌的流氓无赖，臭名昭著的罪犯恶棍。他以独特的方式关怀外甥，对他谆谆告诫：男子汉必须刀不离身，与女朋友约会还不如色情挑逗管用，在斗狗场里赢钱的诀窍是用塔巴斯科辣酱拌肉片喂狗。然而德斯对此毫无兴趣，他在书本的浪漫天地中寻求慰藉，这种娘娘腔的行为使他舅舅火冒三丈。德斯学识增长，逐渐成熟，想要开始过一种更加健康的生活。这时阿斯博买的奖券突然中了一亿四千万英镑大奖。一位工于心计的诗人模特儿委身于阿斯博，成了他的情妇。阿斯博腰缠万贯而始终不改其流氓本色，然而舅甥俩的人生轨迹却从此发生了剧烈变化。有人认为作者是以轻蔑的目光审视大英帝国的沉沦。马丁·艾米斯辩称此书并非"皱着眉头对英国评头论足"，而是以"神话故事"为基础的一幕喜剧，并且坚持认为他"作为英国人，深感自豪"。

英国小说家、评论家 A. S. 拜厄特认为，现代英国小说有两种传统。第一种传统是前现代的现实主义。菲尔丁是这种传统的鼻祖。这种传统侧重于小说模仿现实、记叙历史的功能，并且通过"情节"与"人物"之间的交织来表述，注重思维的逻辑性、时间的顺序性和文字的清晰性。第二种传统是现代的实验主义。其远祖可以追溯到斯特恩。这种传统侧重于小说的虚构功能，强调探索小说本身的形式结构，挖掘其象征内涵，并且认为叙述技巧与形式结构的标新立异比思维的逻辑性、时间的顺序性、文字的清晰性更为重要。

二十世纪八九十年代，英国小说出现了两种传统交汇合流的趋势。马丁·艾米斯正是这股潮流的代表人物。他在接受记者采访时曾经说过："我可以想象这样一部小说：它和罗伯-格里耶的那些小说一样复杂微妙、疏远异化、精心撰写，同时又能提供节奏、情节和幽默方面沉着而认真的满足感，这些品质使我联想起简·奥斯丁的作品。在某种程度上，我想这是我自己正在试图去做的事情。"马丁·艾米斯兼收并蓄的创作方式，不仅继承了英国小说的现实主义和实验主义传统，而且从法国罗伯-格里耶的新小说、爱尔兰乔伊斯的意识流小说和美国小说家冯内古特、索尔·贝娄、纳博科夫那里借鉴了不少新颖技巧。他的标新立异来源混杂而丰富多彩。在当今英国文坛，不少青年作家深受他的影响，威尔·塞尔夫和扎迪·史密斯便是其中的佼佼者。

虽然作者自嘲他的小说不过是游戏文章，我们千万不要被他那种令人眼花缭乱的叙事技巧所迷惑。他创作的那些"讽刺漫画"中所蕴含的社会批判和价值判断，表明他是具有社会责任感的严肃作家。1989年春，我在伦敦英国国家图书馆中初次阅读马丁·艾米斯的《金钱》时感到十分震惊。狄更斯《双城记》的场景在伦敦和巴黎两个城市展开，《金钱》的叙事线索也在伦敦和纽约两个城市之间交织。在西方的传统观念中，爱情是纯洁的、神圣的。《双城记》主人公席德尼·卡尔登是典型的英国绅士。他为自己心爱的女人献出了宝贵的生命。《金钱》的主人公塞尔夫简直是个卑鄙畜生，情妇是他用金钱购买的泄欲工具。摒弃了圣洁的光环，爱情异化为买卖，英雄堕落为反英雄。我原来以为英国是一个具有绅士之风的国度。彬彬有礼的英国绅士，怎么会变成塞尔夫那样猥琐卑鄙的恶棍？我简直无法接受这样的人物形象！

起初我觉得马丁·艾米斯的小说令人反感，难以卒读。后来我注意到，约翰·塞尔夫在小说中自称"六十年代的孩子"。我知道二十世纪六十年代欧美社会经历过一场激进自由主义社会风暴。正是这股强烈的右倾社会思潮，冲垮了西方传统道德的底线，英雄才会异化为反英雄，神圣的爱情才会异化为可用金钱交换的生物本能。

与英国著名小说家多丽丝·莱辛研讨当代英国小说发展，使我对此有了更深入的思考。她严肃地指出："西方现代文明的发展，造就了整整一代文明的野蛮人。他们受过充分教育，掌握了现代科学知识，却用它来满足永无止境的物质欲望。西方现代文明的发展造成了野蛮的后果。虽然科学昌明、物质丰富、经济繁荣，但是精神空虚、传统断裂、道德沦丧、贫富悬殊、两极分化、民族冲突、性别歧视、国家对立、战争灾难、资源消耗、环境污染……中国现代化千万别蹈西方覆辙，必须另辟蹊径，走自己的路。"读到马丁·艾米斯小说中的色情暴力场景，莱辛关于"文明的野蛮人"这个振聋发聩的警句，就在我心中回响。也许这就是阅读马丁·艾米斯的价值所在吧。

# 目　录

1

# 七点钟：牛津

我的名字叫查尔斯·海威[1]，或许你觉得这个名字和我本人毫无共同之处。因为那是一个让人想起又高又瘦、经常旅行、去过好多地方、老二挺大的家伙的名字。可是瞧瞧我，跟这些玩意儿一点儿都不沾边。我从九岁起就戴眼镜，中等身材，腰细，屁股小，走路外八字，肋骨就像搓衣板儿。这诸多特点加起来，把能让你泰然自若的任何一点自信心都驱赶得无影无踪。（顺便说一句，我这副与众不同的模样绝对不会混同于那些虽然精瘦但动作敏捷的颇为时髦的同龄人。他们跟我有很大的不同。我还记得，因为瘦，我的裤腰带几乎可以系两圈儿。原本就是大人穿的衬衣能把我坐的椅子都盖上。不过，我现在更注意衣着了，倒不是因为有什么审美情趣，而是因为对生活有了洞察力。）虽然如此，我说话拿腔拿调，是时下流行的那种又尖又细、带着鼻音、听起来不无讽刺意味的声音。老年人听了就皱眉头。我想我的脸上有种让人望而却步的东西。这张脸有棱有角，但不乏优雅，鼻子细而长，嘴唇薄而阔。眼睛呢，睫毛很长，深褐色的眼珠闪闪发光……啊，这副尊容真是难以用语言描绘。

最主要的是，我十九岁。明天就二十岁了。

二十岁当然是个转折点。十六，十八，二十一：这些都是人生道路上约定俗成的里程碑。到了这个年纪你就可以因赖账而被捕，有资格结婚，能搞同性恋，也可以被判死刑，等等。这当然都是表面上的事儿。人们都像躲避瘟疫一样躲避那些毫无意义的说教——"心年轻，人就年轻"。毫无疑问，那么多修饰得干净整洁的五十多岁的人会因为信奉这种逻辑而身着运动服倒地而亡。形容憔悴的嬉皮士被查出过量吸毒；凶蛮的搭顺风车之流会揪下生活动荡不安的同性恋者的帽子、花冠，又十分凶残地踩在脚底。二十岁也许还没有成熟，但是，公平地说，青年时代已然结束。

为了能立刻就显得与众不同，能保持一种时间上的匀称与对等，我选择午夜时分降临人世。事实上，母亲生孩子太啰唆，而且一般来说，形象也不雅。大约现在这个点儿（二十年前，十二月五号傍晚七点）她被送进产房，一直到半夜十二点才出来。折腾的结果是，一个湿漉漉的、四磅重的小东西被送进医院保温箱里，在那里又度过两个星期，等待成熟。父亲本来打算——天知道为什么见证全过程，可是只待了几个小时便拂袖而去。我一直认为轶事背后一定有某种重大意义，但是我从未能顺藤摸瓜追寻下去。也许二十年前，我吸第一口空气的时候就该找到答案。

我承认，这个夜晚我已经等待了好几个月。半个小时前，雷切尔出现在我面前的时候，我想，她要毁了这一切，可是她及时走开了。我需要很有礼貌地、温文尔雅地迎接人生之路的转变，还要再体验一下青春的尾巴。因为我身上肯定发生了某种变化，我急于知道到底是什么变化。比方说，如果回想一下过去三个月

---

1　查尔斯·海威：原文是 Charles Highway, Highway 是"高速公路"的意思，并非常用的姓氏。因为有这个姓氏才引出作者后面的议论。

的过往，如果清理一下我的早熟和幼稚，想一想自己中学六年级时的聪明，五年级时的窝囊，想一想所有那些自我意识，自我厌恶，自我迷恋，自我这个，自我那个……随你去说，也许就能看到自己悲剧性的弱点，看到自己将成长为一个什么样的人。或者也许看不到，但不管怎么说，应该很好玩儿。

现在，让我看看，刚刚七点。再有五个小时，十九岁就成为过去。五个小时。然后我就步入吵吵闹闹的"大人国"——孩子们眼里的成人世界。

我打开我那个很小的黑箱子，倒放在床上。资料夹、笔记本、文件、鼓胀胀的牛皮纸信封、用细绳捆着的一卷卷纸、信、复写纸、日记，还有小时候玩过的小玩意儿，全都散落在拼布床单上。我把自己写的那些材料撂到一起，心里想，应该按时间、年代排列？按"科目"去分门别类，还是按主题？显然，今天夜里得做点"文秘"工作了。我随便拿起一个日记本，走到屋子那边，靠在嘎吱作响的书橱上，一边呷着葡萄酒，一边翻看起来。


九月第二个周末。再在家里熬几天，我就要去伦敦了。星期四，父亲好多年以来第一次喝白酒。他说，他纳闷我为什么不"试试"牛津大学。我朝他点点头，心里想，是呀，为什么不呢？不管怎么说，离上大学还有一年的时间。英语老师一直觉得我这个人非常聪明。我也没有别的特别想去的地方。去牛津也就顺理成章了。

第二天，妈妈忙乎了一上午（敲定所有事情）。吃午饭的时候，她觉得昏昏沉沉，说下午要美美地睡上一觉。我问她还有什么事情要做，她迷迷糊糊，答非所问，好一阵子才像玩拼图游戏

3

一样，让你"听"出点眉目。原来她忙了一上午，只是成功地告诉姐姐，我要去待几天，（当然可想而知，）还会像平常一样，唠叨上半个小时，大谈绝经期来得晚会冒多大风险，或者女人其他那些拿不到台面儿上的事情。

"那么，"我说，"我就得给牛津大学招生处、中央高校招生委，还有导师打电话了。"

妈妈一只手摸着额头，另外一只手悬在身后，走出厨房。"打吧，亲爱的，"她大声说。

电话足足打了一个小时，效率之低令人惊讶。大学教务处那些官僚作风十足的女职员和我啰唆了半天才终于接通导师的电话。一位挺狡猾的老糊涂告诉我，这事儿不是他个人说了算。不过有一点，他十分肯定，他们会安排我入学的。于是，我意识到面前还会有些难以逾越的障碍，比方入学时间。但是不管怎么说，事情有了一定的进展。

我不知道自己为什么想去牛津大学。考牛津大学得付出更多，但这不成其为问题，无非会有更多的考试。再说一遍，我这个人喜欢目标明确，能预知碰到的困难，心里急也能急到点子上。也许因为我是一个愿意把生活安排得井井有条的人，我心里想着自己二十岁的生日，为过生日前的几个月做了周密的计划。还有几件十八九岁的年轻人需要做的事情：找一件卑微但足以体现平等主义的活儿干；初恋，或者至少和一位"老女人"睡一觉；信手涂鸦，写几句经不起推敲的诗。这样便完成了我"青春期的内心独白"的系列事情，也恰好可以整理下我的童年。

还有一个不太能称得上理由的理由。我们家离牛津很近，所以如果我去那儿念书，就能经常待在家里。除此之外，我不喜欢那座城市。对不起，那里有太多的新潮人物、高级婊子，以及当地那些脑满肠肥的小混混。而且那里的街道也很狭窄。

我们海威家的传统是，星期日下午四点到五点之间，任何一个家庭成员都可以走进长辈称之为书房的那个房间，商量事情、请求帮助，或者鸣冤叫屈。只需敲敲门，进去就是了。

父亲个子不高，看起来疲惫不堪。他道了一声"哈罗"，问能帮我做点什么？然后俯身把那个容量为两品脱的罐子里的橘汁都倒了出来。那是他的"口粮"，通常上午十一点之前喝完。当我告诉他什么都敲定了时，他瞪着一双眼睛，在变色眼镜后面警惕地看着我。片刻沉默间，我觉得他大概把我上学的事情都忘了。但他很快就恢复常态，怀着一种敌意淡淡地说：

"很好。我明天早晨开车送你。只要不把你那些破烂玩意儿都带上，就不会给我添多大麻烦。别为牛津大学的事儿担心，这不过是蛋糕上面那层酥皮。"

"对不起，什么意思？"

"我的意思是，那不过是身外之物。"

"哦，没错儿。谢谢你的美意。不过我想，还是坐火车去吧。晚饭见。"

我到厨房给自己弄了杯咖啡，浏览了一遍星期日的报纸。妈妈还没来得及用这些报纸盖满客厅沙发上堆得像小山似的杂物。我脸上挂着一丝颇为倦意的傻笑。你想怎么样呢？我心里想。窗外，暮色朦胧，天空变成鲭鱼的颜色。还得多长时间天就完全黑下来呢？我决定趁着还有点时间，马上去伦敦。

我觉得，真的应该解释解释这些事儿了。

事情是这样的。我是那个悲哀的、越来越小的少数群体的一分子——一个完整家庭的孩子。从十一岁上文法学校起，我就背负了这样的负担。我认识的同学里没有一天没有人发现自己是被抱养的或者是私生子；没有一天没有传言说谁的老妈跟哪个男人跑了；或者谁的老爹死了，老妈又给他找了个卑劣的继父。他们的日子过得忙忙碌碌，总有理由去自省，去接纳正义的对抗和崇高的忠诚，让我羡慕嫉妒恨。

去年，还上高中六年级的时候，有一次，我们跑到学校咖啡厅喝咖啡（别人都在上课）。有位朋友冷冷地责备我，不该恨我的父亲。他说他人不坏，也不专横跋扈，只不过不大容易亲近罢了。我的朋友很平静地指出，他对他的父亲"恨不起来"，尽管他（他的父亲）显然大多数时候都举起一只拳头打老婆，伸出另外一只手摸寄宿在他家的女学生的屁股。没错儿，我心里想，翘起椅子腿儿，靠墙坐着（这个星期刚看过 D·H·劳伦斯[1] 的散文选，不免有点心高气傲），咬文嚼字地说道：

"不对，皮特，你这话说得不得要领。仇恨只是对枯燥无味的家庭环境做出的情绪上的反应。那也许是一种有害的……痛苦的情绪。但是，如果我想让这个家庭在想象中、本能的意识中，而不是在内心深处还有几分活力的话，就不能否认这种感情。"

天哪，我想。他们也一定这样想。皮特闷闷不乐而又不无尊敬地看着我，就像一个在成功的降神会[2] 上的怀疑论者。我当时

---

1　D·H·劳伦斯（D. H. Lawrence, 1885—1930）：20 世纪英国作家，是 20 世纪英语文学中最重要的人物之一，也是最具争议性的作家之一。

2　降神会：人们设法与亡灵对话的集会。

6

一定是一副高深莫测的样子，从道德层面上看一定是可以理解的。

在我看来，并非没有足够的理由恨他，只是他那么平庸，从来也做不出什么让你特别不快的事情。现如今，一个小伙子总得有点什么东西激发他的热情，哪怕物质上可能十分匮乏。而那份激情就像夜贼溜进我们家，推了推每一扇房门，发现只有我那扇没有上锁，事实上一直敞开着：因为压根儿就没有什么值钱的东西。

此时我跪在那儿，从床上拿起最大的一叠纸，呈扇形摆在地板上。

说来很怪，尽管在我的"文件"里，父亲的资料应该最为齐全，可没有一个本子专门记他，更别说为他设立一个"文件夹"。母亲当然有个"文件夹"，兄弟姐妹每个人也都有关于他们自己的四开大的"小册子"（尽管那个不着调的萨曼莎只有三页长的一个"备忘录"）。为什么父亲什么也没有呢？难道只是为了报复他吗？

在以他为主角而记录的每一页的左上角，我都写了一个F。

父亲一共生了六个孩子。我经常想，他生了这么多孩子只是显示了他博爱的秉性，支撑他作为一个宽容的家长的形象，向世人传递一个信息：他膝下多子。事实上我们家有四个男孩，他给我们取了很时髦的名字：马克（二十六岁），查尔斯（我自己，即将二十岁），塞巴斯蒂安（十五岁），瓦伦丁（九岁）。还有两个女孩。有时候我真希望自己也是个女孩儿，这样就平衡了。

在父亲身上最没有魅力的事情，或者说最没有魅力的事情之一是年纪越大身体保养得越好。他刚开始发财（那是一个很神秘的过程，可以追溯到八九年前），就开始对保养身体产生了浓厚的兴趣。他每星期都到赫灵汉姆俱乐部打三次壁球，周末打一次网球。他戒了烟，不喝威士忌和别的对身体有害的饮料。而今我更不可免俗地认为他满脑子想的都是延年益寿的事。几个月之前，我还看见老头在他自己的房间里做俯卧撑。

他看起来大汗淋漓。毫无疑问，由于"延迟性休克"，财源滚滚而来的时候，他的头发开始脱落。有一段时间，他把一缕缕海草似的乱发从脖颈后面往前梳，盘在头顶，就像戴了一顶帽子。可是倘若突然动一下，"帽子"就会披散下来，露出枯黄的头皮。可最终，他意识到这样梳没用，就听其自然，让头发耷拉下来，宛如鸟儿灰色的翅膀覆盖已然毛发全无的两侧。这样一梳倒有很大的改进，很抱歉我得说和他的尖下巴、大脸盘、两条短腿儿配合起来活像性感十足的雪貂。

十三岁那年，哥哥告诉我，好长时间以来，"老雪貂"那点好处都给他的情妇了。马克在这种乌七八糟的事儿上成熟得早，听到我尖声细气、对父亲此举表示出来的一惊一乍的轻蔑，不以为然。戈登·海威，他解释说，还是一个健壮、充满活力的男人。可是他的妻子，唉……你自个儿看去吧。

我便去看了。哦，瞧那模样儿！皱皱巴巴的皮肤贴在头颅骨上，突显了她的下巴和宛若两摊浑水似的眼睛；乳房早就抛弃美好的家园，软绵绵耷拉在肚脐两边；穿紧身弹力裤时，两个屁股蛋儿像弹簧吊球一样上下乱颤。而她每天看的那些充满名言警句的书让她越发不修边幅。她头发越来越少，穿牛仔裤、套头衫的时候越来越多。她穿着工作服在花园里干活儿的时候，多少还有点女人味儿。尽管她精力充沛，可只有干农活儿的时候才让人觉得是把好手。

不管怎么说，这件事情让我大为愤怒。我想，主要是因为我讨厌哥哥说这件事情时那种油滑的腔调、放浪不羁的神色。此外，我从来没有想过父亲多么健壮、母亲多么没有吸引力。也没有想过他们之间除了相敬如宾，淡泊宁静，婚姻无性之外，还能出别的什么事情。我还小，不想从所谓性的角度看他们。

你瞧，即使这些乌七八糟的东西也没能在我们家造成什么矛盾冲突，也没有谁胆敢找茬，做出影响家里安宁的事来。

海威家的厨房，九点。每个星期一早晨都是这样：

"你要走了吗？亲爱的。"

父亲把葡萄柚推到一边，用餐巾擦了擦嘴。"一会儿就走。"

"我要是有事找你，是把电话打到公寓，还是打到肯辛顿[1]的那个号码？"

"哦，今天晚上打到公寓，"他眯缝着一双眼睛说，"我想，星期三也得打到那儿。星期二，也许还有……"他摸了摸脑门儿，"还有星期四。如果有什么事儿，往办公室打电话就是了。"

我总是尽量躲开不听他们这种对话，有时候碰巧听到，就有一种尿裤子的感觉。但是平心而论，这不是那种你能插手的事儿。妈妈要是能多留意点就好了。我觉得，毫无疑问她一定想

---

1　肯辛顿：英格兰伦敦肯辛顿和切尔西区的一个地名。

过，为什么爸爸不是星期五晚上回来，而是星期六早晨到家？为什么爸爸不是星期一早上去单位，而是星期日晚上就走？为什么周末他本该和家人待在一起，却常常突然之间、义无反顾地去陪别的孩子。

我收拾好行装——几本好看的少年读物，廉价的平装畅销书，还有几件衣服。然后环顾四周，和家人道别。

母亲还在睡觉，萨曼莎到她的一位朋友家去过夜了。书房里没人。我从昏暗的走廊走过，喊爸爸。塞巴斯蒂安十五岁，此刻也许正躺在床上和屋顶眉目传情呢！还有一个弟弟。

瓦伦丁在阁楼上面的游戏室里全神贯注地掷骰子玩赛车模型游戏。我对他说，我要走了，让他代我向家人告别。但是他听也没听，我只得在门厅小桌上留了一个字条，然后走出家门。

# 七点二十：伦敦

环顾四周，我觉得这个房间还是可以与之相伴的——柔和的灯光，灯光下两个酒瓶子闪着幽幽的光，桌子上放着了无生气但让人感到安心的报纸和书籍。我曾经在一个题为《海威的伦敦》的笔记本里写道："我转身张望，有点轻蔑地弓着腰，觉得这个房间沉闷、压抑，仿佛为过去的岁月所累。"那是九月的一个星期日。哎呀，那时候我一定心情不好，或者更看重自己的心情，以为自个儿的心情比什么都重要。

当然，如果菲利普·拉金[1]可以作为一个评判标准的话，我们都属于讨厌家、不得已才待在那儿的人。

现在想起来，离开家确实不错。通往那个村庄的小路上洒满了树上掉下来的坚果。嘎吱嘎吱地踩在脚下，确实有一种男子汉大丈夫的气宇轩昂。去牛津的公共汽车一刻钟以后才开，还有点时间到小酒馆和老板布兰德巴先生，还有他瘦骨嶙峋的老婆布兰德巴太太聊几句。（有趣的是，布兰德巴太太还有个比她更瘦骨嶙峋的老母亲。老太太已经八十岁，更要命的是，最近一次出游，她的左腿被卷到什么"农业机械"里受了伤。老太太吓得半死，打那以后，只字不提那次倒霉的野餐。现在，洛克哈特太太住在酒馆上面的一个房间里，想叫人的时候，就用一根弯曲变形的打台球的棍子敲打地板。）这时候，楼上又传来台球棍子敲打地板的声音，布兰德巴太太应声而去，布兰德巴先生冲我的行李箱摇晃了几下脑袋，问我是不是又要度假。

我有一搭没一搭地和他闲聊着，直到布兰德巴太太回来，才转入正题。我对他们说，我这个无疑优柔寡断、让人讨厌、面色苍白的小少爷，之所以要到伦敦，并不是因为对他们心怀不满，也不是因为对这个村庄有什么意见，更不是想用此举表明我对这里淳朴民风的虔敬完全泯灭，等等。我给出两个理由。第一，为了"学习"，布兰德巴先生冷峻地看着我，表示赞许。第二个理由是为了"看我姐姐"。他的妻子听了，目光闪闪，仿佛找到意气相投的知音。我喝完杯中酒，瞥了一眼手表。看到我要走，他们似乎真的很难过。当地两个没有工作的老头和我点了点头，表示告别。我小心翼翼地随手带上门，心里明白，他们中的一个一定在说："这个查尔斯，真是个好小伙儿。"另外那个人会说："是的，我同意你的看法，是个好小伙儿。"

没错儿。回过头想一想，如果用"自恋"来形容我自己，实在是用词不当。我根本谈不上喜欢或者爱自己。恰恰相反，我对自己总是一肚子不满。（哦，我这个年纪的人是不是都是这样？）我对查尔斯·海威怎么看？我会说："查尔斯·海威？我喜欢他。我知道老查尔斯的弱点是什么。你叫他查理也一样。查克……好了。"

公共汽车很不错。我坐在前面，可以近距离观察司机那张连

---

1　菲利普·拉金（Philip Larkin, 1922—1985）：英国诗人。1922年8月9日生于考文垂。1943年毕业于牛津大学圣约翰学院。

一丝微笑也没有的、胖胖的圆脸。他那双神情专注的蛇眼和天生的鉴别能力结合得十分完美。我像吸食了大麻，兴奋异常，朝周围的旅客点头微笑，兴致勃勃地凝望窗外的景色，对售票员非常有礼貌，清清楚楚地报出目的地的站名，恭恭敬敬递上早已准备好的票钱。

这也不像一次具有划时代意义的旅行。也许仅仅因为我临走前给那位名叫格洛丽亚的姑娘打了个电话。

不管怎么说，牛津车站最近经过一番现代化的改造，看起来很像一个包括出售汉堡、牛排、三明治柜台的"综合体"。此刻这个"综合体"显得很宁静。报亭关门，我只好从行李箱里取出一本书，坐在离窗户远近适中的一个座位上，那本《看得见风景的房间》[1] 放在旁边，一直没有打开。


伦敦是一个人们为了回来之后变得更聪明也更忧伤而去的地方。我已经去过那里，事实上，三个星期前才回来。

考试成绩通过 A 之后，父亲慷慨解囊，给了我七十五英镑，"离开英格兰这个鬼地方，好好出去玩一玩"。他们建议我到一个气候温暖、有利于健康的国家，在那儿待一段时间。不想去的话，这笔钱我也有权自由支配。我认识的一个小伙子下星期要到西班牙，我就交给他一封写了父母地址的信——信里自然没写什么有用的话——求他到了西班牙之后替我寄出去。然后和杰

---

1　《看得见风景的房间》(*A Room with a View*)：是英国作家爱德华·摩根·福斯特于 1908 年出版的一部小说，是福斯特最为浪漫、也最为乐观的作品。1985 年根据该书改编为电影《看得见风景的房间》。

弗里（一位与我志趣相投的朋友）直奔"肥城"[1]。

我们在贝尔赛斯公园莉齐·刘易斯小姐的公寓里猫了一个月。刘易斯小姐是杰弗里的姐姐，舞蹈演员，到塔尔伯特港度假村参加夏季巡回演出，表演舞剧去了。那一个月，我每每想起就浑身起鸡皮疙瘩。那一个月，我们喝劣质酒，泡咖啡馆，到游乐场玩弹球机[2]，到处参加聚会，追女孩子，做白日梦。尘土飞扬的下午，浑身臭汗。被令人毛骨悚然的嬉皮士作弄。吸食毒品后致幻的感觉，就像吃了猪排想吐，喝了清炖肉汤腹泻一般。这一切结束于八月中旬的一个早晨。那天，我无意中向我的肚皮和那个姑娘肚皮之间波浪般起伏的地方瞥了一眼——这个女孩儿与我刚刚邂逅（我得补充一句，在一种汗流浃背、宿醉未醒的情况之下）——看见一个个泥卷儿在皮肉间颤动。这泥卷儿和忙乎了一天的工人，在回家的路上一边大步流星地走，一边搓着两只粗糙的大手，搓出来又不耐烦地从手心甩掉的那种黑泥卷儿没有两样。只不过这些泥卷儿在我们肚皮上，所以大得多，就像小鳗鱼。

就在那天，我赶在吃午饭时回到牛津。吃饭时大谈今年夏天是西班牙战后最糟糕的夏天，所以我面带菜色。父母对我说，七月最后一个星期，有人在波多贝罗大街上见过我。我矢口否认，立刻装病，装得远比看起来这副落魄样更严重，目的当然是想堵上他们的嘴，而非因为他们需要安静。（当然还有那位年轻女郎——那位身上有泥垢的性伙伴——离别时送的小礼物的问题。

---

1　肥城（Fat City）：俚语，极舒适的生活环境。

2　弹球机：一种赌博游戏机。

这是另外一个故事了。）

　　大约八点半，火车进入帕丁顿[1]车站。也许因为正赶上周末银行休假日，站台上空空荡荡，发出阵阵回响，显得那么寥廓。我希望那些神秘怪诞、具有海明威特色的事情不要发生在我的身上。说来也怪（不是吗？）我居然记得那么清楚，记得比过去几个星期发生的事情还清楚得多。

　　最后，我决定坐出租汽车。心里想，这是一种"间接经济"。因为那时候我没钱带格洛丽亚出去玩，那天晚上也就是喝了姐姐一平茶匙的速溶咖啡，没有别的消费。除此而外，天太晚了，坐地铁不安全，难免被醉鬼谩骂，或者被"光头仔"袭击。出租汽车驶上坡道，向城里驶去。我四仰八叉坐在后排座，心里默默地想中产阶级下层人士说话时操什么口音，自然是为了和姐夫说话时方便。窗外，夜色愈浓，我看见帕丁顿站和诺丁山大门站前面的直通大道旁边站着许多身穿紫色T恤衫和阿富汗皮马甲的女孩。

　　我以前只见过姐姐那位让人望而生畏的丈夫——诺尔曼·恩特威斯尔两次。这回是第三次。他家住在坎普登山广场。向门前那一溜斜坡爬去的时候，我看见了他。不过，若非他发出一阵响动，我或许就会错过他。

　　房屋前面狭长的花园中间孤零零地长着一棵树。诺尔曼爬在树上，好像要把自己锯成两半。他这副模样和我以前看到的判若两人。他的两条腿和一条胳膊都攀在一根树枝上，另外一只手像

_____

1　帕丁顿：原为伦敦西部的住宅区，现为威斯敏斯特的一部分。

活塞一样来回移动，想齐根儿把树枝锯下来。树枝距离地面大约六英尺，显然已经枯死。

我停下脚步。"你要是锯断那根树枝，"我对他说，"自个儿可就掉下来了！"诺尔曼没理睬我。我能看见一点儿他的脸。那张脸全神贯注，紧紧地绷着，好像在谋杀什么人。

"掉到地上。"我解释说。

我又看了他几眼，走到前门，按响门铃。就在门要打开的瞬间，我听见一阵木头撕裂的声音，紧接着咔嚓一声脆响，我连忙回转身，看见诺尔曼已经落在地上，正使劲拍打着衣服，就像身上沾满了虱子。

"天哪！"詹妮弗·恩特威斯尔——我的姐姐大声说。


我们相拥亲吻，面颊飞红。平常姐弟相逢亲吻时也总是这样。到厨房的路上，詹尼责怪我不打招呼就给她来了个突然袭击。

"诺尔曼干什么呢？"我问道。

"哦，只是锯下一根死树枝。"

我猜想，我的出现打断了他们俩的争吵。也许诺尔曼跑出去锯那个死树枝的时候，詹尼[1]大声嚷嚷着不让他去。诺尔曼不听，跑出去径直爬到树上，三下五除二就把树枝锯了下来，结果置她于"不义"，仿佛在说：这下你就懂了吧！

我不想惹人讨厌，在厨房餐桌旁边老老实实坐下，戴上眼镜看她沏茶。她看起来还好。不过作为姐姐，在我眼里，她总是板

---

1　詹妮弗的昵称，下同。

着脸，毫无优雅可言。我的朋友没有一个人（比方说）问过我她的奶头长什么样。她放假从布里斯托尔[1]回家的时候，即使我春心激荡，也不曾因为想她而手淫一次。可是去年圣诞节假期，我却一直想着她手淫。那种撩人、耗人、很爽、很舒服、很轻柔的动作，是怎样一种精神转换和性欲释放呀！引用我的哥哥马克——他圣诞节前夕开着跑车回家，节礼日[2]就立刻扬长而去——的话来说，她看上去"淫乱沉迷"。显然，她一门心思都在诺尔曼身上。因为她再也没回布里斯托尔完成学业，攻读文学学士学位。到四月份，他们就结婚了。

此刻，她看起来好像宿醉未醒，但还是很健壮的样子。特别是头发很长，亮光闪闪，对于一个"海威"来说，还很密。引人注目的是，尽管她的头发金黄里透着灰暗，她的骨架很大，丰乳肥臀，面色欠佳，可是你没有理由不相信，倘若脱光衣服，她身上会散发出一股煮鸡蛋和死婴的味道。

诺尔曼走进来，朝我点点头，在餐桌对面坐下，很麻利地弄平他在《星期日镜报》上折的一个角，然后全神贯注地读了起来。他的鼻尖儿离那一页只有六英寸，一边读，一边从一个能装半品脱水的杯子里喝口茶水漱漱口。詹尼时不时把那个杯子续满。她站在丈夫身边，一只手尴尬地搭在他的肩膀上，和我聊家里的事以及我的计划。

诺尔曼只跟我说了一次话，在我提到格洛丽亚晚一会儿可能顺便会来停留一下的时候。

---

1　布里斯托尔：英国西部的港口城市。

2　节礼日：圣诞节后的第一个工作日。

詹尼问："她要在这儿吃饭吗？"

"哦，不，"我说，"她九点或者九点半之后才能来。"

诺尔曼从他正看的那份刊物上抬起头，不无嘲讽也不无赞同地说："做爱并喝咖啡，不是吗？只是做爱和咖啡。"

喝完茶我就去打开行装。我的卧室在前面的半地下室，正对着垃圾箱和多余的放煤的棚屋。詹尼显然已经收拾过这间屋子——挂了窗帘，铺了床单，摆了1959年世博会展览过的茶几、结实耐用的桌子和椅子。打开行装之前，我先在床上坐了一会儿。这个房间没必要因为格洛丽亚来而提前做什么特别的准备。屋子里散乱地扔着唱片封套；茶几和桌子上放着几本品位不高的书；地板上扔着几本开合有度的彩色副刊。格洛丽亚也许对我没有形成什么特别固定的看法，所以没有必要抠这些细节。

我在心里琢磨，以前有没有和她撒过什么弥天大谎。如果撒过，就得重温一遍，免得露出破绽。但是什么也没有想起来。哦……是的，我说过我二十三岁，是个被养父母收养的孤儿。别的谎没撒过。（她不是个刨根问底的姑娘。）我拿出一个记事的小本儿，列出从车站步行走到詹尼家的半个小时内逗她开心的几件事儿。我可以夸大去年夏天监护人对我如何严加看管，以此解释为什么我整整一个月没有联系她。此外，还可以继续讲格洛丽亚学开车的故事（她爸爸——一位体重二十英石的铺地毯工人——教的她）。她当然愿意趁这个机会和我肩并肩地走。要不然，就总是听流行音乐。这件事提醒我，我还撒过一次谎：我和米克·贾格尔关系不错。不过在做别的事儿之前，我先到楼上打了个电话。不是给格洛丽亚，而是给雷切尔。

事实上，我刚拨了六个键就胆怯了，挂断电话，深深吸了几口气，又重新拨。接电话的是她那位来自欧洲大陆的妈妈。我又挂断电话。

去浴室的时候，我瞥了一眼詹尼和诺尔曼。两个人正站在炉子旁边有滋有味地亲嘴儿，其实也就是亲吻拥抱罢了，没有什么不同凡响之处。


你真该看看我父母亲听到那消息之后的反应。

复活节前的星期六，海威家围坐在餐桌旁边吃早饭。

"天哪！"妈妈喊了起来，"詹尼要结婚了！"

戈登·海威问："詹尼？"

"詹妮弗。嫁给一个商人。三十岁左右。名叫诺尔曼·恩特威斯尔。"

"做什么生意？"

"家用电器，"她继续念信，"二手家用电器。"

"天哪！"

"两个星期内就办事儿。她正在安排离开布里斯托尔的事儿。"

父亲探过身，问道："信是写给谁的？"

"写给我们俩的。我拆了，是因为……"

"我明白。哦，她已经二十四岁（实际上二十三）了，按法律已经是成年人了。我们没有必要管这些事儿了，"他叹了一口气，"总得安排一下结婚宴席吧……"

"詹尼说，因为时间仓促，来不及通知太多朋友。她说简简单单吃顿饭就是了。在他们家。"

父亲有点鄙夷地从正看着的报纸上抬起头。"哦，这倒是个事儿。"

周末，这一对年轻夫妇开着汽车来喝茶。我负责端茶倒水。服了安定的妈妈坐在沙发上，在他们俩中间，不知道说什么才好。父亲在炉子旁边来回踱步。诺尔曼带着浓重的口音说出类似"沙发"、"对不起"，有一次在说"厕所"的时候，父亲的脸颊抽搐着，就像被刺痛了一样。诺尔曼的豪车和华服虽然让他发蒙，但他不是那种轻易会被表面现象蒙蔽的人。（除此而外，父亲比诺尔曼矮好多。詹尼把诺尔曼介绍给父亲的时候，他不得不就那么坐着。）

母亲和姐姐大谈度蜜月、生孩子、经前紧张综合征的时候，我和诺尔曼玩双陆棋，后来又玩二十一点纸牌游戏。我们俩看起来相处得很好。

"我想，这两个人以后的日子好不到哪儿去，"他们走了之后，父亲说。


格洛丽亚和我就铜管乐器伴奏在现代流行音乐中有无合法地位——节奏明快的泰姆拉-摩汤黑人音乐除外——的问题争论不休，僵持不下。我眯缝双眼，撇着嘴，摊开双手，看着她，心里从十往下数。

坐得舒服吗？事实上，这是从《征服和技术：合成》这本书里直接引用的一句话。我用这句话来命名我的一个文件夹。那里面大多数内容都是以随笔的形式信手写下来的，还有一些看起来挺怪的图表。不过我要是突发奇想，或者需要费心劳神对其细节做一点描述的话，就会把它变成一个个非常漂亮的、完整的句子

（再用红笔在下面画圈儿）。这一部分我简单地冠之以"格洛丽亚"，现在看起来完全是模仿英雄诗的风格，华而不实，就像亨利·菲尔丁[1]描绘的小酒馆里的打架斗殴。我通常没时间看他写的那些玩意儿。但是这种风格很适合这个"主题"，也就听之任之了。那天晚上专门说十几岁青少年的事儿，说到底，以后再也不会有这样的机会了。

　　首先我认为，我说十几岁青少年的性行为和这个年龄段之后人的性行为不同，这话没错儿。那不是你要做的事情，而是你不得不做的事情。过了二十岁的人，我担保，一定也把性看作一种责任。不过是对性伙伴的责任，而不是对自己，就像我们。看看当地购物中心那些邋里邋遢的女人，许多人还带着孩子。穿着衣服都让人不寒而栗，一丝不挂就更无法想象了！她们松弛的乳房几乎垂到膝盖，活像两个悠悠球，抓起来都可以打个结。哪怕想一下，都会让你觉得仿佛身上落了一层斑蝥[2]，恶心反胃。可是，活儿还是干了。瞧瞧那堆孩子。十八九岁的年轻人则大都是自发的，像狗一样。一般来说，只是和他干过的女人的名单上又多了一个名字，阳具上又多了一道"刻痕"罢了……也许到二十多岁、三十出头的时候会有一个相对稳定的阶段。明天早晨，我就到村里去，二十岁，求出这些龌龊的推测与想象的"加权平均数"。（我很容易就可以找到村里那个白痴。在一个夏日无风的夜晚，她曾经隔着学校的栅栏同时给我和杰弗里手淫，一起射

---

1　亨利·菲尔丁（Henry Fielding, 1707—1754）：18 世纪最杰出的英国小说家，戏剧家。18 世纪英国启蒙运动的最大代表人物之一。代表作《弃儿汤姆·琼斯史》、《大伟人江奈生·魏德尔传》。

2　原文为 Spanish Fly，俗称西班牙苍蝇，又名斑蝥，呈长圆形，为翠绿色甲壳昆虫，有特殊臭气。

精。我们站在那儿，两手抓着栏杆，就像囚徒。）

总之：格洛丽亚。在我的想象之中，上了年纪的人一定认为这真该死，而且会惊讶地发现，这并非，并非比他们有无可辩驳的理由而去担心的更糟。对年轻人而言，这种性行为的"逆向"是确确实实存在着的。格洛丽亚和我脱衣服的时候，就像两个救生员，没有任何隔膜。我总是忘记她在做爱时身上发生的种种戏剧性的变化。通常，做爱前，她也会羞涩地说些绵绵情话，她那不装腔作势的美丽的脸庞，有点僵硬的动作，都让你觉得你是她不安时的一个玩物。但是一旦开始，她就很少能分清性冲动和狂犬病之间的明显区别。

就我记忆所及，这样做也没有什么坏处。和通常的情形相比，没有引人注目的疏漏。十五分，也许二十分钟，我努力克制着不去射精，生怕一旦射了，会有什么不测。还不错的（可以感知到的）高潮。再有两三分钟我的老二[1]就变得疲软，收缩成平常大小，于是被修剪得很整洁的大拇指代替。格洛丽亚又一次……总共五次？高潮。这才算结束。我翻滚下来。大拇指看起来就像游泳了四个小时后那样：青灰、肿胀、以前咬过的地方现出斑纹。闹钟响了，刚刚十点一刻。真希望回到牛津。

一个不容忽视的现象，研究人类学的学生聚集在一起。想到这些，翻阅笔记的时候，我又烦人地勃起。我嫉妒自己。如果格洛丽亚此刻推开门走进来，我会再干一次。她当然长得很好看，身材苗条，个头适中，精心修饰的红头发，大嘴，脸上长着雀斑，而且，荒谬的是她脱了衣服更漂亮。这样的魅力不应该遮蔽

---

1  指性器，下同。

（更不要说完全消除）快乐与痛苦之间最基本的关系。这难道只是我们追寻的经验？

　　吸了一支烟，恢复体力之后，格洛丽亚似乎下定决心要彻底挖掘十九岁的我的最后那点儿潜力。《征服和技术：合成》："她一会儿说着绵绵情话摆弄我已经瘫软的老二，一会儿用舌头舔我的耳朵，一会儿又摸着我的脚脖子和肩胛骨，仿佛在寻觅尚且不为人知的能唤起性欲的地带。第二次交欢时，我不得不假装三次高潮。那种因疼痛而吭哧吭哧的声音被解读为男人快乐时发出的叫喊。"诸如此类的事情。

　　"哦，"我说，"这可真不同寻常。好了……你的枕头够用吗？太晚了。睡吧，一觉睡到天亮。"

　　格洛丽亚看着我，眼神怪怪的。

　　我面对墙壁假装睡觉。语无伦次地喃喃着……还试探性地打了几声呼噜……不由自主地抽搐了几下。可是床单在我身边沙沙作响。我觉得一只手在我腰部滑来滑去。不一会儿，我那胡须般敏感的阴毛像雷达探测器一样引导着那只手，在腹股沟之间游动。我的腹股沟充满青春的活力，仿佛在说："行啊！"

　　在漫长的前戏过程中，我朝下瞥了一眼。难以理解的是她正以极大的热情很认真地吸吮着，摇晃着脑袋，满头秀发在我的屁股、大腿和肚子上拂来拂去。这模样看起来蛮刺激，但我感觉到的只是一种仿佛是两腿间传来的遥远的不相关的麻木，以及随之而来的一种痉挛和针刺感。也许我已经射精了？我问自己。

　　格洛丽亚认为没有。她又猛地扑过来说："我只给我喜欢的男孩儿这么干。"她又亲了我一下，让我趴在她的身上。

　　还记得我的目光从壁纸上转过来，查看格洛丽亚的那张脸

（只是为了写这份"文件"）。她脸上的表情充满野性，给人留下深刻的印象。高潮到来时，她咬着牙，颤抖着，发出令人沮丧的叫喊。我高潮的时候（是高潮吗？）背有点疼，急促地喘息着，仿佛一切都塌陷下来。从她怀抱中抽身出来的时候，我觉得，毫无疑问，我将血染詹尼这间漂亮的小屋了。

格洛丽亚仰面朝天躺着，她也精疲力竭。过了一会儿，她蜷着身子，进入梦乡。我望着天花板，嫉妒得喘不过气来。

# 八点差一刻：科斯塔布拉瓦

我一年平均记七本日记。有的可能很长，有的很简短。岁月流逝，一天天，汇合成一周周。早年的日记尽是十几岁时令人尴尬的"善举"。但是此刻，看着我密密麻麻写下的那些文字，哦，亲爱的查尔斯，我对你过去的假日，一笑置之。

"我明白了，这么说，你已经被录取了。"

"到苏塞克斯[1]，不是牛津。"

"我知道。那你就得参加奖学金考试。十一月？"

"是的，"（你这个愚蠢的婊子，你这个傻逼，）我说，"我需要复习《英语知识运用》和《英文理解与写作》。"她难道不知道这些吗？"还有《拉丁语水平测试》。"我朝坐在桌子对面、未来的女指导教师笑了笑。她看起来一点儿也不招人喜欢。我也不想对她有更深的了解，只知道她大约三十五岁，浓眉，龅牙，看起来有点像不良少年。

"我明白。你只跟我们学三门课。这三门是？……"

我又重复了一遍。"还有牛津大学入学考试，"我补充了一句。就好像这两者之间没有特别的关系，但是其自身也许有值得关注的地方。

她又瞥了一眼我的成绩单，像念咒似的念道："英语 A，生物 A，逻辑 A。"她下巴颏抵着喉咙。"还不错……我觉得不会有太多麻烦，通过……哦，基本等级。唔……"她很优雅地仰了仰头，好像有几分担忧。"你上剑桥年纪有点大了，不是吗？"

"牛津。我只有十九岁，"我说。

那天早晨醒来，卧室就像犀牛窝，床单裹在身上热乎乎的难受。格洛丽亚坚持要把窗户关得严严实实，还开着煤气取暖炉，似乎要营造出一种密不透风的丛林氛围。地板上蒙着一层雾气，宛若学生们搬上舞台的《麦克白》[2]的布景。我探出脑袋，就像瞭望台上戴着潜望镜的哨兵，想吸一口新鲜空气。

我蹑手蹑脚爬下床，没有惊动格洛丽亚，只穿了一件粗呢外套悄悄上了楼。还没人起床，我沏了两杯茶——一杯给我那位大小姐——取出两片能给人以能量的"霍维斯"面包片，想了想，又在面包片上抹了一层"马麦酱[3]"。我希望通过这些"美味"能在早饭后营造出一种良好的氛围。

"早上好！"我把托盘放到格洛丽亚面前，格洛丽亚咧开嘴笑了。我把窗帘拉开一两英寸宽，一缕阳光射到床上，格洛丽亚不由自主叫了一声。她已经坐起来，开始吃第二片面包。我眼睁睁着她吃完。她用长着雀斑的指关节擦了擦嘴，哼哼唧唧点了一支香烟，又在床上躺下。两个乳房露在外面，看起来特别白。我此时对她是什么感觉呢？欲火中烧，和蔼谦虚，还是感恩戴德？似乎都无法说得清又道得明。

---

1　苏塞克斯：英国郡名。

2　《麦克白》：莎士比亚四大悲剧之一。

3　马麦酱：英国人的传统食品，也叫酵母酱。

早晨，她的状态好多了。事实上，这种事儿其实无从比较。因为我们知道，你不可能整整一夜什么都不干就是做爱。我躺到她身边，因为憋了一泡尿，老二很硬。臭烘烘的床突然让我觉得很刺激。吃过早饭，格洛丽亚显然很快乐。我们俩搂抱在一起，在床上翻滚着，互相胳肢着，哈哈大笑。在小心翼翼开始这天第一次亲吻之前，躲避着对方难闻的口气。根据我有限的经验，如果你全心全意爱着对方，想和她亲热，再难闻的口气也能忍受。如果不是，自然会反胃，想吐。我是全心全意的。成年后会怎么样，就不得而知了。

遗憾的是，格洛丽亚"太疼"。一般情况下，我当然会松一口气。一般情况下，这当然是她最迷人的时刻之一： 太疼。

格洛丽亚面带羞愧。"别着急，"我对她说，"真的没关系。"

我开始像平常那样对她温柔体贴，好言相劝。含情脉脉地"责备"她那么迷人，安慰她总有办法解决这个问题。我面带微笑，两眼闪光，甜言蜜语，格洛丽亚听了心花怒放。嘴里不停地说："哦，查尔斯，你真坏！""这可不是我的错。""哦，很疼。"最后，我指出，她行的。"你总有办法的，哦，我不知道，也许，我的意思是……"她哈哈大笑着，面朝下轻轻趴到我的身上，将脑袋置于那一缕阳光照耀下不停游动的浮尘之中。真是棒极了。


格洛丽亚在"牧羊人森林"——一家大商场——的宠物食品店当售货员。我步行送她回去之后，沿贝斯沃特路[1]到那家补习

---

1　贝斯沃特路：位于伦敦西部的威斯敏斯特市的一条大街。

学校。那儿离坎普登山广场只有半英里远。

诺林·陶贝尔太太又问了我一些关于日期之类的事情，问得我好烦。然后她叹了一口气，主动提出要带我到校园里看看。也许她也没有什么奢望，只是想让我看看她这个地盘儿毕竟不是济贫院或者肮脏的工厂。她带着我沿走廊往前走，对两个完全相同的教室称赞了一番之后，又回转身，踩着有点颤悠的镶木地板，从几个散热器旁边走过。我们迈着学究式的步子，显得很悠闲，天南地北地聊着，以我们的方式，试图使这个地方看起来更美好。

没有腿的街头艺人在荷兰公园地铁站外面卖艺。我买了几份报纸（事实上是舰队街[1]最大的两家报纸，《太阳报》和《镜报》），有点傲慢地往卖报的机器里扔了十个便士，站在那儿浏览着一个个大字标题。脚随着《哦，你漂亮的娃娃》那首歌的节拍打着点。我想去诺丁山科斯塔布拉瓦喝杯咖啡。这时候一个留平头、鹰钩鼻的 Queen[2] 从车站小照相亭的帘子后面走出来，问我时间。我一边告诉他，一边朝对面墙上的大钟指了指。他道过谢之后，又问我去没去过伯爵宫的地下墓穴俱乐部。

"没去过，"我说，似乎有点受宠若惊。

九月，秋高气爽。我从容不迫，一边走，一边浏览那几张报纸，有时候停下脚步想一想一则笑话的妙处，有时候惊讶地凝视一张美女的照片，半晌回不过神来。

---

1　舰队街：也叫弗利特街，英国伦敦一条著名的大街，几家报馆的总办事处均设于此。

2　Queen：此处指男同性恋中的女性角色。

我以前也曾是个同性恋。

这一点应该详细叙述一下。

我这个人身上最具魅力的东西也许就是实际上我是个很柔弱的孩子，或者说近乎于你们现在可以看到的那种弱不禁风的孩子。

十三岁的时候，我得了支气管炎。完全是"自发"的。

我被诊断为这种病之后的那个夜晚，自个儿去查《百科全书》。查到了"急性支气管炎"。这正是医生说的我得的那种病。不过比"慢性支气管炎"要好一点。慢性支气管炎每年至少要复发一次。我问西里尔·米勒，一位普通开业医生，我的病会不会发展成慢性支气管炎？赞扬了一番最新的科学突破和现代医药技术后，他说不大可能。经常吸烟的老年人才容易得慢性支气管炎。

可是，如果你想卧床休息两个星期（就像我那样，每半年休息一次），如果你的父母既懒惰又轻信，吸几包法国香烟能产生惊人的作用。

除此之外，还有好多别的事情缠着我。比如我这张嘴，牙齿参差不齐，简直不堪入目！我的乳牙一直不肯掉，就那么相互偎依在一起，尽管很有礼貌地往旁边挪一挪，给后来长出来的牙腾点地方。十岁时，我的牙齿比牙科医生诊室里病人牙齿的平均数多得多。我经常想，说不定哪天会从鼻子里长出一颗。然后是连续好几个月动刀、动剪、又是螺栓、又是螺丝帽的外科手术。两年里，我就噘着那张麦卡诺[1]式的嘴巴，到处乱走。

---

1 麦卡诺：商标名，主要指钢铁组合的模型玩具。

你们可能得一次的病，我会得两次。我的骨头像刚出厂的杏仁蛋白软糖。我小心翼翼，培养出个季节性哮喘。

显然，跟我可没关系。困得直打瞌睡的下午，喝鸦片止咳药水；中午滴几滴安眠药；大把大把地偷安定；早饭前服用一片阿司匹林。我读家里每一本能读的书，也读大多数不能读的书。我写了两首史诗般的长诗。一首表现了英雄的浪漫主义，共二十四篇，题目是《幽会》（大约 1968 年）。另外一首是宛如《荒原》[1] 的六千行长诗，被叫做《只有蛇在微笑》（大约 1970年）。这首诗有的部分在前面提到的《青春期独白》十四行组诗中再度出现。我把遇到的每一个人都写成配角，记录下我看到的、感觉到的、想到的一切。我玩得很痛快。

关于我同性恋时期的事儿。

我在六年级咖啡厅和我的朋友彼得说讨厌家里人的时候，有点耍无赖（故弄玄虚）。我并不真的在意家里那些女人。这种性取向是在我不得不卧床休息的第二个冬天"崭露头角"的。我得出一个结论，那就是，这一切只是戈弗雷·温[2] 在我身上真实的写照，没有什么更邪恶的东西。那时候我多大年纪？十四岁。

然而，有一天下午，在一种似睡非睡、似醉非醉的状态下，我读了一本关于西格蒙德·弗洛伊德的挺厚的平装书。

那天夜里，我处于一种比较和缓的、半睡半醒的精神分裂的状态。我浑身出汗，心襟荡漾，到早晨，已经坚定不移地确信，

---

1 《荒原》：作者艾略特（Thomas Stearns Eliot），出生于美国，一战爆发后来到英国，并定居伦敦，1922 年发表的《荒原》为他赢得了国际声誉，被认为是英美现代诗歌的里程碑。

2 戈弗雷·温（Godfrey Winn, 1906—1971）：英国著名记者、作家和演员。

自己就是个同性恋者。简而言之，我已经有了一点同性恋的经验（在小学板球馆就有所体验）。我是童声男高音，在合唱队总是唱最高音。我也是个没有任何性经验的处男，脸上光溜溜的，没有起过青春痘。和朋友们聊天时，谎话连篇，夸耀自己也像他们那样经常手淫，而且像他们说的那样，手淫时胳膊腕子像活塞一样来回运动。夸完海口之后，我就坐公共汽车到牛津，去找莫德林学院那些颇为友好的大学生。怀着一种困惑，我读能收集来的奥斯卡·王尔德[1]、杰拉德·曼利·霍普金斯[2]、A·E·豪斯曼[3]和E·M·福斯特[4]的作品（尽管没有多大价值）。

接下去，我开始翻精力旺盛的哥哥的书桌，在抽屉里发现一本健身杂志，似乎是《延伸的活力》或者别的什么玩意儿。这本杂志介绍在海边如果有人骚扰你，如何打他个屁滚尿流。我拿着那本杂志回到卧室，蜷缩在床上，一边翻看，一边很平静地等待勃起。根本不可能。我像傻子似的凝视那些男子的健美照片，并不觉得刺激。反倒觉得，或许只有女人才会喜欢这种阳刚之美！心里想，我对这些男士没有感觉或许因为他们压根儿就没有什么代表性。

幸亏我的思想过去像、现在也依然像捕熊的陷阱，捕熊的想

---

1　奥斯卡·王尔德（Oscar Wide，1854—1900）：英国最伟大的作家与艺术家之一，以其剧作、诗歌、小说和童话闻名，唯美主义代表人物，19世纪80年代美学运动的主力和90年代颓废派运动的代表人物。

2　杰拉德·曼利·霍普金斯（Gerard Manley Hopkins，1844—1889）：英国维多利亚时代的诗人，在其生前从未发表过诗作。

3　A·E·豪斯曼（A. E. Housman，1859—1936）：英国诗人兼古典拉丁文学者，曾任伦敦及剑桥大学教授。

4　E·M·福斯特（E. M. Forster，1879—1970）：20世纪英国著名作家，其作品包括六部长篇小说、两部短篇小说集、几部传记和一些评论文章。

法刚冒头，就跳起来，准备抓住那只毫无防备掉下来的爪子。就像大多数被人们认为敏感、偏执的人一样，很少有什么东西能激发起我的兴趣。现在我急于知道，为什么女人不是一道可以堵住你欲望的堤坝？不管怎么说，那个夏天，我取得一种同性恋"格式化"的经验。具体细节容我以后慢慢讲来。此刻，我只想说，直接的后果是，我长出第一个青春痘，一个挺不错的"双黄蛋"。这个青春痘在随后的几个星期里"欣欣向荣"，九月再回学校的时候，我成了同学们嫉妒的对象。

平心而论，在科斯塔布拉瓦并不是所有的人都是狂热分子，比那些满脸皱纹的老人也多不了多少。

我一边呷着咖啡，一边填《镜报》上的字谜游戏。如果能完成，我就在……三个星期内操一次雷切尔。填完两条后，我决定回去后先给她打个电话。我觉得和格洛丽亚度过那个令人销魂的夜晚之后，应该趁精液还充满活力、趁乔伊斯式的高傲和自信还不曾消散，赶快和她做这件事情。我在心里想象着，年轻的查尔斯靠在詹尼家走廊的墙壁上，对着电话微笑。我听不见他——查尔斯在说什么，但看得见他目光闪闪，满脸堆笑。"喂，雷切尔？我是查……太棒了！谢谢……你怎么样？哇！小宝贝。是的。没问题。今天晚上就很好。"

我又要了一杯咖啡。一个老女人从我旁边走过，把一包用纸包着的糖偷偷摸摸扔到我对面那张椅子上。"喂，下午好！如果可以的话，我想和雷切尔·诺伊斯说话。可以吗……？谢谢你！你太好了。喂，雷切尔·诺伊斯？雷切尔·弗朗塞梯·诺伊斯？下午好。你也许不记得我了，（为什么就应该记得呢？）我们在八月份的一次聚会上见过面。八月九号。我穿着……"

我们在八月份的聚会相识。那是一个灯光闪烁、频频举杯、大伙儿都蹦蹦跳跳、手舞足蹈的聚会。不是那种，比方说吧，躺在潮湿的地毯上，抱着个空酒瓶子，希望有如云美女的聚会。也不是那种大伙儿吸大麻，吃糕饼，查尔斯·曼森先生一边敲打手鼓一边朗诵粗制滥造的诗歌的聚会。而是最好的聚会。

杰弗里和我是从一位年轻（很时髦）的嬉皮士那儿听说这个聚会的。这个嬉皮士在大理石拱门[1]的一家煎饼屋工作。他起初不告诉我们地址，直到杰弗里给了他一点梦幻剂（实际上只是我治哮喘的药丸，他在派克蓝黑墨水里蘸了一下）。

"这是一种乳酸脱氢酶[2]，"杰弗里压低嗓门儿对他说，"刚从美国弄来的。比迷幻药还好。比致幻剂劲儿还大。查尔斯？"

"哦，没错儿。"

"好好享受吧，伙计。"分手时，杰弗里朝他点点头。"平安顺利！"

和雷切尔来的那伙人一共四个。看起来像是挤在一辆车里来的。但是她独自一人站在门旁，双臂抱在胸前，一副少年老成的样子。她不说话，尽管不断地打招呼，点头致意。我和另外几个没有女伴的窝囊废一起站在旁边那堵墙跟前。她两次拒绝邀请她跳舞的男生，我看了胸口一阵阵刺痛。第二个希腊小伙子大步流

---

1　大理石拱门：有名的伦敦标志。

2　全名为 Lactate Dehydrcgenase，是一种糖酵解酶，也是催化乳酸和丙酮相互转化的同工酶，属于氢转移酶。

星地走过去，纠缠了她一会儿。我没有走过去插一杠子，说"得了，马克，你听这位女士的"，而是一直等着看他灰溜溜走开。

和大多数年轻姑娘在这种情况下一样，她看起来很自信，很镇静。但是也和我一样，虽然将自己排除在欢乐的聚会之外，却没有摆出一副超然物外的架势。她一定很有思想，我想。而我只是不愿意在别人面前跳舞罢了。杰弗里离我不到十英尺的地方旋转着，舞姿翩翩，让人眼花缭乱。他认为，这是勾引女孩最好的办法之一。我却只有在没人的时候才跳，通常对着镜子自个儿跳，有时候光着屁股，更多的时候穿着性感十足的内裤，而且十秒钟就能达到高潮。

她点燃一支香烟，这就给了我宝贵的五分钟去思考。

我对她迅速做了一番评估：她令人敬畏，高不可攀。她不属于那种攻击型的、性感十足的女孩。那种放浪的女孩此刻就不乏其人。她们白皙的大腿晃来晃去，丰满的乳房时隐时现，一定很容易接近。雷切尔身材苗条，和我差不多高，黑发披肩，露出漂亮的脸庞。她高鼻梁大眼睛，穿黑色靴子，黑色及膝牛仔裙，男式白色上衣，拎着挺贵的手提包，戴着手镯和一枚不怎么起眼的戒指，一副不苟言笑、毫无啰唆的腔调。她应该属于中下层阶级成员，人很聪明，有一份好工作；像一般搞公关的女孩一样，有点飞扬跋扈；一个人生活，比我年纪大，很可能有一半犹太人血统。

看来从民族特点入手可以成为和她对话的突破口。我这副长相一望而知就是高加索人。可我一定能毫无愧色地走过去，对她说："这聚会上犹太教的色彩一点儿也不浓。"或者说："我估计你已经从学校毕业了。"然而那一刻，环顾四周，我心里想的却是，我是这个屋子里唯一包皮过长的人。也许我应该"激发"出她雅利安人[1]的特性，或者至少显示出我非常理解她一定能经常感觉到的那种被两个来自不同方向力量揪扯的感觉。"哦，我怎么觉得你也有二分之一犹太人的血统。一定是……"哦，我没有说错。

事实上，只是内心深处在歌唱： 死亡困扰着我[2]。我开始了最笨拙的探寻，两条腿艰难地挪动着，起初不停地痉挛，后来拖着两只脚慢慢地往前磨蹭，上半身向前倾斜十五度，双臂从胳膊肘子以下没精打采地耷拉着，高高地耸着肩膀，就像戴了耳罩。

我选择了浓重的切尔西[3]口音。

"哈——哈啰，"好像有人刚刚告诉我，这个问候语前面要加一个哈，我就按照这种要求试着说了出来。

"哈啰，"她摆出一副高人一等的架势说。那口音立刻把我又带回到受过教育的上流社会。

"哈啰，"我说，有点哆声哆气，就像一个空军中队长把自己介绍给一个迷人的巴黎女子。"我发现你没有拿饮料。"这是一个绝妙的问题。因为接下去对方就会说："这次聚会是你举办的吗？"

"这次聚会是你举办的吗？"她说。但是没有那种不速之客为了名正言顺、堂而皇之的曲意逢迎。而是流露出某种怀疑。

我一直被认为伶牙俐齿。"当然不是。聚会重要的不是谁举

---

1　雅利安人：纳粹所谓的非犹太血统的北欧高加索人。

2　拉丁文：*timor mortis conturbat me*。

3　切尔西：伦敦自治城市，为文艺界人士聚居地。

办，而是谁参加。"

一阵沉默。

"人们来喝酒，喝多了就躺下。"我不假思索，脱口而出。我向你担保，这是《提托诺斯[1]》里的话，第三行。但是她对我"引经据典"不以为意，只是觉得我这个人很爽朗。这是我的拯救行动？

"过了许多个夏天，天鹅死了，"我不无讥诮地补充道，"丁尼生[2]这样说。"我笑了起来，好像这是一个自家人开的玩笑。她看着我，眼睛眨都不眨。

"对不起，我一紧张就爱胡说八道。"

"你为什么紧张？"

"和你不紧张的原因一样。"

"什么原因？"

我不想就这个含义模糊的答案再发表什么看法。"天啊，我怎么知道？"天啊？这话说得聪明吗？她有二分之一犹太血统呀！我朝她举起一只手，让她不要说话。"为什么我们不能说点你感兴趣的事情呢？化妆呀……衣服呀……孩子呀……说那些你喜欢的。我去给你拿一杯饮料。"

"你怎么知道我对那些事情感兴趣？"

"你是女孩呀。"

"是吗？"

---

1　提托诺斯：特洛伊国王拉俄墨冬之子。

2　丁尼生（Tennyson, 1809—1892）：英国诗人，生于林肯郡萨默斯比，就学于剑桥大学。1830 年发表第一部诗集，但反应不佳，1842 年的修订本确立了他的声望。他的主要诗歌成就是悼念友人哈勒姆（A. Hallam）的哀歌《悼念》（In Memoriam, 1850）。

"你会感兴趣的。女孩儿都喜欢谈论这些事情。逛商店……枕套呀，梳子呀……"

"不能一概而论……"

"为什么不……？"

"……因为会有许多例外。"

"是吗？"

她叹了一口气。"我就是个例外。"

"那么你就是使这个规律得以形成的例外。"


令人毛骨悚然，这话我很同意。但是十八九岁的书呆子很容易这样行事。

科斯塔布拉瓦现在又是游客如云。那些眼睛像鸟一样瞪得老大的旅游者走来走去。衣帽架上乱挂着拐杖和盲人专用的白色手杖。旁边有一个残疾人，不无疑惑地上下打量着我，似乎想弄清楚我是否也有残疾。我为什么不介意待在这儿呢？

我的右边，一个老头慢慢地吃热狗，假牙像响板一样咔哒咔哒地响着。前面有个中年摇滚歌手鼻涕眼泪、哈欠连天。我的左边……是疯米莉。她的家就是一辆没有轮子的1943年生产的贝德福特牌厢式货车，停在肯辛顿拉克姆山下。现在，她正对着那扇窗玻璃嘟嘟囔囔发牢骚。我无意之中和她目光相遇。她朝我咳嗽了几声，唾沫星子带着病菌乱溅，像一道转瞬即逝的彩虹。紧接着她就淡淡地说："你是这个世界上我见过的最肮脏的小家伙。"我脸上的表情回答她："你自个儿就最肮脏不过了。"一块黏痰像黄绿色的毛毛虫一样从她腮帮子上向下流。她用一块吃剩的汉堡包擦了一下，塞到嘴里。

我坐在马路那边的史密斯咖啡馆，绞尽脑汁想考试的事儿。那个补习学校显然只是为了赚钱，上演一场闹剧。呆头呆脑的女主管，没有什么教学设施，教师的水平肯定很低，所以我不得不亲自出马去找英文老师。不过我倒没有因此而烦恼。一年前我或许想上一所好学校，觉得自己在别的许多事情上也都傻乎乎的，不堪一击。可是现在，我觉得那些东西都不足挂齿，没有什么了不起。我必须按照自己的兴趣，坚定不移地走下去。

　　我在前门台阶上碰到詹尼。她正要和一位朋友一起出去吃午饭。我觉得女孩子们现在很少一块儿出去吃饭，就说出了自己的看法。詹尼乐呵呵地笑了起来，但看起来不太自然。诺尔曼在家，冰箱里有一个苏格兰煮蛋，我们俩可以分享。我对她说：吃好，玩好。

　　回到房间里，我拿出封面写着雷切尔三个字的笔记本，准备给她打电话。我一边翻看，一边做笔记，在相关的句子下面划了线，还信手涂鸦，画了几个小人儿。但我的思想早就溜号了。窗户外面，只有詹尼养的两只花斑猫中的碧娜小心翼翼、无声无息地跑下门前一溜台阶，向垃圾箱跑去。我信手翻到和雷切尔第一次约会的记录，油然而生悲凉之感。

　　过了一会儿，她同意我去给她拿点饮料。等我从厨房回来，她已经不见了。她没有走，正和一个穿白色礼服，个子很高的家伙接吻。我手里端着酒杯，就像田纳西州纳什维尔[1]罗德西亚酒店一位黑人侍者。歌谣刚流淌到它的首个中八度音，还得持续两

---

1　纳什维尔：美国田纳西州首府。

分钟。然后她会做什么呢？我很想问问东道主，他们有没有放扫帚的杂物间，或是没有使用的卫生间，他是否介意我把自己关在里面，直到聚会结束。

一杯酒不见了，我抬起头，看见杰弗里站在旁边。

"你那个妞怎么样？"他问道。

"冷淡我。你那个呢？"

"上厕所去了，"他耸了耸肩，"不过还回来呢。你那个还回来吗？"

"不知道。你那个妞怎么样？"

"太棒了！大奶子。"

"大奶子我看见了。我是说她别的方面怎么样？"

"我不知道。只知道她喜欢跳舞，喝酒。我们没怎么说话。"

他问我："你说的'她别的方面怎么样'是什么意思？"

"哦，对不起。你觉得她能跟你干吗？"

他闭着一双眼睛，点了点头。

唱片放完了。我不敢回头看。

"嗨，"杰弗里说，"你那个妞在亲那个家伙呢！"

"是吗？"

"是，不过……他们在告别呢。他正从她怀里抽出身……"

我抬起头看了一眼。穿白礼服的家伙向后退去，雷切尔转身向我们走来。

"她来了，"我悄声说，"放松点儿。你就说我们是一伙儿的，或者说点儿别的什么。"

杰弗里神采飞扬，一副胸有成竹的样子。他假装见多识广，认识许多大人物，就像我是个提线木偶，由他摆弄，还假装从来没听说过我那些最可笑的轶事。他从厨房偷来满满一瓶酒。后来我们发现，雷切尔和杰弗里的姐姐有过一面之交。聊天的时候，雷切尔两点朱唇现出迷人的微笑，露出牙缝挺宽的牙齿。两颗前门牙有一点点重叠，使得本来那个很整洁的雪白的半圆，向外翘。我总觉得翘得恰到好处，让人看了有种心痒难耐的感觉。一切都进行得非常顺利，直到杰弗里的妞上厕所回来。这个女孩儿叫安娜，瑞典人。就杰弗里而言，她的到来似乎有点突然。

我们几个人的热乎劲儿似乎成为过去。并不是因为安娜不迷人，而是在雷切尔看来，我和杰弗里以及我们的朋友是想去哪儿喝一夸脱又一夸脱的速溶咖啡，听一张又一张唱片，打情骂俏——这正是我和杰弗里心之所想。因为聚会很快就要曲终人散了。只剩下一两对儿喝多了的小情侣、几个面无表情的家伙。还有那个有点古怪的、无人问津的姑娘（大概有点严重残疾）。

"哦，我得帮他们收拾收拾去了，"雷切尔说。

"别瞎扯了，"我说，"别帮他们收拾。谁爱嘚瑟，谁狂妄自负举办这次聚会，就让谁收拾去吧。"

杰弗里也跟着添油加醋："你收拾什么呀！"他大声说，"为什么不去我们那儿玩？"他抚摸着安娜的肩膀。安娜嘴角挂着微笑。

"不行，我真得去收拾。"

"为什么呀？"我问。

"因为是我举办的聚会，这是我的家，知道吗？希望你们今天度过了一个愉快的夜晚。"

我们看着她的背影，面面相觑。

"真他妈的好玩儿！"杰弗里说，"查尔斯，今儿个你可是首战告捷。"

突然，诺尔曼在楼下喊了起来：

"喂，查尔斯，你在吗？"

"在呀！"我一边大声回答，一边站了起来。

"哦，"他应了一声，没有再说什么。

"我马上就去。"

诺尔曼正在厨房里打开一个硬纸盒子。

"里面装的什么？"

"苹果酒，"诺尔曼气喘吁吁地说。

他终于把包装纸、绳子卷成一大卷儿，塞到炉子里，用扫帚把搅着炉子里的煤火，硬纸盒子呼呼呼地响着，冒出明亮的火焰。

"你是从哪儿弄来的？"

"卡车上掉下来的。"

"天哪，"我说，"从车上掉下来居然没摔破，真是奇迹。你是不是……"

"不是，傻逼，"诺尔曼说，蹲在酒桶旁边，倒满两个酒馆里用的那种品脱玻璃杯。"偷的。朋友给的。两英镑。零售四英镑三十五便士。"

我咳嗽了几声，摘下眼镜。"这玩意儿能喝醉吗？"

诺尔曼把酒杯递给我，把自己那杯一饮而尽，又蹲下去接了一杯。

"詹尼上哪儿去了？"我问道。

"到西区逛商场去了。和从布里斯托尔来的几个骚货。"

"你知道她什么时候回来吗？"

"别问我。"

我看着姐夫。他那个大鼻子离酒桶龙头只有几英寸，一双热切的眼睛充满期待。诺尔曼穿着他平常总穿着的那套衣服：有点寒酸的蓝色工作服，男孩子穿的那种领子开到脖颈的衬衫（上衣口袋露出一截装饰着小圆点儿的红领带）。他的裤子从膝盖以下，紧紧地裹在腿上，裤脚距离那双非常古怪可笑的黑皮鞋足有两三英寸，令人惊讶。我要是这副打扮，恐怕连十码远也走不了。诺尔曼直起腰，仿佛怀着某种敌意，看着我手里的酒杯，跨过推拉门，走进旁边那个屋子。"是的，能喝醉呀。"他蹒跚着走到挨窗户摆着的长靠椅跟前，坐了下来。"我有个朋友，"他继续用单调的声音说，"喝了三品脱这玩意儿，结果从卧室窗户掉下去，在栏杆上碰了个头破血流。"

我也坐了下来。"天哪，"我说。停了一会儿，我又说："我一会儿得给那个女孩儿打电话，所以最好能喝得晕晕乎乎。"

"为什么？"诺尔曼用挑战的口吻问。

"我也不知道。只是见了她就有点胆怯。"

"已经把她干了？"

"没有。八字还没一撇呢。"

"哦，难怪呢！"

他的意思是，难怪你胆怯，没上过她嘛。还是，难怪没有上她，你弱不禁风，见了她就害怕嘛。

"她干过吗？她多大？"诺尔曼皱着眉头问。

"十九岁，估计和我同岁。不知道她干没干过。你认识杰弗里吗？我的哥们。他姐姐认识她。她大概和一个美国人干过。不

过显然那家伙是第一个干她的人。"

"哦，他现在的情况如何？还缠着她吗？"

"不知道。上个月她和我一块儿去看过一场电影。所以我觉得她多多少少有和我在一起的可能。"

诺尔曼打了个嗝。"你看电影的时候没有试探过她？"

"没有。"

他闷闷不乐地注视着我。我有点尴尬，喝完杯中酒，站起身又想去添满。但是诺尔曼抢先一步。他举起杯一饮而尽，然后很费气力地咳嗽起来。

"这玩意儿真他妈的是个恶魔，"他一边说一边抚摸酒桶上的塑料龙头。

这个总是乐乐呵呵的"小学生"很喜欢"玩"那个龙头。他打开龙头盛满酒，一饮而尽，等我接完之后，马上再接一杯。他两眼圆睁，酒顺着面颊流了下来。我纳闷他现在还上不上班，干不干活儿？他还有没有别的女孩儿？要么他从来没有想过上班赚钱，要么他从来没有想过不去上班赚钱。

我想起他当年和姐姐在这儿成家时的情景。母亲经常和詹尼通信，总说诺尔曼是个猪狗不如的家伙——肮脏，无知，酗酒，品行不端。可是这些问题和他到处寻花问柳、招蜂惹蝶相比实在算不了什么。我的父母习惯性地、镇定自如地管诺尔曼叫"那个杂种"。在这种情况下，通常都意味着这个人已经不再把自己的老婆当回事了。然而，诺尔曼也许还算不上真正的"杂种"。原因很简单。他能赚钱。真正的"杂种"身无分文。自从他们结婚，这是我第一次和他们近距离接触。昨天夜里，感觉他们还不错。

詹尼受过五年高等教育，诺尔曼也许只能笨手笨脚地翻翻

《每日邮报》。对于他们婚后的生活这很重要吗？无视门当户对是没有道理的，至少对于结了婚的夫妇，没有道理。詹尼不能随心所欲地去看望自己的朋友，她对此一定牢骚满腹。和任何阶级斗争一样，处于劣势的社会群体总觉得自己是在进行一场圣战，所以其行为不管怎么龌龊都是顺理成章的。

"听我对你讲，"诺尔曼说，一边把第二杯酒递给我，一边呷他的第四杯。"假设她是你，好吗？或者你是她。假如这个荡妇给你打电话。会有好多婊子找你的，所以你不必担心，你可以轻轻松松去玩。她会说出什么让你感兴趣的话，使你丢掉别人，只投入她的怀抱呢？如果她想让你跟她干，她不会说'哦，查尔斯，操我吧'，她会说'查尔斯，操你！滚你妈的'，她会吗？她会用这种话激励你，让你继续纠缠下去吗？"

我想了想，"照你这么说，难道我应该给雷切尔打电话，告诉她滚蛋？"我问道，打心眼儿里想知道到底该怎么办。

诺尔曼斜着眼睛看我，一副疑惑不解的样子。好像想说："你脑袋进水了，还是怎么回事？"实际上他说的是："不，放松点。我看你……"他用手做了个上下运动的动作。"手淫，玩鸡巴，朝后倒下，让人恶心。她们也不喜欢这副模样。放松点。假装你不能操……她就会……就会求你。"

他打了个哈欠，站起身，伸了个懒腰，嘴半张着，看了看他手腕上那个茶托大小、有好几个刻度盘的手表（戴水肺的潜水员、洞穴探险者以及诸如此类的人喜欢戴的那种手表）。

"我到粉笔农场[1]去了。"

---

1  粉笔农场（Chalk Farm）：在伦敦北部，这个地名现在已经不存在了，但因为具有纪念价值而作为附近地铁站的名字。

"要我告诉詹尼吗？"

"你想告就告吧。"

"一会儿见。你什么时候回来？"

"我可不知道。"

我刚才还想，诺尔曼一走，马上就给雷切尔打电话。可是现在觉得这个电话没那么好打。我叹了一口气。是不是应该做点笔记？也许喝杯咖啡能让头脑清楚一点。我慢慢地环视四周。和这幢房子里的大多数房间一样，这个房间也摆满了诺尔曼的旧家具：一个很单薄的大沙发，几张旧扶手椅。我仿佛看见詹尼淘汰了这些破烂货，换上档次更高一点的家具，比如很普通的实木橱柜、天鹅绒座椅，或者"这件是拣的，那件是花三十先令淘来的"品位挺高的什么玩意儿。墙角，推拉门右边摆着的那个落地大座钟敲了一下。这个钟当然曾经属于我的祖父。（我说"当然"，是因为我总喜欢这样说话。在我的世界里，谨言慎行的意大利人，异性恋的美发师，没有银色"衬里"的云朵，不光彩的野蛮人，铁石心肠的妓女，从天而降的邪风，清醒的爱尔兰人，等等，都不能存在。对于这些事儿，我都无能为力。）

我上次见诺尔曼是在他和詹尼的婚礼上。那是我第一次见他。那次婚庆的形式是先在一家酒店举行香槟酒会，然后亲友们在诺尔曼家吃一顿饭（詹尼早就在这个家"安营扎寨"了）。承办酒席的人精心安排，我父亲也很热心地张罗。那天下午我早早地喝多了，所以晚上都发生了什么事情记不太清楚了。但是显然，我父亲和哥哥找茬儿"侮辱"了诺尔曼。按照新娘的说法，事情是这样的：戈登和马克·海威走到诺尔曼面前。父亲对他大声说：

"喂，诺尔曼，你介不介意说清楚点事儿？介不介意告诉这位马克和我本人，你母亲娘家的姓。"

"里瓦伊，"他很坦率地回答道。

父亲拂袖而去，边走边对哥哥说："看起来，好像我欠你五镑。"

可是诺尔曼似乎对这事儿耿耿于怀。"香槟聚会"结束之后，到荷兰公园之前，詹尼一定要我先带诺尔曼到酒店的酒吧待一会儿。估计她是想让诺尔曼冷静一下。不过，我从来没有见过诺尔曼像那天晚上一样镇定。记得他对我说，头天下午，在他掌管的塔夫内尔公园二手电冰箱展销厅，那位苏格兰女经理助理差点儿把他给"吃"了。在我看来，他显然只是出于礼貌，随便和我聊这事儿，不是在那儿令人厌烦地夸海口，也不是故弄玄虚，用那种"又一个好人死了"的腔调"悲天悯人"。他又漫不经心地补充道，实际上，他没敢操她，怕她还有淋病。她得淋病已经好长时间了，经常反复。什么抗生素在她身上都他妈的没用。

诺尔曼，或者我们暂时管他叫比尔·赛克斯，一回家就行动起来。我父母那些算不上名人的朋友们，都正襟危坐，努力让自己显得举止端庄，好像他们都认为他已经酩酊大醉。他显然没有，而这正是整个表演的关键。他问一个绝对谈不上成功的哲学家，最近性生活的情况如何。弯下腰站在一个不怎么重要的女诗人背后，对着她摇来摆去的耳环不怀好意地耳语。吃饭的时候，他不喝精心挑选的佐餐用的淡酒，而是拿了一个能装一品脱啤酒的大杯子，给自己倒了一杯没掺水的本尼蒂克廷甜酒。说话的声音也变成伦敦街头推车叫卖蔬菜水果的小贩那股味儿。他把餐巾塞到衬衣领子里，脸凑到碗边儿，噘着嘴喝汤。他用手撕小牛肉，端起盛小黄瓜和腰果的盘子，往自个儿嘴里拨拉。他从咖啡渗滤壶里直接喝滚烫的咖啡，连眼睛也不眨。

就我而言，吃完饭之后就脑子里一片空白，觉得天旋地转。我躺在二楼浴室地板上，伸开双臂，满怀柔情地拥抱马桶。从楼下传来诺尔曼吓人的尖叫声。你可能觉得他在说什么下流话。起初，我听不清楚，后来才弄明白他似乎在朗诵诗歌。

> 老母羊磨快它的角，
> 跑到屠夫那儿，撞断他两条腿……

节奏放慢。

> 老母羊为王子而战……

声音变得悲凉，渐弱：

> 从那以后没有人……再听到……它的消息。

我听见稀稀拉拉的掌声。诺尔曼又朗诵起来：

> 哦哦哦哦哦哦——有一只独角老母羊，
> 还有五十只母山羊。
> 它们在碧绿的玉米地生活，
> 让车轮旋转得那么美。

他把这九行诗念了五次，然后传来拖着脚走路的声音和开门、关门的叮叮咣咣的响声。半个小时后，我从浴室出来的时候，诺尔曼正在楼梯平台上耐心地等着我，准备上厕所。他迎上来，一双手搭在我的肩膀上，好像要扶住我，怕我摔倒似的。

"你父亲已经走了。我给你在长沙发上铺了一张床。"

他凝望着我，突然仰面朝天，哈哈大笑起来。我朝他哼哼了几声。


"7734417。"

"喂，早上好！我是说下午。我能和雷切尔·诺伊斯通话吗？"

沉默。

"喂，雷切尔？哦。我是查尔斯·海威。你也许还记得，我们在上个月你举办的聚会上见过面。后来，几天之后，我们……"

"是的，我记得。"

她似乎很兴奋，大声喘息了一会儿，说："我不想假装，听到你的声音我高兴极了。"

"好呀！"我说，"你这几天忙什么呀？"

似乎为了再拉近彼此的关系，她说："我在突击 A 级考试[1]呢！"

"太巧了。我在为上牛津临阵磨枪呢！你那个补习班在哪儿？"

---

1　A 级考试：英国普通中等教育文凭考试。

"贝斯沃特路。"

"嚯! 我学习的那个地方也在那儿! 具体位置在哪儿? "

"荷兰公园这边。"

"哦，贝斯沃特路右侧吗? "

"不是，左侧。"

"不，不是这个意思，"我不大自然地、咯咯地笑着。"我不是问你左侧还是右侧。我是指相对错误那侧而言对的那侧，'正确的'那侧。[1]"

"什么? "

挂电话吗?

不，放松点。

"哦，听我说，不管它了，不管它了。你明天下午去那儿吗? 很好。下课以后我去接你好吗? 几点? 四点半? ⋯⋯四点? 好。我去接你，也许我们可以一起喝杯茶。"

停了一下。生怕她不答应，我不由得紧张起来："你说呢? "

通常我或许会给出一个很容易被对方拒绝的"理由"，比如："除非你正在工作"，或者提前定下一个她可以堂而皇之推脱的日子。但是这一次我不能给她留下任何拒绝的理由，而是要把机会留给自己。我在她身上已经下了那么多功夫，做了那么多功课。过了一会儿，她才开口说话。

"好啊⋯⋯为什么不呢? "

为什么不呢? 她也许会坚持付自己的茶钱。"是呀，我也觉得没有理由不来呀。你四点钟在那儿等我，对吗? "

---

1　Right 有"正确"的意思，也有"右"的意思。故查尔斯与雷切尔对话时发生这种混乱。

"好的，还有……"

"很好，四点见。"我砰的一声放下电话，不给她喘息的机会。我站在那儿很紧张，几乎蹲了下来。我这样匆匆忙忙挂了电话她会怎么看呢？按照诺尔曼的逻辑，如果别人这样对待我，我会怎么样呢？这个粗鲁的小傻瓜显然硬着头皮坚持着，但你永远都不会知道。

星期二中午，我躺在浴盆里一动不动。就像一条肮脏的老鳄鱼，没有洗，只是一边在热气中蒸腾，一边在心里琢磨着。

该穿什么衣服？蓝马德拉斯棉布外套，黑靴子，还是胳膊肘子上打了两块挺显眼的皮革补丁的黑粗花呢外套？我应该以什么样的面目出现在她的面前呢？八月，我见了她两次，每一次的"面目"都截然不同，最后定格在忧心忡忡、寡言少语、高深莫测、博学多才、啰里啰唆、愤世嫉俗、喜怒无常、崇尚虚无主义、面对死亡冲动默然无言之间那个类型。

雷切尔为什么不能是她所属的那个性格更特别一点的人呢？只有天知道。如果她是个嬉皮士，我就可以和她聊吸毒的经验，聊黄道十二宫和塔罗牌[1]。如果她是左翼人士，我就装出一副可怜相，一边大谈讨厌希腊，一边从铁罐里拿炒豆子吃。如果她喜欢体育运动，我就和她玩……象棋、西洋双陆棋，或者参加别的什么活动。不，不要告诉我她就是那个姑娘，那个能让我明白用这种可悲的办法划分人是多么自私、多么愚蠢的姑娘。不要告诉我，她会把我挑选出来，带我做出滑稽可笑的决定。我无法忍受

---

1 塔罗牌：一种用来算命的纸牌。

这一切。

我开始认真清洗身上那些"孔洞"。这些"零部件"——从长着鼻毛的鼻孔到泡沫似的肚脐眼儿——如果不保持清洁,可就糟透了。当然,我非常清楚,担心自己身体上这些"零部件"失灵,纯属无稽之谈(只是再次胡思乱想罢了)。是的,确实如此。然而,知道那是一种无谓的忧虑并不能使我焦灼不安的心情稍减。

我用梳子和手指梳理阴毛。为雷切尔把这些茅草似的玩意儿收拾得漂漂亮亮是个好主意。原因不得而知。七月份一个夜晚,晚上十点过五分,贝尔赛斯公园地铁站,一个姑娘让我滚开,要不然就叫警察了。可是十点十七分,我就已经躺在地板上——在还没有碰过的、茶水还热着的两个杯子之间——给她脱油腻腻的裤子了。无可否认,那个女孩儿很丑,脱了衣服之后,散发着一股打开伤口、挖开坟墓诸如此类的味道,但你永远都不会知道个中缘由。杰弗里的理论是,漂亮姑娘比丑女人更喜欢性。可以以格洛丽亚为例,我昨天才见过她。在伦敦,我度过多么美好的时光。牛津,像童年一样,已经成为遥远的过去。

我裹了几条浴巾,踮着脚尖儿,跑回我的房间,浑身发抖蹲在炉火前面。这都是米勒医生告诉我应该尽量避免的事情。其实旁边就有一个浴室,可是眼下太脏,没法儿用。下星期,我可以把它打扫干净,这也可以算作我对詹尼和诺尔曼的回报。

我把身子擦干,撒了点爽身粉,穿上一条最花哨的内裤。低头看着自己肌肉发达的胸脯,扁平的肚子,突出的髋骨,没有汗毛的小腿。非常好!和你这样说,我一点儿也不介意。穿衣服的时候,我一直在想应该把屋子收拾得漂亮一点儿。不能像和格洛丽亚在一起时那样草率马虎。虽然把她带到这儿的可能性极小，但我还是想尽我之所能，把屋子搞得整洁点……我摩挲着下巴，把那些没用的便笺、文件夹归拢到一起。

我不知道她对音乐有什么爱好，决定在这个问题上"稳扎稳打"。我把唱片面儿朝上堆成两堆，第一堆最上面那张是：《2001：太空漫游》（不能搞错）。第二堆最上面那张，经过一番思索之后，我放上狄兰·托马斯[1]的诗歌选，诗是诗人本人朗读的。舒洁面巾纸放得离床远一点。如果放在床边椅子上无异于做了一则广告："我这个人最喜欢经常手淫。"我在咖啡桌上放了几本莎士比亚文本和一本《Time Out》杂志。也许这种不伦不类的组合，也是一种"阴谋二分法"，不过我担心未必奏效。为A级考试，我已经准备了一年，那几本"莎士比亚"已经被勾画得脏兮兮的不成样子。于是我换成泰晤士和哈德孙出版公司出版的《布莱克》（同样不能搞错）和《冥想的诗歌》。实际上这是一本美国关于玄学派诗歌研究的著作。尽管从封面上看，像一本垮掉的一代的诗歌集锦。雷切尔会解释那是她喜欢的作品。遗憾的是，《Time Out》的封面是一个又高又瘦的黑奶头姑娘。拿什么替换它呢？如果来得及，我出去买一本《新政治家周刊》[2]？可是真没时间了。我朝屋子四周张望着，可是看到的都是不怎么协调的东西。过了一刻钟之后，我选了一本简·奥斯丁的《劝导》。我把那本书翻到最后几页，面儿朝下，放到枕头旁边。这安排，真乃点睛之笔。

---

1 狄兰·托马斯（Dylan Thomas, 1914—1953）：英国作家、诗人，代表作《死亡与出场》、《当我天生的五官都能看见》等。

2 《新政治家周刊》：英国左派刊物。

三点半，我已经穿戴好，站在镜子前面，眯细一双眼睛，看还有什么不周之处。一切还好。我不会因为脸上长粉刺而烦恼，却总是担心皮肤下面偶尔长出的疖子。那玩意儿两天就出头，可消下去要两个星期。我过去两眼之间还经常长个大包，害得我就像横眉立目、大肆杀戮的刽子手。不过眼下城里没有大男孩儿。

　　我戴上再取下，取下再戴上那条红白点儿相间的围巾。最终没有戴，因为有点扎眼。我睡眼蒙眬地凝视镜子里的自己……雷切尔不会放过这样的机会，除非她疯了。镜子里这位帅哥中等身材，棕黄色的头发丝一般光滑，褐色的眼睛真诚明亮，嘴唇薄但很阔，下巴轮廓分明，面颊匀称，显得很酷。我紧咬着里面的牙齿，突出这个特点……喂，瞧！很棒呀，我的爱人。你呢？

　　我想上楼喝点茶的时候，电话铃响了。是杰弗里。

　　"喂，"我说，心里很高兴。"我准备今天晚上给你打电话呢！"

　　"哦……"停了五秒钟。"我晚上不在家。"

　　"你都好吗？"又停了一下。

　　"我想顺便去看看你。我现在成了曼迪德[1]，回不了公园。"

　　这会是他服了毒品之后的求救电话吗？

　　"你现在在哪儿呢？杰弗里。"

　　"哦，别挂电话。我瞧瞧。是在……南肯辛顿地铁站。不过，我现在还不想过去……我想和……一块儿……可是……这

---

1　曼迪德（Mandied）：此处指曼迪·赖斯·戴维斯（Mandy Rice Davis）。1963 年，保守党政客约翰·普罗富莫以及前苏联外交官与应召女郎克里斯汀·基勒同时有染，经媒体曝光后，普罗富莫向下议院隐瞒真情，后迫于舆论引咎辞职，史称"普罗富莫事件"。在这一轰动西方世界的丑闻中，同为应召女郎的曼迪德是重要证人。后来，她的名字成了坊间"人人喊打的过街老鼠"的代名词。

儿……"

"你他妈的说什么呢？"我问道，"听我说，你可以现在就过来，就在这儿等着。我先出去喝杯茶。或者，你想怎么样？是不是想先在哪儿溜达一会儿，晚一点再来？比如七点左右？"

"好呀，"他说，仍然显得很谨慎。

"再晚点也行。八点或者九点？"

"行呀。"

"听我说，你干吗不什么时候想来就什么时候来呢？"

沉默，然后他喃喃着说"好的"，又是一阵沉默，咔哒一声似乎无精打采地放下电话。

五分钟后他又打来电话，说他和两个女孩儿在一起。

我想了一下。"太好了。把她们俩都带过来，你不操的那个归我。你带麻醉剂了吗？"

"有点儿。"

"也带过来。我得赶快走了。我大概七点左右回来。也许还有别人在。听我说，如果我的卧室门从里面反锁着，你就别硬往里闯，好吗？"

"正干着呢？"

"也许。"

我只用了八分钟就到那儿了。我用手指把头发拢好，从那幢房子跑出来，跑过一溜斜坡，来到大路旁边。杰弗里会带女孩儿过来。现在不论发生什么事儿都无所谓了。


雷切尔一个人在厨房里，正把烟灰缸里的烟灰倒进一个像邮政信箱似的垃圾桶里。那个垃圾桶的颜色像婴儿的屎。我用机器

54

人那种嗲声嗲气的声音说：

"天哪，真对不起，我一点儿也不知道，那天的聚会是你举办的。你能不能给我一个将功补过的机会？我想请你下周三看电影。老天爷呀，我心里一直非常难过，真对不起。"

"别为这事儿过意不去。"

我等着听她说下去，可是她没有再说什么。"以后我可以和你电话联系吗？"我说，"或者……不要给你打电话？"

雷切尔嘴角现出一丝微笑。"随你的便。怎么都行。7734417。你能记住吗？"

"用我帮忙吗？"我脱口而出，"我看你活儿挺多……"

"用不着，真的。我自个儿能干。"

雷切尔走到餐桌跟前，把没用过的酒杯放到一个硬纸盒子里。我斜倚在桌子边儿，怀着破釜沉舟、孤注一掷的心情，觉得不仅仅是必须坚持自己的主张，而是这个主张必须被坚持；不仅仅是必须付诸行动，而是这个行动必须被实施。总之，在这样一种混乱的情感的冲击之下，我站起身，像中了邪似的，朝她呆呆地走过去。

"哦，跟我来，"她说。

我回到走廊。"3731417！聚会很棒！我们很快就会见面。"

星期二，我花了一刻钟查电话号码簿，然后给她打电话。我旁边放着打印出来的分镜头剧本，一张奥黛丽·赫本的照片，一个盛一夸脱杜松子酒的空瓶子。当然还坐着杰弗里。杰弗里刚吃了降价的麻醉剂，一直朝我点着头。

两个星期后，我们看了一场电影。电影的内容是关于冰岛仅能维持生活的农民兴衰的故事。其实，头天下午我就到电影院先看了一场，想出一些可以逗笑的评论，准备在黑暗中对雷切尔耳语。可是真和她看电影的时候，没那个氛围，只能闭上嘴巴。

我把还剩下的两张旅行支票中的一张兑换成现金之后，就有足够的钱坐出租汽车，看电影。她下车后，我也没有和她吻别。她问我要不要到她家喝杯咖啡的时候，我哈哈大笑。"今天晚上就免了吧，"我傲气十足地说。（除此而外，她父母在家。）那天晚上花了六英镑。管他呢，反正周末我就回牛津了。

雷切尔念的那个补习班在一幢摄政时期风格的房子里。这种房子色彩柔和、略带沉闷之感，在伦敦这一带很受欢迎。我背靠守护在双开门入口前那两根宛如混凝纸浆做的柱子上，练习微笑和打招呼。我觉得还不够引人注目，出来之前，裤子上别个奶瓶子就好了。尽管我在最后这一百五十码的路上走得很慢，俨然一个铺路专家，仔细观察这段路铺得如何，可还是早到了三分钟。

门廊右侧是一个灯光昏暗、没有挂窗帘的教室，里面坐的都是男生。他们都若有所思地凝望着窗外的路。对于来这种地方念书的小阿飞们，我很了解。这些家伙都是从公立学校中途退学的。退学的原因很复杂，脑子实在太笨，留长发、戴肮脏的硬顶草帽，扯下新同学的裤子鸡奸，搞同性恋多次被抓个正着。他们会不会突然冲出来，一边脱我的裤子，一边大声叫喊："要不要教教这个小混蛋如何办事儿？"教室里，一个男孩儿正在睡觉，趴在课桌上，脑袋枕着一份《金融时报》。就在我朝里面张望的时候，教室里一阵骚动。一个穿细条纹西服、留着胡子、满脸凶狠的老师大步流星地走进我的"镜头"。他在那个男孩儿背后，赫然耸立了几秒钟，然后用一个好像眼镜盒子似的东西朝他的脑袋使劲敲了几下。这一敲引起连锁反应：那位"小少爷"抽动了几下，哼了哼鼻子，喘着粗气，眨巴着眼睛；穿细条纹西服的老师大声责骂，男孩儿嚅动着嘴巴为自己辩解。老师教训这个狗屁不是的小东西家里那么有钱，自己却那么懒，中午大吃二喝，直吃得两眼儿翻白；教训这个没脑子的胖……

门开了。一个身穿绿色粗花呢外套、姜黄色头发的高个子男孩儿器宇轩昂地走下一溜台阶。他瞥了我一眼，好像我是个"光头党"。目光毫无惧色（因为实际上所谓"光头党"的人都很温顺），只是不以为然。他身后快步走来两个女孩儿。她俩都是瘦长脸，嘴里喊道："杰米……杰米！"杰米风度十足地转过脸来。

"安杰丽卡，我不去艾慕本克蒙特了。格雷戈里带你们去。"

"格雷戈里还在苏格兰呢！"两个女孩中的一个说。

"那我就管不着了。"姜黄色头发的男孩儿消失在一辆老式赛车里。

现在，学生们蜂拥而出。几乎每一个人都在大声嚷嚷："卡斯珀[1]，奥蒙德门，不可能，特棒，弗雷迪，五点钟，当然啦，喝茶？泡泡，晚一点，看我俩谁先到那儿，畜生，在奥斯瓦尔德家。"并排停放的"阿尔法·罗密欧"、"摩根斯"和"MGs[2]"都争先恐后地加速，扬长而去。步行的学生爬上通往诺丁山的一溜斜坡。雷切尔哪儿去了？是不好意思在那些光鲜亮丽的年轻人面前见我？还是我找错地方了？除了那个上课睡觉的家伙——显

---

1　卡斯珀：一个卡通造型。

2　MGs：英国莫里斯汽车制造厂生产的小汽车。

然被老师留下了——教室里的人都走光了。

雷切尔又是和三个人在一起，两个男孩儿，还有一个女孩儿。他们双双对对走下台阶，聊得热火朝天。看到这情景，我心里想，应该赶快溜之乎也。两个男孩儿中的一个和另外那个女孩儿先走了。雷切尔和另外那个男孩朝我走来。我认出他就是那天聚会时穿白礼服的"娘娘腔"，尽管现在穿着运动衫和斜纹布裤子。

"德福瑞斯特，这位是查尔斯……贵姓？"她笑了起来，"真对不起。"

"海威，"我也笑了起来。

"海威。查尔斯，这位是德福瑞斯特·霍尼格。"

"见到你非常高兴，查尔斯，"德福瑞斯特说，鼻孔里喘着粗气。一望而知，他是美国人。因为一般来说，八岁以上、二十五岁以下的美国人特征都非常鲜明。他看起来就像一位人到中年的美国体育运动专栏作家。脸上长着雀斑，花白的头发剪成平头。

是美国人吗？没错儿。

"你好！"我和他握了握手。

"我们本来就打算去'茶苑'喝茶，"雷切尔说。

我使劲点点头，对他们拟议中的计划表示同意。我们列队前进。大个子德福瑞斯特走在中间，雷切尔在里边，我沿着马路牙子走，一只脚踩在排水沟里，尽量避开路边的树。

另外那对儿在前面离我们几码远的地方停下脚步，打情骂俏。男孩儿头发呈斜线，梳到一边，长脸上长着麻子，从女孩儿手里抢走什么——一本书，或者一封信——女孩儿还想抢回来。

他站在她对面，两只手拿着那件东西放在身后。她靠在他胳膊肘子上，缠缠绵绵。

"快来呀，你们俩！"德福瑞斯特说，"该喝茶去了。"他走到大路上，回过头看着犹犹豫豫站在人行道上的我们四个人，打开一辆很大的红色"捷豹"，钻了进去，然后为我们打开车门。

"天哪！"

雷切尔转过脸瞥了我一眼，向前走去。我怀着一种小男生的惊奇，嘴角挂着一丝微笑，替她关上车门。另外那对男女在后排座坐下，我想关上车门。也许他们也想。可我最后还是钻了进去，害得他们俩挤到一块儿，就好像我是个行李箱。

"都上来了？"德福瑞斯特问，开着车向山下驶去，然后掉转车头，想来个"三点转向"，因为太快没有成功，只得老老实实向山上驶去。

我怎么会让自己落入这样的境地呢？雷切尔腰杆倍儿直坐在我前面，满头秀发亮光闪闪、芳香四溢，撩拨着我的心，我简直有一种被剥了皮的感觉。

"不，我只是喜欢英国车，"德福瑞斯特对雷切尔说。雷切尔点了点头，她显然也喜欢英国车。

所有这一切是否都是雷切尔有意策划的呢？也许当初我给她打电话的时候，应该给她更多的时间，容她把话说完。可是，那时候德福瑞斯特会不会就在她旁边呢？天哪。也许她会说："德福瑞斯特，亲爱的，又是那个讨厌的小屁孩儿。他不停地给我打电话，最后竟厚着脸皮要请我喝茶。我想，唯一的办法就是乐乐呵呵地教训一下这个无可救药的小混蛋……"

"茶苑"是一个颇有品位的工薪阶层的去处，按照三十年代美国咖啡馆的风格建成。有几张圆桌，四周摆放着齐膝盖高的蘑菇椅。后面还有几个小隔间。我们一起向里面一个角落走去，我殿后。女孩子们先坐了进去，紧接着她们的小情郎也落座。小隔间只能坐四个人。我朝四周看了看，那些奇形怪状的蘑菇椅都固定在地面上，没有可移动的椅子。

　　显然没有我坐的地方。雷切尔和德福瑞斯特正在商量吃什么烤饼。另外那两个家伙纠缠在一起，似乎已经到了摆开架势准备口交的阶段。我的脑袋就像一张电热毯。我看不见雷切尔。因为该死的德福瑞斯特那个鸡冠头挡住了我的视线。我讪讪地说："我出去打个电话。"

　　谁也没有反应。他们脑袋里似乎有另外一个世界在转动，压根儿就没有听见我在说话。

　　"茶苑"外面，我悻悻地走到马路对面正对地铁口的电话亭。我停下脚步，朝一家商店的橱窗望过去。我为什么不挤进去，让他们往里挪一挪呢？是因为我犹豫不决才落得这样一个下场。他们一定都希望我留下。不，根本没有地方。我别无选择，只能滚蛋。滚蛋。我开始向家里走去。

　　"查尔斯，等一下。"

　　我回转身，雷切尔停在了马路对过环岛路处的半当口。车流从我们之间驶过。她眼巴巴地看着我，等车过去。

　　她多么平庸呀！我想，心里一片茫然。

　　信号灯变了，她停了一下，双手插在口袋里，脑袋稍稍偏着，朝我走过来。她走到人行道上，在离我几英尺远的地方停下脚步。

"查尔斯,回来吧。"

"不。"

她向前走了两步,两脚并拢站定。

"对不起,你没事吧?"

"没事儿!"

"我得回去了。"

"是该回去了。"

"你冷吗?"她问道。

我是很冷。我虚荣心太强,想在她面前显得帅一点,连外套也没穿。现在冻得瑟瑟发抖。

"还行。"

她咬着嘴唇,走过来抓住我的手。

"还给我打电话吗?"

"当然。"

"那好吧,再见!"

"再见!"


坎普登山广场,另外一个茶会正在进行。杰弗里,以及两个打扮得很古怪的姑娘。其中一个身材娇小,就像披了个花窗帘;另外一个人高马大,站起来宛如全副武装的牛仔。还有詹尼,诺尔曼不在家。一幅田园牧歌式的、发自内心、宁静安谧的场景。我觉得有点头晕。尽管厨房里热气腾腾,也没觉得暖和。除此而外,那种清楚地意识到被人耍了的感觉还缠绕在心头。我一肚子气,从石门一直步行回坎普登山广场。

沏茶的当儿,我跑到楼上使劲咳嗽了几声,下来的时候,杰弗里拦住我，我们俩偷偷溜进起居室。

"你想干哪个？"他气喘吁吁地问。

"我不知道。还没跟她们打过交道呢。"

"你喜欢阿纳斯塔西亚吗？"

"阿纳斯塔西亚？"她不可能叫这样一个名字。"她真名叫什么？"我问道。

"琼。"

"哦，那个小个子？还行。衣服穿得可不怎么样。"

"唔，不过身材挺好。"

"你操过她？"

"就算是吧。她没有苏棒。"

"你操过苏？"

"就算是吧。她的奶头好看。"

"你说'就算是吧'是什么意思？"

"马马虎虎，就像特洛伊之战。"

"听不懂。很性感吗？她们俩什么样子？"

"她们俩不错呀，只是我硬不起来。犹如服了太多的镇静药。"

"这种事儿为什么从来没有在我身上发生过？"

杰弗里摇头晃脑地说："因为你是乡巴佬，我是时髦世故的城里人。"

我们又谈起镇静药。杰弗里拿出两粒安眠酮，还有些大麻。但是对于这位患支气管炎的"讲述者"，这玩意儿一点儿吸引力都没有。我从他手里拿了一粒安眠酮，准备一会儿再吃，心里清楚，今天夜里别想睡觉了。

那天晚上，恩特威斯尔夫妇第一次吵架，不过刚开战的时候彼此都还克制。杰弗里和我到厨房，帮助三个女人洗刷杯盘碗盏。突然听见砰的一声关门声，劲儿使得很大。没有听见脚步声，就看见诺尔曼的脑袋从门缝里伸了进来。他谁也不看，两只白化病人似的眼睛只是盯着詹尼。我们好像电视里的广告，一下子都僵在那里。然后他消失了，詹尼抓起香烟和打火机，也紧随其后消失了。

"好沉闷，"杰弗里咕哝着。

我为雷切尔精心设计的"舞台"并没有完全浪费。在我的房间里，阿纳斯塔西亚拿起《布莱克》，"哇"了一声，声音不高但充满崇敬之情。苏正了正她的腰带，跪在地板上，打开《冥想的诗歌》。我从她的肩膀望过去，她正在读一篇关于赫伯特·斯宾塞[1]的文章。这篇文章很不错，尽管它的题目是"高原的保证"，她一定想问："谁是赫伯特？"杰弗里用舌头舔湿一张卷烟纸，让我往留声机上放一张唱片。两个姑娘都是嬉皮士，我从那些美国密纹立体声唱片中选了一张节奏最激烈、最不和谐的地下丝绒乐队[2]演奏的《女英雄》。真是立竿见影。坐在椅子里的阿纳斯塔西亚立刻摇晃起来，一只穿凉鞋的脚打着节拍。苏显得神情呆滞，伸长脖子，弯腰曲背，整个人就像一个8字。你懂的。

---

1　赫伯特·斯宾塞（Herbert Spencer, 1820—1903）：英国哲学家。他为人所共知的就是"社会达尔文主义之父"，所提出的学说把进化理论适者生存应用在社会学上尤其是教育及阶级斗争。

2　地下丝绒乐队：摇滚史上一支极其重要的乐队，在他们短暂的艺术生涯中不断突破自我与大胆尝试，为后来许多乐队带来了启迪和精神鼓励。

杰弗里显得非常高兴。"今天我们狂欢一夜，还是做点什么？"没有人搭理他。他耸了耸肩，把卷好的大麻烟递给她。自己跟跟跄跄退回到床边。

有一会儿，屋子里显得那么宁静。

轮到我抽那支大麻烟了。我吸了一口，立刻咽到肚子里，而不是慢慢地吸，这是嬉皮士的吸法，好像那只是普通香烟。（故意摆一副炫耀的架势或者往里吸的时候发出很大的响声，被认为粗俗不堪。）我这样吸了好几次，等待会有什么感觉。"金环"牌的灰烬从我的指关节细雨般落下。是的，我觉得自己简直能把五脏六腑吐到地毯上。除此而外，没有任何别的感觉。不能说我对毒品没有反应。去年夏天，杰弗里第一次教我吸食紫心锭[1]。我连续两天服用那玩意儿，第三天浑身冒汗，第四天才从昏睡中醒了过来。我的新陈代谢在许多方面都像心灵的风向标那么容易被风吹动，容易轻信。杰弗里的大麻看来不起作用。他一定被人骗了，买了一团烂泥或者一火柴盒揉碎了的烟草末、迷迭香和阿司匹林。

我把大麻烟递给杰弗里，但他抬起一只手，脸上挂着一丝飘飘渺渺的微笑。突然之间，我觉得美好的时光不复存在。看着他那张仿佛充满懊悔的脸，我无法拒绝心头涌动的窃喜。是经常看到的那种"三位一体"：珍珠般的肤色，红宝石般的嘴唇，绿宝石般的舌头。他鼓着腮帮子，好像满嘴的东西要吐出来。

"你要什么吗？"

"水。"

---

1　紫心锭：右旋安非他命，一种兴奋剂。

"抽了那玩意儿会口渴，"阿纳斯塔西亚解释道。

我要离开房间的时候，苏珊气咻咻地说："每当那些家伙紧紧抓住'神庙'不放，把那个过程当作一种结构化的教育之旅，每当烦恼、焦急使得……那些东西一体化，我就非常烦恼。"她的话莫名其妙，我不由自主加快了脚步。


詹尼和诺尔曼的争吵进入第二阶段。这次从墙壁那面传来，高保真的，且听得一清二楚。

在厨房里，我就隐隐约约听见楼上传来叫喊声。我踮着脚尖走到浴室外面、楼梯间的平台。起居室的门开着，但是没有亮灯。声音是从卧室里传来的。詹尼在尖叫：

"你是刽子手！你听见我对你说的话了吗？你是**刽——子——手**！"

紧接着又是一声大叫。

我并没有惊慌，从詹尼叫骂的声调判断，她完全是某种情绪的宣泄，并非突然出了什么危险，也许只是诅咒的浪潮掀起了高峰。这种叫喊不是恐惧或者愤怒的结果，而是她深深地吸了一口气，心里想：我现在要大声叫喊，看看对扭转眼下的局面会有什么作用。

"你真是个杂种，"詹尼继续叫骂，"你不在乎，因为你是个刽子手！"

诺尔曼说："詹妮弗，你是陷入其中无法自拔，可你他妈的现在必须拔出来！你知道，必须，难道不是吗？你他妈的动脑子想一想！"

我掉转头不再听他们争吵。

在卫生间，我拉了一下灯串，在抽水马桶的盖子上坐了下来。我很兴奋。对每个人来说，今天都是激动人心的一天。"你是个刽子手"……也许诺尔曼的工作，就是干杀人越货的事。也许吃午饭的时候，他真的拔酸豆去了。他是不是开着他的"科迪纳"轧死了一队小学生？是不是把一个装瞎子的乞丐故意领到贝斯沃特路，还偷走一个要死了的犹太人的传家宝？他是不是用一把弹簧刀捅了一个很聪明的大学生（因为诺尔曼是个很激进的右翼分子）？他有没有在一位倒在地上吱哇乱叫的巴基斯坦人身上使劲地踩来踩去？（因为诺尔曼非常排外，在他眼里，不是从加来[1]，而是从巴尼特或者旺兹沃思[2]来的人都属于"外来人"之列。取决于那人是从大理石拱门站的哪个方向来。）也许——打个哈欠——她的意思只是，他是扼杀她对他的爱的"刽子手"。

这时从楼上又传来拳头击打什么的声音，紧接着一声闷响，好像谁倒在地板上。

我撕了一张卫生纸，擤了擤鼻子，绞尽脑汁想雷切尔。我希望杰弗里快点儿抽他的大麻，吐在我的床上，苏和阿纳斯塔西亚把他抬走，就只剩下我自己了。我要不要到起居室倒一杯诺尔曼的樱桃白兰地？不，为了把詹尼再打昏过去，他或许会让她先苏醒过来。我在水龙头下接了一杯水，给杰弗里送去。楼上又是一片寂静。

杰弗里确实在吐，不过不是吐在我的床上，而是吐在地板

---

1　加来：法国城市。

2　旺兹沃思：英格兰东南部城市。

上，溅到墙壁上、水池里、毛巾架上以及卧室旁边的洗手间。阿纳斯塔西亚一只胳膊搂着他的腰。我和大个子苏一起站在门口的时候，杰弗里转过头看着我，满脸羞愧。

"对不起，"他说，喝了一口水，一仰脖，咕噜咕噜漱了漱口，吐到浴缸里。

"没关系。可是，杰弗里？"

"什么？"

"还记得吗？你说过，我是乡巴佬，你是时髦世故的城里人，对吗？"

"没错儿。"

我们三个人给杰弗里收拾干净之后，给他拿来一个苹果、一杯水和一支香烟。我问他感觉如何，他说有点冷。我想给他打辆出租车。没成想，苏说她是开车来的。我很惊讶，她小小的年纪居然自己有车。我们七手八脚把杰弗里弄到车上，他们驱车而去。我问两个女孩儿要了电话号码，都没来得及亲亲她们。

看着他们消失在夜幕中，我摇了摇头，回到那幢房子里。走进黑魆魆的厨房，喝了几杯水，服用了那粒衬衫纽扣大小的镇静药片。窗外月光皎洁，我凝望着宝蓝色的天空，觉得希望之光从心头悄然升起。为什么不呢？总算有了一个牵肠挂肚的人，虽然让我焦躁不安。我觉得仿佛有一张脸在我肩头晃来晃去，不管那脸上的表情多么下贱，多么模糊不清，至少不是我的脸。

窗外，除了天空，没有什么让人赞美的东西。只有一堵光溜溜的墙，十二英尺高的墙头镶嵌着无数玻璃碎片，在月光下闪闪发亮。这是为了阻挡那些懒得从花园破门而入的夜盗贼。此刻看起来既无色彩，更不锋利。

我回转头，看见詹尼坐在旁边那间屋子的一张长椅上，两手抱膝，满脸憔悴，抽着一支烟。我向她走去。她不易察觉地动了一下，耸了耸肩或者摆了摆手，似乎告诉我，她一个人待着挺好。我随手关上房门，向卧室走去。

# 八点三十五分：雷切尔文件，第一卷

此刻，站在窗口，我费了好大力气打开第二瓶葡萄酒。红色的酒滴溅在雷切尔送给我的二十岁生日礼物上。那是朗曼出版公司新出的《布莱克》。外面很黑，这样大声发问看起来很得体：

快乐能否在夜色中
给青春的圣洁戴上枷锁，
晨光中结出果实？

我的书桌上，堆满了便签纸、文件夹、信封、餐巾纸、笔记本，还有完整的"雷切尔文件"。我戴着眼镜，用红蓝铅笔画出标题、脚注、还在可以相互参考的地方做了记号。

我们的关系必须平稳发展，尽管不能经常见面，但倘若准备不足，依然事倍功半。我参考《征服和技术：合成》，在"雷切尔文件夹"的封面内侧写道：

大写首字母 2 B
补充 A3 癖好
艾米丽 开场
玛丽琳 变化延迟

后来，我删掉"延迟"，换成"衰退"。不过这也说明不了多少问题。

学校的第一天让人非常尴尬。我觉得我还在其次，主要是那位女老师和她的团队让人难为情。因为事实证明，探寻学生相互之间的差别一般来说是那样的徒劳无益。

上学的路上，我走在魅力无穷的爱迪生大街上，掏出早晨刚刚收到的两封信。天气晴朗，离上课的时间还早，我在人行道旁边的一张长椅上坐下，躲开那上面的鸟屎，看了起来。

母亲这辈子与外部世界任何书面形式的联系都是对英国邮政总局的一份厚礼。我的名字拼错了，地址模糊不清，连我也看不出。信封左上角倒盖了四个"查无此人"的邮戳。我戴上眼镜，迫不及待地找几个关键的句子："很遗憾，星期日没见到你……收拾好了吗？生病……你父亲在伦敦待两个星期，可是……要举行很排场的家庭聚会……？一个同事来……你来吗？亲爱的詹尼……诺尔曼的所作所为……维克太太找到了你忘记的那件背心……"我脸上发烧。这是怎么回事儿呢？总归有点儿原因。不是什么好兆头。"……你多保重。弄清楚他那儿还会发生多少事情。拨打 01－937 2814，你可以找到他。"

9－3－7，W－E－S，西区：肯辛顿区。一定是他的住处。为什么她不往他办公室打电话呢？或者这只是她耍了个手腕儿，很婉转地表示她不感兴趣呢？所有这一切都让我沮丧。不过，我这天下午正好要和雷切尔喝茶——两个人的[1]，这个电话号码也许能派点用场。

---

1　原文为法语。

第二封信是航空信。贴着很漂亮的邮票。信是科科写来的。

"科科"是一位黎巴嫩经济学教授的十六岁的女儿（前年他以访问学者的身份来剑桥的时候，我父亲关照过他）。夏末，他们一家三次来度周末。科科皮肤黝黑，充满异国情调，是个风骚女子。而我已经到了年纪足够大、胆子也足够大，可以对她下手的时候了。第一个周末，我在楼梯平台上亲了科科。第二个周末，我在花房里摸了她忸忸怩怩尚且"青涩"的乳房。第三个周末，我劝她半夜十二点去我的房间。那是一个非常美好的夜晚，尽管没有做爱。那年，科科刚刚十五岁，我可不想因为和她发生关系而在她刚满二十一岁的时候才走出监狱大门。除此而外，她也不让我干。不过我们俩一直保持通信联系，因为这种来往让我"性趣盎然"，而我很需要这种感觉。我喜欢在信里宣泄（毫无疑问实际上只是对我自己）。她的信是这样写的：

亲爱的查尔斯，

感谢你的来信——你终于来信了！你真可耻，为什么不能早点给我写信？知道你考试成绩很好，我非常高兴。我的普通级考试不怎么好!?

我一目十行，找她夸我如何漂亮的话。最后一段写道：

我一直想早日去英格兰。妈妈说也许明年能去。我经常想，再见面的时候你也许就不喜欢我了。如果我们明年见面，你就是大学生了，我也上戏剧学校了。不过，一切都属于"也许之国"。好了！我该上床睡觉了。快累死了。赶快给我写信。

爱你的科科×××

**这倒需要立刻关注。我拿出一沓便签，开始给她写回信：**

我的宝贝儿，

感谢这封期待已久的来信。我对你那个"也许之国"极感兴趣。能给我详细讲讲这块神秘的土地吗？比方说，它的首都在哪儿？地理位置在哪儿？政府属于什么类型？还有，气候如何？边疆在哪儿？主要工业是什么？此外，你已经第二次忘记告诉我，下次来访的时候，能不能和我上床睡觉……

我站起身，像海星一样伸了个懒腰。已经快九点半了。我把两封信收拾好，匆匆忙忙向学校走去。

学校看起来更像维多利亚时代的警察局，和我期待中的解惑授业之地大相径庭。校舍蹲伏在大路一边，两侧是带有细长平台的房屋，用淡紫色的栅栏隔开。煤烟熏黑的砖墙不见阳光。我悄悄走到地下室后门。门开着。

除了那位女老师，好像一个人也没有。陶伯太太在办公室喝咖啡，抽烟。每样儿都是"三"——三杯咖啡，三支香烟。看到我，她似乎吃了一惊，但总体上是高兴的。

寒暄过后，一阵让人难堪的沉默。我问她，我是不是来得太早了？我有点疑惑不解，因为这里空空如也，也许我把时间搞错了。

"当然不早，"她说，指了指背后的电子钟。九点三十五分。"你能看见那上面的时间吗？"她似乎真诚地希望得到一个回答。

我有点不知所措。按道理我应该回答道："非常对不起……请您原谅。可是……这是陶伯精神病院，不是吗？"但我没有这样说，而是问，别人都上哪儿去了？

她恼怒地说："他们都迟到了。"

我拍了一下大腿，摇了摇头。

"哦，哦……在'开始'之前，我能先到什么地方走走吗？"

这时候，她又恢复了先前的热情，连忙领我去"图书馆"——一间肮脏的储藏室。里面放着三把椅子，一块裂了缝的黑板，还有至少十二本破破烂烂的教科书，堆成齐膝盖高的一堆，被扔在墙角。随后的一个半小时里，我的"同事"们陆续现身于这个"自由派学者"的"竞技场"。总共四个人。两个女孩儿。有一个不错，只是个子比我高出许多。

到这个星期中间那几天，陶伯辅导班对于我已经没有什么令人惊讶的地方了。学校总共二层楼。楼上有一个大厅兼健身房、自助餐厅、教室，再加两个教室。这个学校原来还是幼儿园，或者主要是幼儿园。普通级补习班其实就我们五个人。补习十次之后进入升学考试补习班。年龄不是划分班级的标准。"大班"的年龄从十五岁（一个研究习惯性流产的小流氓）到十九岁（我）。"小班"从蹒跚学步的小孩儿到扁扁脸、个子比我还高的先天愚型病患者。这种"病患"的年龄可以从八岁到三十八岁。这儿的孩子很大一部分显然是精神疾病患者。

我的时间（理论上）可以划分为两段。上午在办公室里由两位本校教师辅导数学和拉丁文。晚上圣约翰学院一位英语老师在宽敞的大厅里给我们上"大课"。

事实上呢？

十点到十点半到校。格林奇先生教二十分钟数学。真空压力室一样的办公室里，让人想起死人脚，想起头发掉光、耳朵长了囊肿的八九十岁的老人不停地大声吸吮灰色假牙（起初我以为他含了一嘴硬糖块儿。星期三那天，他居然吐出那口不受拘束的假牙，耷拉在腮帮子上，过了一会儿才吸回去）。思想就像坏了的布谷鸟闹钟，经常忘了你在那儿。在大厅里待十分钟，和那个不太丑的女孩萨拉聊天儿。十一点三十到中午，和玛丽格尔德·特里加太太——那个人高马大但还算匀称的拉丁寡妇在一起。她不穿长袜，我的目光总是设法沿着她那两条肌肉发达的腿向上扫视。我的锦囊妙计包括：故意让铅笔从我和她并排坐着的桌子这边滚到地板上，然后弯腰捡起；在正对她的门口蹲下来，假装系鞋带；在铁楼梯下面徘徊，碰运气。特里加太太三十多岁，长得一点儿也不怎么好看，但穿的裙子很短。

和萨拉一起待了五分钟。步行回家。中午随便吃点东西，要是有人在家——不管詹尼还是诺尔曼——就聊上几句。有时候他们俩都不在家，从来不会同时在家吃午饭。下午回学校后，也许会在大厅待半个小时，和那三位"同学"侃大山（萨拉只上午来）。我还试图在这儿做几分钟功课。不过并不容易，因为下午有五十个吵吵闹闹的家伙在这儿上课。通常是戏剧课，音乐课，自我表达课。

这就是我夜深人静博览群书时单调的背景。我已经在探索荒诞不经的文学，尤其喜欢查尔斯·狄更斯和弗朗茨·卡夫卡的作品。在他们的作品中，我找到一个表面怪诞、内在深刻的世界。而这正是我试图投身其间的广阔天地。我真正的研究是在家里，当然大多数时间是研究雷切尔，研究英国文学与语言。在我看来，这才是我之所长。

自从那天夜里两个人动手打架以来，詹尼和诺尔曼之间平静了许多。但是在他们难得一聚的日子里，屋子里闷热潮湿。不是那种日复一日的打闹，也不是那种让人郁闷、充满歉疚、因为没有性生活而抱怨的关系。这种关系我在许多家庭看到过，在这种家庭里，紧张空气从来没有消散过。但是，这里肯定有什么很危险的东西，我觉得应该弄清楚那到底是什么东西。

可以预知的是，诺尔曼的行为比他的妻子更容易解释。此刻，傍晚时分，他会坐在厨房餐桌旁边发愣，手里玩着车钥匙或者睁大了一双灰绿色的眼睛盯着对面的墙壁。有时候，他径直走到门外，只是为了出去而出去，并不是为了在习习微风中透口气。

第一天到学校，中午回家后我在厨房享受了——我想是甜蜜地——一份三明治和一杯牛奶。诺尔曼进来的时候，我几乎没有发现。他不像平常回家时那样，吆五喝六，叮叮咣咣，而是有点犹犹豫豫，踟蹰不前，仿佛只有走进厨房，才能确信没有走错家门。"哦，哈啰，"他说，"詹妮弗在家吗？"（在诺尔曼的字典里，詹妮弗的意思是"婊子詹尼"。）我说，估计她出去了。我们俩都耸了耸肩。他又若有所思地点了点头，打开冰箱门。"有吃的吗？"他问道，一双眼睛扫视着厨房，看见一水池子餐具、一个脏兮兮的托盘以及一筐臭烘烘的床单。桌子上扔着还没织完的毛线活儿，一口好像补锅匠货摊上的锅。

接下去发生的事情怪怪的。我从来没有见过诺尔曼对家务感兴趣。平常他就像住在帐篷里，或者预制板盖的、半永久式的房子里——地板上乱扔着报纸，在楼梯上脱衣服，大靴子踩在干净的垫子上。

他往前走了一步，把垃圾桶踢到水池下面，用手背把一个罐子推到滴水板上。

"这些该死的玩意儿，"他脑袋往后一仰，大声叫喊着。"她们能做的就是吞下煎鸡蛋，往自个儿身上喷香水儿。"他打开水龙头，挽起袖子，说话的声调不无讽刺与讥诮。"你他妈的一天到晚干活儿，她们在服装店扭着屁股卖弄风骚，在斯丽紫、维兹或者别的什么店里大把大把花钱。你在店里耐着性子等，她们坐在那儿描眉打鬓。"他的声音提高半个八度。"就因为她们是女人——"他愤怒地叫喊着，声音颤抖，仿佛遇到挫折，突然停了下来。

诺尔曼洗完那些餐具（以童子军的细心），穿上外套，离开了家。

不过，这不是他的本来面目。如果他真是这样的人，就不会做他做过的那些事情了。


"茶苑事件"三天后，星期五，我又见到雷切尔。

即使这次见面是我精心安排的，也不会更坦然，只不过更让人惊讶罢了，因为我已经听天由命，决定放下雷切尔这部"作品"了。星期三早晨刮脸的时候，回想起头天夜里心中的忧伤，我脸颊的肌肉抽搐着，局促不安。最好的情形是，她对我有点怜悯；最糟糕的情形是，那是她和德福瑞斯特计划中的一部分。那天晚上我又羞又气，没有给她打电话。也许明天可以打。没有投入，也就没有损失。

可是，如我所说，等我真的见了她，实在是再自然不过了。当时真有点措手不及。没有刮脸，头发乱得像块抹布，粗呢外套，棕色宽条绒阔腿裤。没带记事本，只能即兴发挥了。

那时，我正好在诺丁山门史密斯的铺子里，背对前门，站在那儿搔头皮。不是因为迷惑不解，而是因为头皮痒痒。那天真是出师不利，刚放下一本关于伦敦方言的书（谢谢，诺尔曼！老婆哪儿去了？上楼拉屎去了？），又拿起一本关于"批评与语言学"方面的书。

她从后面走过来，使劲儿捅了一下我的肋骨。

"哈啰，你读什么书呢？"

"哦，哈啰！"我的声音有点沙哑，一望而知很惊讶。但很快就镇定下来。"哦，你知道有些狗屁不是的职业写手把早就发表过的文章拼凑到一起，假装一本新书。"我停了一下，挥了挥手（三次），做出一副不耐烦的样子。"他说，'都是关于词汇问题。'"我指了指封面上的副标题，想起以前看过的一本小说里的话，不由得激动起来。"但是他们真正关心的是他，他的趣味、他的姿态以及他多么喜欢钱。看看这定价。"雷切尔看了一眼价格，抬起头看了看我，脸上挂着灿烂的微笑。

如果愿意，你可以说我是装腔作势、故弄玄虚、呆头呆脑，但是作为一种"口头测验"，应该说还不错。

我们俩又一次冲动起来，开始逛商店。这让我看到许多不同的画面：那种男孩子对儿童玩具依然迷恋的情景；和女售货员恶作剧开玩笑的情景；那么喜欢那种粗俗的贺卡（小猫和一团毛线，狗看起来像老头）。雷切尔虽然看起来兴致勃勃，但也没有我一直期盼的亲密。比方说，她一次也没抚弄我的下体。

我们的"商场之旅"在卖唱片的柜台前停了下来，看见一个个子不高的中年男子（两个棕色大耳朵就像浸了茶水的姜味饼干）正在指责一个同样个子不高但年纪比他小很多的女售货员。她一直朝他打哈欠。他找不到想要的单声道唱片。

"你的意思是说，只有立体声唱片？"他用又尖又细的声音说。我无法相信他长的是耳朵。

"是的，可是……"

"对那些有立体声电唱机的人来说这倒不错。"

"这唱……"

"没有立体声电唱机的人怎么办？"

"据说在……"

"真让人恶心。"他转过脸对整个商店的人兴高采烈地说，好像发现了什么期待已久的东西，而这个东西在那么长的时间里你都不觉得恶心，甚至还让你感觉良好。"真让人恶心，"他又重复了一遍。一边说，一边沿着柜台朝前走，似乎想弄明白眼前的听众都是些什么人。"难道我们只是一群羊吗？"他说，目光从一张脸落到另一张脸上。他走到我的面前。

"你有立体声电唱机吗？"

"……先生？"

"你拥有一台立体声电唱机吗？"

"当然没有。"

他听了似乎很满意，拂袖而去。

我想买一张密纹唱片，但是因为对雷切尔喜欢什么音乐一无所知，就没有买。我建议去喝杯咖啡。雷切尔表示同意，她看了看表，说十五分钟后就得赶到那个补习班。我脸上露出一丝微笑——最初是表示欢迎的微笑，渐渐变成嘲弄，狗屁不是——伶牙俐齿。我应该想到性的巨大力量。

向门口走去的时候，我突发灵感。

我在人行道上突然停下脚步。天哪！差点儿忘了，我早就约了塞西莉亚·诺丁汉下午带她到海德公园兜风。她会介意吗？

"雷切尔，"我说，"星期一怎么样？我们星期一能在一起喝杯茶吗？"

她想了想。"好吧，"她说。

"真的吗？那么，四点一刻。"我叫了一辆出租汽车。"茶苑？"

"好的。"

"太棒了！多切斯特酒店，请。星期一见。"

其实都是策略，是雷切尔最精明的手段。她看起来不太时髦、不太自信、不像先前那样让人望而生畏，甚至连个子都小了许多。她似乎总是噘嘴生气，装聋作哑，故意念错很长的单词。而所有这一切越发突显了她的"小"。不过我并不在意。就连她像个小姑娘似的，皱着鼻子，拿不定主意，或者睁大双眼，做出一副可爱的、十分惊讶的样子时，我也只是觉得好玩儿。心里想，如果她很傻、烦人、丑、做作，我也认了。

不管怎么说，我需要表现出某种独立，需要做一些能够抵消星期二拙劣表演的事情。我需要休息一段时间，需要再做一些研究。我这张脸还经不起茶苑刺眼的霓虹灯的照射。开车兜风这样荒唐的事情至少可以解释我为什么穿一身破旧的衣服。在这件事情上，我无计可施。狂妄自负像一艘没有载人的独木舟，在想象的激流中跳荡。

我想是那天下午，我开始给父亲写信。这个"项目"在未来的几个星期里，将占据我许多业余时间。

我准备好自来水笔、墨水瓶和笔记本，心里想，我真想拿起手头任何东西打那个混蛋！四十分钟后，我只写了一行字：

> 亲爱的父亲，
> 提笔给你写信的时候，觉得很难。

我上楼想喝点儿茶的时候，詹尼正在厨房用水洗星期二夜里诺尔曼给她留下的还没有完全消散的黑眼圈儿。

"怎么样了？"我问道。

"现在好点儿了。门把手太糟糕了。"

这几天，詹尼默不作声，可是她的沉默是"此处无声胜有声"。他们打斗后的那个星期，她又像平常一样：别为我担心，我很好……没事儿。每个小时都要走两英里，"巡视"一遍那幢房子，看有没有额外繁重的家务要做。她虽然是个很坚强的人，但每次弯腰或者开始爬楼梯的时候，都要因为疲惫不堪而呻吟，或者因为疼痛而叹息。

到周末，当然是史密斯的星期五，她生病卧床，变得宛如一个穿睡袍的幽灵。偶然可以看见她在楼梯上走，或者在厨房准备淀粉做成的零食。有时候能听见她在楼上徘徊，然后到浴室。有时候，诺尔曼傍晚出去，她会从楼上下来，和我一起喝点儿什么。这时候，我总是尽量让自己看起来和蔼可亲，充满智慧。但任何努力都徒劳无益。

到星期六，我已经在詹尼家待了将近两个星期了。在诺尔曼摔盆砸碗，大打出手六天之后，我准备到泰特美术馆。临走前，我想到楼上起居室喝口小酒（只是为了驱寒）。我站在窗口，朝广场张望，浑身打颤，杜松子酒像一股暖流涌遍全身。这时，从隔壁卧室传来詹尼无力而又焦急的声音："诺尔曼……？"我把头探进去，说不是诺尔曼，是我。我问她，是不是要我给她拿点什么东西。

詹尼的床头柜上放着一个托盘，托盘里乱七八糟堆放着好多东西。五分钟后，我费了好大力气才给茶杯找到"一席之地"。屋子里散发着一股化妆品的气味儿。半杯咖啡，堆满烟蒂的烟灰缸，潮湿的羽绒被，地板上堆放着的一摞歪歪扭扭倒下来的杂志，将女主人的心情展露无遗。梳妆台上扔着两管儿用完了的碧娜和提基牌唇膏。此时的詹尼穿着红色棉布睡衣，面颊绯红，皮肤娇嫩，头发闪闪发光。我又一次想到，她的裸体一定赏心悦目。

我在床边坐下，问她感觉如何？詹尼蜷起两条腿，靠床头坐着。

"很好，"她说，混合着睫毛膏的眼泪在被诺尔曼打肿了的右眼里打转转。她抽了抽鼻子，脸上挂着歉意的微笑，伸手去拿那杯茶。

我喉咙里堵得慌，断定是因为忧伤，而不是卡了一口痰。我张了张嘴，想说点什么，但什么也说不出来。

"只是有点累，"詹尼说。

我想，我们俩都想聊聊。可不知为什么却都难于启齿。

我花了一整天的时间为星期一与雷切尔"茶苑幽会"做准备。在那个地方，我不应该是最具代表性的顾客。说实话，来"茶苑"的人都面无表情，死气沉沉，这儿应该主要是三十开外的人的去处。那么，假如弱不禁风、邋里邋遢、焦急不安的十八九岁的女孩儿来这儿又会怎么样呢?

俯卧撑、下蹲运动、性感十足的健美操。全套身体护理（我对这些玩意儿并不擅长）：剪耳朵眼儿里的毛，修脚指甲，电烫阴毛，做个"发型"，把每一颗牙齿都刷得干干净净，刮舌头，抠鼻孔。（第二天，我时间紧迫，只能放学后赶快跑回家，在热水龙头下整理整理那身行头。）读了两篇埃德娜·奥布莱恩[1]早期的作品，揣摩一下女人的心理，仔细研读了一遍《性技巧手册》。九点钟喝了点"好立克"[2]。

雷切尔没有爽约。

那天下午，呷着滚烫的、粉红色的热茶，在循循善诱的提问、热情鼓励的微笑和及时概括的引导之下，雷切尔·诺伊斯给我讲了她的故事。

听起来就像一本六十年代的能给人启迪的小说。她压根儿就

---

1  埃德娜·奥布莱恩（Edna O'Brien, 1930—  ）：爱尔兰小说家、剧作家、诗人。她的作品着重描写人物与传统的家庭观念以及教育的决裂，还有在现实面前要做出抉择的心态，其作品尤其擅长表现女性内心深处的情感。

2  好立克：一种饮品。

不是犹太人（所以不存在"你嫁给白人小伙子"的问题）。十九年前，她在巴黎出生（比我早一个月）。雷切尔十岁的时候，父亲义无反顾地离家而去（"我想，他再也忍受不了了"）。母亲（"她自个儿有点钱"，让我们庆幸这小小的幸运）几乎立刻就搬到伦敦。

无论如何：

"不上学的时候，我大多数时间都和保姆里斯大妈待在一起。她很可爱。我现在还经常到富勒姆去看她。我十六岁的时候，妈妈就不再雇她了。离开她，我整整哭了一个星期。后来妈妈嫁给了哈利。这也许是件好事儿。因为他人很好，而她一个人过日子，非常寂寞。她好多年前就认识他，我猜他们早就是情人了。他那么好。你会喜欢他的。谁都喜欢他。他是个非常坚定……也非常理智的人。妈妈需要这样的人，因为她自个儿有点儿神经过敏。她会把自己搞得非常糟糕。她根本就斗不过爸爸。他对于她，就是个恶棍。后来，他们（她母亲和'食客'哈利）在汉普斯特德买了房子，我就离开劳恩格莱德斯，来到这儿。"

我问她的亲生父亲。

"我有时候也去看他。他是个画家，现在还住在巴黎，*le seizième*[1]（发音还挺标准），和他的情妇生活在一起。他们一直没有结婚。今年夏天我和他一起待了两个星期。她也在。我挺喜欢她。她是个雕塑艺术家，比他年轻许多。我不明白他为什么还要坚持见我。他每次见到我都态度极其恶劣，喝醉酒不停地往家里打电话，跟我嚷嚷。"

---

1　*le seizième*：法语，第十六区。

我问她，他都嚷嚷些什么。

"哦……责备我为什么不给他写信？问我下次什么时候来？有没有通过 A 级考试。骂妈妈，说她是骗子，等等。这是不是很正常？离了婚的父母总是在儿女面前相互攻击，恨不得掐死对方。一定要反目成仇……你说呢？"

我说是。

"上星期，他打过电话。你相信吗？居然问我吃不吃避孕药。我说：'听着，老爹，我就是怀孕了也不会去找你的麻烦！'他这才闭上嘴巴。"

我相信他闭上了嘴巴。避孕药。真刺激。

"我们在家里从来不提他。没意义。这也是哈利最让人佩服的一点。从来不提他。有他（哈利），我们真的很走运，不至于让我们发疯。他的妻子离他而去。他们原本是挺好的一对儿。阿诺德十四岁的时候，他妻子带着阿诺德离开哈利。这个年纪，和儿子分离的确是件难事。你见过阿奇吗？"

"没有。"我没跟她说在那次聚会上我见过阿奇，并且已经心生恨意。

"你一定要见见他。"

我眨了眨眼睛。

"去吗？"她问道。

我想了一下，觉得这是一种充满柔情的、惠特曼式的邀请，让我现在就去看他们。然而不是。我拿起账单。与此同时，雷切尔用一块皱皱巴巴的纸巾擤了擤鼻子，戴上太阳镜。这两个动作把她的鼻子弄得又大又红。

离开"茶苑"，懒洋洋地走过那条通往公共汽车站的路，我迷惑不解，一点儿精神也打不起来。雷切尔办事有条有理，而且精力充沛。我从哪儿得出她很聪明的结论？杰弗里？不对。是杰弗里的姐姐？不是。是我？没错儿。我问自己，你是生活在一个怎样莫名其妙的世界，小兄弟？

好像短短一个下午，"雷切尔文件"就都化为乌有。所有的学问都浪费了……完全浪费了。

"你莫非连布莱克也不喜欢？"我抱怨道。

"什么？"

"我在想你喜不喜欢布莱克。如果你喜欢，我想下星期日带你去泰特美术馆看他的画。当然，如果你没去看过的话。"

我当然是原来就打算说这番话的。可是现在听起来却淡而无味。我没有抚摸她的肩膀，也没有像后屁股兜里装的小笔记本里描绘的那样，含情脉脉地凝望她，甚至都没正眼瞅她一下，说道：

"我只是想，你或许会……我没有……"

她要坐的公共汽车从街角转过来。雷切尔排在队伍后面，向前挤去。我在原地站着，哪儿都不想去。失望和疲惫似乎化作很大的呻吟声。如果雷切尔没有突然说出下面这句话，我就不会再说什么了。她说：

"哦，查尔斯，我倒真的想去。可是……事情没那么简单。"

她气咻咻地瞥了一眼公共汽车，就像一个想撒尿的小姑娘，烦躁不安，不停地挪动着双脚。我不由自主地往前挤了挤，发自内心地想抓住她的手。可是她的两只手都插在口袋里。

"是德福瑞斯特。他要来吃午饭。或许会待下来。"

"哦，好吧。"

"给我打电话，别不打。好吗？"

一个结实健壮的老太太头上戴着一顶三角形塑料包似的帽子，把我恶狠狠地挤到一边，和雷切尔一起走上拥挤的站台。

"你永远不会知道，"我大声叫喊着，满脸通红，不无讥诮。


我激情满怀地走过贝斯沃特路，边走边想，除了在这条路上器宇轩昂，我还能做什么呢？

很好。恶魔似的、呆头呆脑的汽车；苗壮生长的树木；看起来仿佛很远的、飘飘渺渺的建筑物；宛如来自太空的、身上污渍斑斑的徒步旅行者；强烈的意识；悲哀的谬误加上无所不在的记忆幻觉。对宇宙空间的焦虑，超自然的恐惧，少年人的理念。患幽闭恐惧症和恐高症的感觉。诺思·弗莱[1]把这种感觉称之为"对世界末日不安的预示"。安格斯·威尔逊[2]笔下一位人物称之为"青春期自我为中心"。去年圣诞节，我差点儿被这些理论逼得自杀。我心里想，都他妈的是些什么玩意儿呀！对于这种感觉，我的兴趣之所在，并非"那是一种什么感觉"，而是"有什么关系吗？有什么价值吗？"因为如果连一点点谦卑也没有，对我而言，那就犹如刺激大脑的电极。那种感觉会不会越来越弱，越来越弱，就像人的唯一性？或者我们之中的某些人会紧抓不

---

1 诺思·弗莱（Northrop Frye, 1912—1991）：加拿大文学批评家，也是二十世纪屈指可数的大师级思想家和理论家。

2 安格斯·威尔逊（Angus Wilson, 1913—1991）：英国小说家、文学批评家。其代表作《盎格鲁一撒克逊态度》（1956）以讽刺的手法，较为广泛深刻地反映了英国社会的现实。

放，继续下去？倘若那样，我想，我就要和我在这一带注意到的所有那些二十五岁的人为伍了。这些人认为自私自利是天经地义的事情。我看见什么东西渐渐隐退，断断续续，而又十分清晰。第三只眼在他们头顶游弋，被他们和其他东西之间鲜明的对比所吸引。环顾四周，除了你自己，什么都和你不一样，没有丝毫相似之处，简直一塌糊涂。然而，这正是最让他们对这个看得见、摸得着的世界感兴趣的地方。哦，我不得不在夜半时分拿定主意，这样做，或者那样做。你呢？

第二天早晨，我给雷切尔打了个电话，像朋友一样聊了一会儿。

谈到布莱克的时候，她对这位版画家表现出极大的热情，而且令人惊讶的是，她对他非常熟悉。显然，如果我真的带她去看布莱克的美展，还得突击学习一下呢！

"是的，不过至少在取材于弥尔顿[1]作品的那些画作中还有许多值得我们探究的东西，因为他的作品中有许多启迪精神世界的灵感的火花。"我停了一下，从三开始往下数。"问题是，你能来吗？"

"查尔斯，我觉得……"

"别挂电话，你说话的声音得大点儿。我这儿还有别人。"我砰的一声关上门，厨房里正在播放的无线电收音机的声音变成

---

1　弥尔顿（John Milton，1608—1674）：英国诗人、政论家、民主斗士，英国文学史上最伟大的六大诗人之一。弥尔顿是清教徒文学的代表，他的一生都在为资产阶级民主运动而奋斗，代表作《失乐园》与荷马的《荷马史诗》、阿利盖利·但丁的《神曲》并称为西方三大诗歌。

宛如地下传来的隆隆声。"这下好多了。你说吧。"

她的声音不太坚定了。"查尔斯，这件事情让我心里很不安。德福瑞斯特星期日要来。我不能……你知道。"

"你愿意来，对吧？那么，别着急。我给你编个极好的理由骗他。"

"问题就在这儿。我不想……对他撒谎。"

哦，天哪！"我明白了。你可以跟他说你去看布莱克美展，但不说和谁一起去，难道不行吗？"

"我们俩前不久刚去看过。不可能再看一次。除非脑子进水了。"

毫无疑问，很难预料这个家伙脑袋里会生出什么奇思妙想。我愁眉苦脸。

"我想，我可以对他说，我们去看'格雷[1]插图'。"

"什么'灰色插图'[2]？"

"给《格雷诗集》做的插图呀！"

"哦，当然。你就这样说。不过他也许想跟你一块儿去。他会吗？"

"如果我说看完展览去看里斯大妈，他就不会去了。"

我等待着。"看完展览，你真的要去看里斯大妈吗？"

"你介意吗？"

我脑子飞快地想。"不介意呀！不过你说，她住在法纳姆，

---

[1]　格雷（Thomas Gray, 1716—1771）：18世纪英国著名诗人，其代表作为《墓园挽歌》。

[2]　上一句原文为："Gray Illustrations"，和这一句"grey illustrations"，发音完全相同，但Gray指诗人格雷，而grey是灰颜色的意思，所以造成查尔斯的误会。

那儿可挺远呀……"

"不是，在富勒姆。"

"富勒姆？哦，太棒了！那我们就去看她。她这个人听起来挺传奇。我想会会她。她是威尔士人，还是哪儿的人？"

星期六，我提前到了一趟泰特博物馆，兜里揣着诗人袖珍本诗集和常常翻阅的"泰晤士河哈德孙出版公司"出的版本。那个展厅装饰得就像个文具店。

我在那里转了半个小时。对着一楼那些表现军国主义的作品冷笑，对着贺加斯[1]的一两幅作品哈哈大笑。然后开始工作。我先画了一张路线图，然后标明一般人感兴趣的地方。为了那位气喘吁吁的服务员能在那天对我好点儿，我走到他跟前（简直就是四脚着地爬过去的），跟他探讨他多讨厌美国人和来自世界各地的孩子们。我对布莱克的作品情有独钟，在"泰晤士河哈德孙出版社"出的那本书上做了些标记。对这个地方从宏观上形成了一种印象。实际上我有点羞愧，以前居然没有来过这里。因为我真的喜欢布莱克的作品，不是心血来潮。

两个小时后，我在国王大道上的一家小酒馆一边喝大麦啤酒，一边旁征博引，绞尽脑汁写"发言稿"。有一篇是关于《上帝创造了亚当》的，准备离开画廊南边那扇大窗户的时候朗读。我想象着，太阳洒在河面上的光渐渐泛白，掠过我的脸，怪怪的。周围一片宁静，我皱着眉，朗读这些文字。我写的是：

---

1　贺加斯（William Hogarth, 1697—1764）：英国画家和版画家。

这幅画呈水平方向运动……显示出那么充沛的性的力量。上帝和亚当的脸（停顿）显得痛苦，又那么遥远。（问一下她如何想，是否同意我的看法）是的，正如布莱克想象的那样——"创世记"从根本上讲是具有悲剧色彩的行为。（笑，发自内心深处的笑）尽管很性感。显然是一种经验。

然后，以注解的方式，我写出一篇挑起论战的短文——为什么我没看过（显然也没有听过）"格雷插图"的展览。

疑云消散——这些材料淡而无味——拘谨与幽默——没有启示。

我沉下了脸。

过分的拘谨——保守的陈词滥调——让这一切都他妈的见鬼去吧！

酒馆里来了一些围着蓝白相间的围巾的足球流氓。一帮没穿制服的老年市民。他们看起来闷闷不乐，因为刚才声嘶力竭的叫喊而有点头晕目眩。喝完大麦啤酒，我又读了一遍自己写的那些东西。我朝周围瞥了一眼，咳嗽了几声，又读了起来。没有人这样谈话。不管怎么说，雷切尔对布莱克还是有些了解的。这是最后的努力！之后，我想，还得再读一读劳伦斯的作品。

我拍了拍口袋，里面还有找出来的零钱，足够打出租车或者喝两杯威士忌再买张地铁票。也许不把钱花在这两件事情上，而是买张馅儿饼或者别的什么东西吃吃。说来好笑，我从来都不是个"吃货"。现在，詹尼一天到晚心事重重，或者不管什么原因，给诺尔曼和我做的晚饭难以下咽（我总是狼吞虎咽，生怕诺尔曼认为我古怪），反倒让我有一种如释重负的感觉。现在食物对我而言，已经不只是淡而无味，而是一种完全不相干的，甚至多余的、几近奢侈的东西。一定是因为雷切尔的缘故。我想起狄更斯笔下的人物，《荒凉山庄》中格皮对艾瑟说——他爱上了艾瑟——"此时此刻，灵魂在食物前面退缩"。"此时此刻"：格皮只有在激动的时候，才会说出这番话来。这种东西像一种过敏源，潜藏在我的体内。我突然想到，我一定是恋爱了。

我选择了威士忌。走过国王大道，走向斯隆广场地铁站的时候，酒的醇香仿佛麻痹了我的恐惧，这让我很愉悦。商店橱窗射出明亮的光，一群群来自欧洲大陆的年轻人站在那儿高谈阔论，既是相互之间闲聊，也是向那几个漂亮姑娘炫耀。他们一点儿也不介意站在旁边的我。在诺丁山换车的时候，有点儿麻烦。中央线车站向东去的列车上有点乱。我紧挨两个胖老太太坐着，实际上是被她们俩夹在中间那个座位上。

回家之后，我和诺尔曼又推杯换盏，喝了起来。我们聊了一个半小时女人。他没有提詹尼，我也没有提雷切尔。

上床后，我没有立刻进入梦乡，而是凝望着天花板，几乎咳嗽了一夜。

"如果你觉得你的老二有味儿，"杰弗里沉思着说。手里掂量着一管儿胶水儿。"抹点儿这玩意儿。"他把那"玩意儿"举到我鼻子跟前。"不用着急。"

我闻了闻。有一股游泳池里的水加了卡门贝奶酪的味道。我有点纳闷。

"你说'有味儿'是什么意思？"

"我的意思就是'有味儿'，"他说，点了点头。

杰弗里想把一幅裸体女孩儿的招贴画贴到他在贝尔赛斯公园那幢房子起居室的南墙上。他继续说：

"不，伙计，别总和她手淫。立刻停止所有那些文绉绉的狗屁做法。你的老二可经不起那么折腾……谢谢，"他对他那位巫婆似的（新）女朋友说。那个女人递给他一支刚卷好的大麻烟。卷得那么差，就像婴儿的小鸡鸡。"大大方方做你想做的事情就是了。干就干他个酣畅淋漓，不干，也别白费劲，没意思。做你自己想做的事儿……怎么回事呀……"他绷紧全身，把那张画贴到墙上。然后两手叉腰，倒退几步，看贴得正不正。

"废话，"我说（心里想，如果他在希拉面前可以这样肆无忌惮，我也用不着装模作样了）。"谁干那事儿的时候，能在女孩儿面前大大方方呢？你以为你能吗？那位讨人喜欢的'曼迪德·杰弗里'，或者'大阳具·挖槽机·杰弗里'，'纯洁无瑕的杰弗里'难道就不装模作样，或者玩什么鬼把戏吗？"

他打了个哈欠。"不知道你在胡说些什么，"他说，一屁股坐在一堆垫子上，把大麻烟递给希拉。她吸烟的时候，他吻了吻她的脖子和耳朵。

"放松，"他喃喃着说，与其说是对希拉，还不如说是对我。"顺其自然。永远不要试图改变……那个过程……你不能改变……"

"杰弗里，"我说，"你是不是一直在读中国佬写的那些东西，《易经》或是……"

杰弗里伸出被安非他命染绿的舌头，用那只空着的手朝希拉偷偷地打了个手势。希拉站起身，掸了一下身上的烟灰，把大麻烟送到我面前。我很客气地拒绝了她的好意。

"你觉得怎么样？"她问道，"好点了吗？"

"好点了。"

"再喝杯咖啡好吗？"

"喝点儿也行。"

星期日，一点钟。再有两个小时我就要见雷切尔了。


那天早晨，我九点一刻醒来，直挺挺地躺在床上，还有点宿醉。我之所以醒来，是因为诺尔曼在倒腾那几个垃圾桶。他一个星期总要折腾两次。在我的想象之中，对于他，这责任也是一种乐趣。收拾完之后，他把两个空桶从十英尺高的地方扔到我的房间外面，发出很大的声响。

我在等第二个桶掉下来时发出的声响。那声音从天而降，比第一声还响。我从床上一跃而起，一丝不挂，穿过房间，一屁股坐到壁炉旁边的扶手椅上，点燃了第四根火柴。用颤抖的手指尖揉捏前额和头皮。壁炉里的火燃烧起来之后，我走到窗户跟前，小心翼翼打开窗帘。诺尔曼居高临下站在我前面，双臂张开，两只手拿着垃圾桶盖子，就像拿着一对儿铙钹，拍打了两下，扔到桶上。我转身回到房间。


"……改变你感知的方式，但你也可以改变自己思维的方法。"

停顿的时间足够长。我完全可以说："哦，我最好离开这儿吧。"

"给你，"希拉递给我一本平装书。汉密尔顿·麦克雷迪教授写的《螺旋式上升》。"读读这本书，"她说，"写得非常好。"

我翻了一下。四百页充满嬉皮士名言警句的著作。"一定拜读，谢谢。"

"你可一定要读呀！"

杰弗里说，他要送我走。在窄小的门厅，他从我手里拿走那本书。

"别在乎这本书。我给你藏起来。"他在地板上放着的几本电话号码簿中腾出一个空，把书放到里面。"她确实是认真的。所以……"

"刚才，你就是因为这个原因让我闭嘴的吗？"

"是呀，省得啰唆。"

"瞧，你不也是这样干的吗？你不也同意我的看法吗？这有什么不同呢？"

杰弗里打开前门。"我只是做我必须做的事情。和别人一样。不过我不说违心话。就我而言，这并非某个大场景……的全部。"

"场景？"

"你知道吗——策略，角度。你格外努力地做这件事情。我从来没有真正想过这些事儿。直到今天为止，从来没有想过。"

"是。不过你现在有了希拉，我还没拥有雷切尔，所以，我不得不继续努力。"

"可不是。不管怎么说，操就是了。"

"没错儿。操就是了。那个希拉，人不错，尽管……"

"好的，给我打电话。再见。"

"再见！"

"祝你好运！"


为了让自己情绪稳定，我照例慢悠悠地做上午要做的事情。准备好粗呢大衣，健身；到楼上粗声粗气地道一声"哈啰"；煮咖啡，浏览晨报上登的笑话和裸体图片。

然后端着咖啡到我的浴室（经过几天清理，没怎么费劲儿，已经能用了），坐在抽水马桶盖儿上，不时把身子探过去，把脑袋伸到洗脸池跟前。喝咖啡的目的是为了掩盖咳嗽时碰巧咳出来的黑乎乎的痰，同样的，用红颜色的牙膏刷牙，目的也是为了遮掩牙龈出血。但是那天早晨，我一直也不敢看到底有没有痰或者血，而是打开热水龙头哗哗哗地冲了下去。我看见镜子里自己那双眼睛。我那张脸立刻显得那么俗不可耐，甚至邪恶。头发耷拉在脑袋上，就像戴了个假发套。嘴唇皱皱巴巴，就像冻了的薯条。更麻烦的是，下巴就像错了位，或者偏离了中心线。突然，我对着自己的脸挥了一下手。一个大个子男孩儿！

我用脏兮兮的手指甲发了疯似的朝那张脸抓挠了足足五分钟。

然后给杰弗里打了个电话。


"宝贝儿。我想你该拿主意上大学了吧？"

雷切尔替我说："是的，他本来现在就可以去上大学，可他决定再等一年，上牛津大学。"

"只是碰碰运气，"我说，看起来不是那种头戴大礼帽的游手好闲之辈。

"很好，"大妈说，"你一直很用功吗？我的宝贝儿。"她俯下身，拍了一下雷切尔的大腿。

她，大妈，人不错。红脸膛，胖但很结实，看起来大约六十五岁或者七十岁。算个胖子。

我和雷切尔面对红外线电暖炉，坐在沙发上。大妈坐在雷切尔左边一张潮乎乎的扶手椅上，对着电暖炉烤露在外面苍老而瘦弱的膝盖。她给我们倒茶的时候，脸上挂着调皮的微笑，一会儿看看这个，一会儿看看那个，雷切尔的腿时不时蹭一下我的腿。勃起的阳具勒在裤裆里，因此有点疼。不过正值青春年少，软不下来。为了遮羞，我把茶托放在两腿之间。茶托一跳一跳，茶水早已变得冰凉，我也不敢端起来喝一口。我脸上挂着体面的微笑，似乎对眼前的一切心满意足。

这天，一切都很顺利，特别是雷切尔第一句话就让我好开心。她说：

"嗨！你下巴长了这么大一个青春痘！"

我和她一起笑了起来，似乎松了一口气，这下子用不着整个下午惦记着说这事儿了。

"我知道，谢谢你，"我说。而且心里确实对她充满感激。那天早晨，男人和青春痘合二为一，无法分开。现在，我觉得好像是外科医生在这里种植了一个胡桃。雷切尔看起来并不介意，或者说她善于掩饰自己的情绪。可我介意。

我经常读我的笔记，对我而言那些文字早就失去曾经有过的意义。所以我就只能即席发挥，信口开河了。雷切尔滔滔不绝，但绝不是在那儿说废话。为了保住面子，我两眼圆睁，用一种玄妙神秘、飘飘渺渺的声音发表精心编辑过的关于《上帝创造了亚当》的"演说"。那声音在美术馆楼下鬼影绰绰的画廊，而不是下午惨淡的阳光下回荡。我讲完之后，雷切尔抬起头看着我，说出这样一番话来：

"看见楼梯上面那个小男孩了吗？他裤子里面套了条睡裤。"

我们在美术馆待了两个小时。出来的时候，柔情满腹地给雷切尔买了一张价值三便士印着布莱克的《跳蚤之魂》的明信片。送给她的时候，她表现得像个小男孩儿，羞羞答答。她躲过那粒青春痘，亲了亲我的脸颊。

"后来她在工厂磨床上失去大拇指，"大妈说，"当然得了点赔偿金，一百四十五英镑。'不安全，'他们这样说。怜悯，注意，因为他们现在不能再雇用她了。很幸运，得到这点钱，可是……怜悯。"她朝我们俩微笑着说。

"这也太差劲儿了，"雷切尔说，"她应该得到几百……"

"不，不，"大妈说，卖弄学问似的摇了摇头。"她得的钱已经不算少了。我星期五看《邮报》上报道说，百老汇大街一家印刷厂有个小伙子失去了右腿，他们说……"

我朝屋子四周张望着。这个屋子只有一扇门。我们刚才就是从这扇门进来的。可以想象，这四堵墙（或者说六堵，卧室呈 L 形）将大妈围于其间。当然还有一个散发着臭气的厕所。厕所地板上总有患紧张性精神症的爱尔兰人留下的屎尿。当他们年纪太大，老肠子老肚子（毫无疑问已经非常靠不住了）有了要拉的征

97

兆时，怎么能爬上那三截楼梯呢？远处那个角落是小厨房里的用具：洗涤池，电磁炉，一张法布伦牌小餐桌。朵拉·里斯就在这张小桌子旁边吃饭。早餐是自来水泡过的麦麸条，午餐喝撕碎了的袋泡茶；晚餐喝一杯热水，小心翼翼地往里放一块 Oxo 牌方糖。她给我们摆了一桌子好吃的：两种三明治，葡萄干蛋糕，切好的火腿，畅饮的茶水。我注意到大妈不吃，出于礼貌我只吃了两个三明治，便放下刀叉。她让我一定多吃点："连下星期三的早餐也吃了！明天的晚饭干脆就不吃了。"我说，吃饱了，撑得要命。喋喋不休的雷切尔倒不客气，不但不住嘴地说话，还不住嘴地吃东西。

　　我继续听她们聊。雷切尔打头，她们俩开始在记忆的小巷里穿梭。我想，她们是为了我能对那些往事有所了解才这样做。雷切尔嗓门儿挺大，天南地北地聊。里斯大妈只是痴痴地看着她，还用有点怪怪的、赞赏的目光瞥一眼我那个"大男孩儿"，不时插一句："是，我的美人儿"，或者"别忘了某某人，宝贝儿，他是……"雷切尔不等她说完，滔滔不绝地继续她的"回忆"。

　　"在希斯的那个星期日，卡姆登镇来的那几个男孩儿不还我的铁环，你就一直追到健康谷，有一个家伙朝你喊……"

　　她说的都是这种事儿。我听了只能哈哈地傻笑，心里生出一连串疑问：不会吧，你不是开玩笑吧！不过我并不介意。雷切尔看起来那么可爱。她认为我们俩待这儿是做什么呢？

　　"……我想，我们该走了，大妈，"雷切尔说。她用这句话结束了雷切尔曾经养过的一只宠物青蛙的传奇故事。那只青蛙爬到一个瘸子坐的三轮车下面。瘸子肇事后逃跑。我站起身来。

　　"替我问候你母亲，"大妈说，"还有赛斯·史密斯先生。"

"一定。妈妈说她要尽早来看你。"

"告诉她不要太费心劳神。再见，查尔斯，见到你真高兴。"

"别动，不用送了，"我说，"再见，里斯大妈。非常感谢你美味的茶点。见到你非常高兴。希望能很快和你再见面。"

我回转身，让她们完成短暂而又亲密的"告别仪式"——拥抱，亲吻，约定。雷切尔走到门口，走到我身边。我在她身后走着，回转身朝大妈最后一次挥了挥手，得意扬扬，似乎告诉她，我虽然认识她只有短短两个小时，但是对这个社会阴暗面的认识远比雷切尔深刻。大妈没有看我。她已经把虚肿的红脸膛转向电暖炉，脸上荡漾着宛如涟漪的微笑。雷切尔背对着我，脑袋俯向打开的手提包，点上一支香烟。在屋子里的时候，她一直没有抽烟。她显得很僵硬，或者很专注，或者给人一种说不出来的感觉。我又朝屋里瞥了一眼。大妈还一动不动坐在那里，右手支着脑袋，伸出左手摸着前额。两只手几乎碰到一起。脸在电暖炉的映衬下闪闪发光。也许因为脸上有汗，也许因为油腻，也许因为皮脂太多，不得而知。但也许是泪水。我希望是泪水。

我关上门，雷切尔在一片昏暗中转过身，香烟在嘴角闪着红光。她领我走下楼梯，走到前厅。门厅里散发着一股煮白菜的味道。或者更准确地说，仿佛有人吃了六蒲式耳芦笋，喝了许多吉尼斯黑啤酒，然后朝墙壁、天花板和地板撒尿而散发出来的味道。

我原先的计划是，沿着防波堤漫步，轻轻松松地谈论对里斯大妈的看法。或者去附近电影院看《偷自行车的人》。然后大谈这部电影的主题对我们都颇多启迪；或者一脸严肃地打车回我的住处，被强烈的性欲驱使着在被单下面翻云覆雨。

可是现在觉得时机不成熟。离开那幢房子的时候，我说："我们能不能找地方喝点什么？"

"好呀。上哪儿？不过我不能待的时间太长。九点钟就得离开。"

"'女王的榆树'。富勒姆路那头。等我们走到那儿就开门了。"

暮色渐渐降临，早亮的灯并没有给天空带来暖意。雷切尔裹紧了外套，打了一个华特·迪士尼式的寒战。本能告诉我，现在该搂住她的肩膀了。可是我竟然忽略了这个提示。

"天哪，太冷了，"向大路走去的时候她说。"能坐出租车吗？车费你我平摊。"

我不大情愿。此时此刻，我觉得坐出租车俗不可耐，品位太低。告别了里斯大妈那个肮脏、贫穷的世界之后，我心里充满清教徒式的内疚。我虽然知道自己不可能拒绝她的请求，否则显得太小气，但还是讨厌自己在路上谈到里斯大妈多么善良、多么热情、多么了不起时那种轻松愉快的口吻。当心点！甚至那一刻，我也意识到，自己对社会问题的看法、主张摇摆不定。和大多数人一样，我对不如自己的人心存歉疚，而对比自己强的人不无嫉妒，对社会制度本身又无能为力。这种情绪是不是比雷切尔的"视而不见"更好一点？没错儿，她不曾用别人的不幸培育自己的矜持，不过我至少没把他们那点少得可怜的食物都吃掉。

"我们难道不应该帮她收拾一下用过的餐具吗？"

"绝对不行。她绝对不会让我们干。"

出租车的钱当然是我掏的，尽管雷切尔装模作样，在包里摸索了好几次。

"别麻烦了，"我说，其实压根儿就用不着说这话。

"呃，雷切尔，"我说着把饮料放在了桌子上（一杯番茄汁是她的，一杯柠檬啤酒是我的）。我有点焦躁不安地停了一下，想让她说一说和那个重量级人物有关的事情。"我倒不是想惹人讨厌，或者怎么样。哦，只是感兴趣。你和那位德福瑞斯特认识多久了？"

"大约一年了。现在我们是要谈他了吗？"她面带微笑说道。

"没错，现在是德福瑞斯特时间。你是在哪儿认识他的？"

雷切尔点着一支香烟。"在纽约。实际上去年夏末才认识的。"我们俩都陷入沉默。就像两个送奶工人打扮的家伙一个劲儿地抱怨酒吧里的水果老虎机卑鄙狡猾。"那时候我在度假，和妈妈的一个朋友待在一起。她是服装设计师。在曼哈顿西区。德福瑞斯特是她的外甥，那几天正住在她家。"

"他在美国生活吗？"我问道。听她谈起他的时候用的是未完成时态，我不由得高兴了几分。

"哦，是的。他来这儿是念书的。也许至少待四年。他想到牛津大学读书。他……"

"哪个学院？"

她说了一个学院。不是我要去的那个。

"他要是考不上牛津怎么办？"

"一定能考上。不管怎么说，伦敦会给他个立足之地的。"

我纳闷她为什么对他那么有信心？为什么任何事都和他商量？为什么能这样心平气和地和一个引人注目的、奇特的年轻人——查尔斯·海威——谈他呢？

我极力想和她更亲密一点。"他一直就想来英格兰，"我压低嗓门儿说，"还是因为认识了你……"

"不是。他原本就要来的。"她抽了一口烟，不再谈这个话题。

情况不妙。她在德福瑞斯特的问题上谨言慎口和她不愿意对他撒谎有关，部分的原因是，她坚持自己愚蠢的原则，和她真实的感受全然无关。也许她爱他同时又恨我。

但我想从此情此景中跳出来，理性地、宏观地看待这件事情。这一次可不是自我意识让我相信的那种欢呼雀跃的、旋转木马式的冒险。这是我们在同样的情况下第五次相遇。这是不是意味着什么？或者人们相互交往时总会发生这样的事情？我纳闷儿，雷切尔会怎样看待我，也许她不会给出任何答案，甚至说出一点意见。我耸了耸肩。

"他要是上了牛津，你怎么办？"

"天哪！还早着呢！我们还没有真的……"

"我的意思是，你认为你会做什么？"

"不知道。"

"你觉得他怎么样？能告诉我吗？"

这时候，那两个送奶工模样的人骂骂咧咧推搡了半天水果老虎机之后，其中一个晃动着它的底座，真的动手砸了起来。雷切尔朝酒吧瞥了一眼，又把目光收回。

我们俩呈直角坐在一起。她凝望着我，我面对前方，脸上的青春痘恰巧在她目所不及的那面。雷切尔目光低垂，落在膝盖上，手里揉着一团纸巾。"大男孩儿"像年轻人的心脏一样扑扑

102

跳动。我低着头，深深地呼出一口气来，说道：

"我隐隐约约觉得说这样的话很可笑，也许很不恰当……我分辨不出自己身处何方，和谁待在一起。可是，听我说……我一直在想你。就这么回事儿。所以，我想，最好还是弄清楚，你对我感觉如何，看一看下一步怎么做最好。"我等待着。"因为我真的想知道。实在是太累了……"

水果老虎机"打了个嗝儿"，仿佛"喉结"在剧烈颤动。那两个送奶工一边咳嗽，一边大声叫喊起来。

"很难……"雷切尔吞吞吐吐地说。

"什么？我听不见。"

她咬着嘴唇，摇了摇头。

水果老虎机还在大声"咳嗽"，送奶工尖叫着。

我拍了拍她放在膝盖上的手。"好了，没关系，"我说，像一摊泥在椅子上坐着。我觉得自己像个孩子，仿佛心被掏空了一样。那一刻，她可以悄悄溜走，我绝不会阻拦，甚至压根儿不会注意到。

"我们走吧。"

雷切尔说。


在外面：人行道上，我摸着她的上臂，她一双手摆弄着我的外套扣子。我可以看到她优美的曲线，闻到她秀发的香气，我不由得捧起她的下巴，面对她的脸。

"你哭了？"

她低下头。"不是因为你。"

我紧紧地抱住她，凝望着马路对面一座被笼罩在昏暗灯光下的古董店。橱窗玻璃上人影绰绰。我看起来比她更可笑。

"听我说，"我说，"你在听着吗？"她抽了抽鼻子，点点头。"现在发生什么事情都无所谓了。这是真心话。我可以等。等多久都行。但是你要记住，我时刻想念着你。不要担心。"我摸着她的头发。"你怎么回去？"

"出租车。"

"出租车！"

我不是对她说的，而是朝一辆在红灯前停下来的出租车喊的。我打开车门，雷切尔告诉司机要去的地方。她回转身，要不是我朝她用力摆了摆手让她不要说话，还凝视着她的一双眼睛表示告别，她肯定会对我说声再见的。雷切尔也许会朝褐色玻璃外面最后瞥我一眼。我便站在人行道上朝她挥了挥手，直到出租车消失在夜色中。

我又回到酒吧，喝完我那杯柠檬汁啤酒，又喝了两杯大麦酒，头发蓬乱，操着连自己也不知道的哪儿的口音，和三个满脸严肃的汽车机械师一道玩了一会儿飞镖。然后我沿着富勒姆路，向南肯辛顿地铁站走去。路上我停了好几次，从商店橱窗看自己的影子，或者只是想着什么。

# 九点钟：浴室

刚才翻看"杂七杂八"文件夹，看到记载的内容挺怪的两张纸用订书机订在一起。我之所以觉得非同寻常，是因为我保存东西总是分门别类，不会把风马牛不相及的东西放在一起。

第一张的日期是我十八岁生日前夕，内容如下：

关于厕所里的训练：记得八岁（？）的时候，我问母亲，屎应该是什么样子。她说，理想的大便应该是棕黄色，漂在水上。第二天拉屎的时候，我看了一眼，大便黑得像墨，硬得像石头，沉在水底。打那以后我再也没有看过。我由此想到，也许，我的屁眼儿有幽默感？

……不知道为什么，我一直认为屁眼儿的幽默感在我们这个年龄段的人里很普遍。当然，也许这种想法不对。毫无疑问，美好的东西比较沉闷，丑陋的东西却滑稽可笑。而且越是丑陋，越可笑。

下面是第二页。时间是八月一号，没有年份。所以一定是我在伦敦过暑假时写的。

我对杰夫说，真想操个比我大的女人。他说无法理解，因为我经常唠叨她们看起来多么丑陋。他问我，既然我从来没有碰过她们，或者看过她们的裸体，怎么知道操她们是什么滋味儿呢？我无言以对。

……我也纳闷儿。是为了把对自己身体的厌恶转移出去？不是。太无聊了。不喜欢女人？恐怕也不是。因为我觉得老男人即便不至于更让人讨厌，也好不到哪儿去。完全是出于对个人虚荣心的不信任再加上对身体怪异的好奇吗？也许是。纯粹卖弄辞藻？是的。

我走到扶手椅跟前，小心翼翼地坐下来。两条腿搭在一个扶手上，脑袋搁在另外一个扶手上，好像躺在摇篮里——十几岁年轻人的把戏。我用指甲抠开订书钉，把两张纸用曲别针别起来，心里想不应该把这两件事情如此紧密地联系到一起。

电话铃响了。

"喂，查尔斯·海威在吗？"

"我就是。喂，格洛丽亚，"我说，一副伦敦腔，"你好！"

"查尔斯。"

"什么事儿呀？"

"我知道，如果我告诉你，你会把我杀了。"

"什么事？"

"要是我告诉你……"

"告诉我什么事？"

"我不能告诉你。"

"说吧，我不介意。我保证。"

"真可怕……今天早晨，我收到了解雇通知书[1]。"

哦，就这事儿呀。"那你穿上它看起来怎么样呀？"我色眯眯地问。

"不是啦。是邮局寄来的啊，查尔斯。上面说我感染了。必须告诉所有人，你知道吗？我已经……"

我在扶手上稳了稳身子。"感染了什么？"

"Try chum……"

"什么？拼写一下。"

"再说一遍，没听清。"

"拼写一下。"

"T，r，i，c，h，o，m，o，n，a，s（阴-道-滴-虫）。不过不严重。我去过诊所了，医生给了我一些药丸，说连续服用五天就没事儿了。你还好吗？查尔斯。"

"我还在这儿。"

"你真的不生我的气吗？"

周围没人，所以我说话的声音很大。

"我明白，我明白。阴道滴虫。你要我怎么办？你要我怎么办？我该怎么办？去医生那儿，把诊断书摔到桌子上，告诉他，我他妈的得了一种怪病。他也给我几丸药。我吃就是了。对不对呀？"

"你生我的气了，是吗？"

我叹了一口气。"没！没生你的气。不是你的错。"

"哦，查尔斯。"

---

1 原文为 Pink Slip，该词有二重意思，一种是套装的意思，另一种是解雇通知书的意思，所以会引起两人的歧义。

"顺便问一句，谁传上的？有线索吗？你知道是谁吗？"

"知道。特里。我没有和别人干过。那个男人说，不会是你，因为……"

"潜伏期。哦，好了。你什么时候能和男人上床？"

"没问。不过不会长。"

"为什么我没有症状？"

"男人没有症状，只有女人有。"

"什么症状？"

"痒痒。上厕所时下面疼。"

"哦，知道了。"

"对不起，查尔斯。"

"哦，别着急。也许，等你好了之后，我去看你。"

造物主正是以这种方式提倡一夫一妻。

贝尔赛斯公园吉卜赛人由于肮脏的欲望往往导致裤裆里就像揣了个跳蚤、蚂蚁窝，奇痒无比。他们的治疗方法则是要连续五个晚上服用治疗性病的药，抹上一种乳膏，然后等着，嘴里咬一便士的硬币，鼻孔里插两支香烟。我在浴室里试验了五个晚上都没有效果，只好洗掉。一种怪异的痛苦突然袭来。十天后，又试了一次，只为碰运气。

那是从珀皮塔·曼尼海安那儿染上的：淋病。那是九个月前的事情。珀皮塔是众多通过Ａ级考试进入牛津大学秘书学院以及同类院校的女同学之一。这种机构为城里提供了一大批上档次的女同胞。她长得一点儿也不漂亮。如果漂亮，就在本科生里挑男生，用不着找高中生鬼混了。我是一次周末聚会后，和她在卫生间"野合"的。（卧室都被别人占领，不过卫生间也很宽敞，还有地毯、浴巾，卫生纸多得是。）我们干得相当不错，尽管在欲仙欲死的那一刻，珀皮塔脑袋三次都撞到了抽水马桶上。这为本来就不方便的清理工作营造出越发不和谐的氛围。

可是星期五，或者星期五前后，早晨醒来，我发现有人往我睡衣下面挤了一大管脓。会不会是梦遗了呢？到厕所的时候，我发现尿里也有脓。显然出问题了。为了应对第一个症状，我用克里奈克斯纸巾和橡皮筋包裹住龟头，就好像套了一个喷嘴似的东西。为了减轻第二个症状，我使用楼下那个狭小的厕所。就像大力士参孙手撑着非利士人寺庙的两根柱子一样，我也用手撑着墙壁，愤怒地排泄出半品脱尿、脓和血——你可以这样说。

然后我想着接下来该怎么办。

显然，我不能再和任何人睡觉了。但是（天知道），这也于事无补。我虽然安慰自己，总会治好，然而心里却明白，珀皮塔来自异国他乡。这就意味着，我必须到非洲岛国马达加斯加或者别的什么地方去治病。"啊，刚果淋病。"医生会从牙缝里挤出一句话。"巫医尤姆布吐·卡布基是你要找的人。事实上，他是唯一能治你这病的人。从扎姆比西左手拐弯，第二条小巷，右手第三间棚屋，就能找到他。把这些色彩鲜艳的珠子给他……"

那个周末，我不停地哭泣，脑袋朝厕所门上乱撞；想着自杀的方法；跑到树林里，扯开嗓门儿哭喊；恨不得拿剪刀把老二给剪掉，睡钉床改过自新。我有点想把这件事情告诉父亲。我知道他不会太介意，但是一想到他因为这种事情对我表示同情，自己都觉得令人作呕。

星期一，在学校里默默地煎熬了六个小时之后，我到乔治咖啡馆和杰弗里喝咖啡。我从女孩儿谈到杜蕾斯避孕套，从避孕套引入这个话题，当然是以假设为前提。杰弗里认为他懂得这种事儿，因为他父亲是医生。我问他如何治疗时，他的回答似乎充满激情：

"显然不是什么好治的病。先用什么东西塞住你的屁眼儿……让老二硬起来，然后把一个像针一样细的伞状物插到老二里，按动一个按钮将'伞'撑开，然后……然后用力一拉。"他用手里的勺子做了一个拉的动作。

"哦，会先打麻药吗？"

"不，不会。毫无意义。那个部位太敏感了。别傻了，伙计。不管怎么说，在他们下手之前，你得先勃起。这一点毫无疑义。然后把那些玩意儿掏出来。连屎尿带血痂都弄出来。"他呷了一口咖啡。"通常你得晕过去。"

"天哪！多长时间才能再干？"

"没准儿。六个月，一年。至少六个月。还得按时治疗。"

不用说，绝不是这么回事儿。我在地区诊所丢够了人，现够了眼，屁股上打了两针盘尼西林，病就好了。

我给珀皮塔写了一封信。我确实给珀皮塔写了一封信。现在我还保存着她的回信。不过这封信很不走运。收发室那个家伙养的狗把它弄得一塌糊涂，收信人的地址和名字看不清楚，结果被女校长打开。信的内容让她大为恼火。（我这封信写得火药味儿十足，也生动形象。）珀皮塔大丢其脸。学校还给她父母写了信。那时候，我觉得这事儿处理得非常正确。珀皮塔在她的回信里讲了这件事情，既表示歉意请求我的原谅，又从道德层面谴责了自己。信的结尾宣称自己"从来无意"传染给我（她是"出于爱情"）。我后来发现，她给牛津大学一半男生都写过这样的信。她的个人卫生显然那么差劲儿，那些症状悄悄地游走了一个学期，也没被人注意。

现在呢？现在该怎么办？回到房间，我将房门反锁，摸黑在床上躺下。

没什么可担心的，杰弗里认识切尔西一个很古怪的医生，对这种"疑难杂症"很有一套办法。他上个月刚给杰弗里治好病。杰弗里被一个瑞典人传染上很复杂的 NSU。那个瑞典人肚子中间有一条在我看来很醒目的、好像拉链似的疤。杰弗里说，他纯粹是出于"利他主义"，才跟她干那事儿的。这话我信。（我们大家都知道，十八九岁的男孩儿不费吹灰之力就能勃起。）他说，他是怕伤害她的感情才干她的。这里面有个道德问题。医生跟他要了五基尼[1]。是我从诺尔曼那儿帮他借的。这件事或许会推迟与雷切尔的见面，还意味着两个星期内不能痛饮美酒，当然还意味着会有一个令人毛骨悚然的下午。除此而外，没有什么可担心的。

想办法告诉我。我很好奇。整整一个星期六，我都在想雷切尔：她会放我鸽子吗？她要是冷落了我，我该怎么办？整整一个星期日，一心想着和雷切尔在一起，也顾不得想平常那些事情了，只是想我脸上那个青春痘：它会变成癌吗？它会永远改变我脸型吗？它会在雷切尔雪白的衬衫上蹭破吗？星期一——昨天——一夜无眠，早晨起来，阵阵痰涌，整整一天我越来越觉得肺彻底完蛋了，咳出来的不只是痰，简直就是五脏六腑。我断定

1 基尼：1663 年英国发行的一种金币，1 基尼 = 21 先令，于 1813 年停止流通。本文作者为了幽默这样写。

自己活不过二十六岁。

现在，所有这些问题看起来都那么可笑。我无法想象，自己怎么会产生这样的想法。

有些事情更让我害怕。如果明天去看医生，到周末——比方说——就能治好，焦虑也不会完全解除，只是以另外一种形式出现。即使抗生素能把我生殖器上的病菌消灭，心灵的细菌也会滋生成一支大军。这一切让我很难受。

我走到书桌旁边，打开灯，拿出一个便笺本。这个本子的封面上写的是： 真实的事情与荒谬的事情。我写道：

十件最让我不安的事情，周末，九月二十六日

（上星期的情况在括号里标明）

（一）1 淋病

（1）2 雷切尔

（2）3 老二

（7）4 白齿松动

（10）5 欠诺尔曼的钱

（3）6 野马队

（6）7 没有朋友

（9）8 精神病

（一）9 脚臭

（4）10 左鼻孔起了个青春痘

值得注意的事情：老二比德福瑞斯特的小；后背刚刚起了个疖子。

两个星期以来，雷切尔一直信心十足地"稳居榜首"，现在，淋病以雷霆万钧之势位列第一。鼻子上的青春痘显然是"脚指甲崩溃"走出"十大危险"之后出现的。要密切关注后背的疖子。

下星期见。好吗？好吧！晚安。

是不是谁都是这个样子？那些还没有成为靠萨力多胺[1]活着的人、还没有成为愚蠢的低能儿、丧失体面的穷人、不可救药的丑人的人，都得有一个消除焦虑的目标。倘若这样，"有问题"，或者"比大多数人生活更艰难"，或者"比你以前的日子更苦"，这样一些说法、观念，就不无虚伪之嫌。你"没有问题"，只是具有感知这些焦虑的能力。这些焦虑会移动，相互拥挤，但是不会改变。

我不止一次想到，在我英年早逝之前，应该以此为题写几篇学术论文，才可以报答这个世界于万一。麻烦在于，我刚写了个题目，还没写几句话，就开始想，读者会接受吗？会有怎样的评论，我又能做出怎样具有真知灼见的回答？

期待已久的给《泰晤士报》的公开信是这样写的：

来自查尔斯·海威爵士教授的信

敬启者，我愿意最后一次对沃夫、康诺利、史坦诺、里维斯、恩普森、特里林等诸位先生指出，关于对我的《生命的意义》的争论表面上看，并无喜剧色彩。最近电视里许多节目都遮蔽了这一命题……

---

1　萨力多胺：一种安眠药，镇静剂。

等等，等等。

我的床下放着一瓶没打开的一夸脱装威士忌。那是我的液体安眠药。服用抗生素之前，可以喝酒吗？我不清楚。但我没管那么多，还是举起那瓶酒一饮而尽。

醉意朦胧，我向浴室走去。我消磨了许多时间，特别是夜里。从卧室磨蹭到浴室，从地下浴室磨蹭到地下卧室。那是一个睡意蒙眬、疲惫羞愧的隐秘的世界。所有这一切想法是从哪儿来的呢？哦，我想起一篇文章。那篇文章宣称，卧室和浴室是人类生活的隐秘之地。是一个"死亡的世界……人们所有的想象都从那儿开始。"（顺便说一句，杰弗里没有这样一个隐秘之地。他说，有一次他拉屎，女友就在旁边洗脸。这下你懂了吧。）

我脱了衣服，准备洗澡。脱短裤的时候，浴缸架子上的剃刀刀片映入眼帘。我上下瞅瞅，老二，刀片。刀片，老二。"别胆怯，割掉它。"灵魂深处，一个声音在劝诱我。"切掉它，切掉它，别犹豫。"

我像一条丢尽脸面的狗，两腿夹着老二在浴缸里躺下。天花板一角有几道裂纹。一只蜘蛛在透明的蛛丝间织网。我对它说，吃只苍蝇，或者别的什么。或许这是个象征。

看在老天的份上，我只有一项是真正的感染。其他都是虚惊一场，是对我"私处"的神经过敏。所谓"私处"（我现在已经懒得再提名道姓了）最近几个月可以说尽享私密。现在，我只有迫不得已的时候才瞥它一眼。而且是偷偷摸摸瞥上一眼。就像我是女王，而那是别人身上长的东西。任何青春痘或者擦伤，任何我知道得一清二楚的拉链式疤痕，或者备受折磨的"黑头粉刺"留下的残余，在我看来都是一个要经历的过程。都意味着要跨越那些障碍，都意味着一个接一个地麻痹我的感觉；都意味着再次到地区图书馆，花一个下午的时间浏览医学词典或者船舶医生手册。

撒尿的时候再见分晓。我会告诉救世主，谁是老板。洗完之后，我从浴缸出来，肩上搭着一块毛巾，撒尿。说不清到底疼不疼。看起来总算过了这道坎儿，结果还不错。

常规程序：我抖动了几下老二，拍了拍，用两只手捏着，一阵灼热感，想看看会不会挤出一滴最让人害怕的东西。没有。那家伙看着我，蔫头耷脑，好像被谁欺负了一样。起初我用指甲刷子小心翼翼地刷了刷包皮，还以一个孤儿监护员的严格，梳理着阴毛。我用医用纱布蘸着刮胡子水擦洗睾丸。也许泡在滴露[1]里清理烟斗的通条也能派上用场。

我经历了让人心灵震颤的自艾自怜。"你下一步还会搞什么诡计呢？"我说。认识到这种想法背后其实有一种自我祝贺。

镇定些。要是真的发了疯，该怎么办？

但是，即使这样，也已经非常引人注目了。即使这样，您知道吗？对于一个十九岁的男孩儿能有这样的想法，也实属不易了。


"是的，确实如此。人们总是把责任加诸自己身上，或者这些责任看起来落在你身上。因为情感是一种积累。人们以为那是一种化学反应的过程。其实不是。怎么会这样呢？你只是喜欢那些你认识了好长时间的人。

---

1　原文为 Dettol，一种杀菌剂。

"他们依赖于你,你觉得那是理所当然的事情。你认为那是最安全的事情。你开始着急,没有你他们该怎么活,没有他们你该怎么活。

"然而这是一个陷阱。因为没有他们而着急实际上只是一种托词。你绝对不能让自己陷入违背个人原则的处境。"我说话时前言不搭后语,充满嬉皮士的色彩,部分原因是雷切尔那个嬉皮士小背包。这个包是用绳子编结而成的,带穗子,就像马头上挂的草料袋。她宣称,用的都是天然纤维,颜色也是天然的(比方说,鼻涕、头发、耳屎)。我曾经说过她这个包看起来真漂亮。

"是呀,这正是麻烦之所在。"

我的脸涨得通红。不管怎么说,她来了,坐在床上和我聊,没有表现出丝毫不悦。在"茶苑"吃午饭的时候,我小心翼翼,极力避开那位值得同情的对手——德福瑞斯特的话题,举止亲切温柔……得体。我说"忘记学校"、"享受一点生活的情趣"时轻松、委婉。总而言之,现在她坐在了我的床上。

幸亏我的房间现在有"红色预警系统",雷切尔的电话没有让我措手不及。

她一本正经地说,她很好。德福瑞斯特今天不去学校,也许我们俩能去吃顿午饭"聊聊天"。起初,她的爽快吓了我一跳。我并不喜欢"聊聊天"。但是说老实话,尽管表面上看不尽如人意,但也许会引出最好的结果。自打星期日到大妈家造访,我就一直没有联系她。所以现在主动权掌握在我的手里。

"听听B面儿好吗?"

她在听披头士摇滚乐队的歌儿(中晚期的歌,从《漂亮男孩儿》到《朦胧的神秘》)。 A面刚刚结束。看起来,这是最安全的选择，因为和披头士（中晚期）作对就是和生活作对。

我需要做的只是把床弄得更整洁舒服（在床单之间撒点滑石粉），重新归置一下那摞唱片，把没写完的两首诗放在茶几上。她要是走过去，就装作不好意思，赶快收拾起来。

雷切尔在留声机前面蹲了下来。她穿一件浅黄褐色圆领羊毛衫，很紧（也很短）的细条纹衬衫，棕黄色齐膝靴子。她跪在那儿的时候，屁股形成一个……随你想象……在皮靴后跟上形成一个半圆。

雷切尔又在床上坐下，轻轻摇着头，用很悦耳的声音跟着留声机里乔治·哈里森最精辟的歌哼哼。那歌唱的是关于人们相互之间的距离，关于把自己隐藏在一堵幻影里的墙后面的人，等等。

此时此刻，我还在为自己八十分钟前奇迹般逃脱一场"灭顶之灾"而庆幸。我跟在雷切尔身后走进房间时，第一眼看到的是放在壁炉台上很大的一个"告示"牌。牌子上写着：

**为了上帝的爱，不要让他碰你。**

**他得了一种罕见的令人作呕的病。**

（二十四小时前，一个小药瓶塞到我颤抖的手里）药瓶上贴的标签以代码形式写着这样一行字：

甲硝哒唑，一日四次，每次一片。

我趁雷切尔看床上那本《邂逅》的时候，赶紧把瓶子装到口袋里。后来找机会放到浴室一个儿童够不到的架子上。

雷切尔或许受了充满孩子气的保罗·麦卡特尼[1]的启发，让我送她一张明信片，还要给她写一句话，表明我对生活的看法，准确地说出我真实的想法。我却想读《邂逅》里关于艺术与生活关系的文章。雷切尔斜倚床头静静地躺在床上，望着窗外，点燃一支香烟。这是我们回来之后她抽的第一支烟，也是一个小时里她抽的第一支香烟。我从眼镜框上面看着她。仰卧在那里的美丽的身姿让我想起年轻时的詹妮弗，老二不由自主地慢慢勃起。她屈膝半躺，隐隐约约看得见大腿根儿的褐色和再往上稍纵即逝的暗影。

我把临时拿来的烟灰缸从茶几上拿起来，出于礼貌，放到旁边一把没有靠背的椅子上。看起来一切都将是水到渠成的事情——我在窗口站一会儿，把那本《邂逅》扔到地板上，然后非常自然地在床尾坐下，我的左脚很有可能碰到她的靴子上。对于雷切尔，似乎就应该这样。对我而言，像以往一样，这个"关口"有一种峰回路转的感觉。一切恍如做梦，而又不可避免，与以往的经历不尽相同。


可爱的少女丽塔
可爱的少女丽塔


雷切尔唱着。然后停了下来。

我该说话吗？

---

1　保罗·麦卡特尼：大英帝国最高骑士勋章的获得者。

一种暖暖的、仿佛带霉味的寂静笼罩了这间小屋。一缕青烟呈斜线从她嘴里叼着的那支香烟里升起。数以千计的尘埃在秋日阳光的照射下，在烟雾里闪烁。那一缕炫目的光穿过前面花园刚刚修剪过的树枝，挤过围栏，被窗框四等分后洒在屋里。

雷切尔熄灭烟蒂。

我捏了一下她穿着皮靴的脚踝。

她朝我转过头，面带微笑，吐出一口烟。

她嘴唇上粘着点类似面糊的棕黄色东西，几乎和她皮肤的颜色一样。我俯身凝望她的嘴唇，那一口珍珠般的、稍稍有点歪的牙齿，粉红色的牙龈。我敢把自己这两片冷冰冰的唇贴到她那张朱唇微启的嘴上吗？

亲吻她的时候，那唇边还挂着微笑。

丰润的唇已然接受我的吻，只是还没有到"贪得无厌"的地步。我便只能保持一定的距离，隔几秒钟变换一下角度。雷切尔还侧身躺着。我设法俯身在她的大腿和下体之上。一只微微颤抖的胳膊支撑着整个身体的重量，另外一只胳膊搂着她的后腰，但身体还没有完全接触。我用一只手轻轻地抚摸她贴在脸上的秀发，摸着她的下巴，还伸出一根手指在她右耳朵上"游弋"着。然而，即使如此温文尔雅，我也只能撑这么长时间了。

第一阵亲吻之后，通常可以继续做两件事情。你可以带着微笑与那红唇分开，（必要的话）喃喃细语几句电影里那种绵绵情话。也可以继续亲她的脖子、喉咙和耳朵。我眼下的姿势只能是前者。因为她侧身躺着，我如果继续亲吻，要么朝后倒在地板上，要么朝前压在她身上。不过我情愿第二种方式。事实上，以前我就是这样做的。亲了足有半分钟之久，我把四分之一英寸长的舌头伸到她嘴里，雷切尔张开嘴，露出洁白的牙齿。

我费了好大劲儿才弯曲右臂，用胳膊肘撑着，减轻左胳膊的压力，然后面对她，放低身子。过了一会儿，我把我这九英石的重量移到胳膊肘上，腿搭到雷切尔的腿上，滚到床那边，在她身边躺下。嘴巴从她唇上移开，头放在她胸脯上。

雷切尔的羊绒衫在我耳边发出柔和的响声，乳罩也被揉搓得沙沙响。我把腿放在她的腿上，腹股沟距离她的裙子有六英寸。我就那样一动不动地躺着。

如我所愿，雷切尔伸出左手，抚摸我的头发。我对着壁纸傻笑，这一姿势大概持续了二十秒，然后我用胳膊搂住她的腰，满脸忠厚地看着她。她凝视着天花板，也许陷入充满母爱的沉思？我有点怀疑。

从策略上讲，这样做算不上理想。既然心里满怀渴望，如此行事就会有后悔的时候。我紧咬牙关，把脸凑到她脸前，只有一英寸远。我又亲了她一下。这一次更热烈。吻的时候，特别注意到她的嘴角和牙齿与牙龈碰撞的地方。这两个地方都是敏感区。与此同时，我还用右手食指"摸"她的左耳朵。如果"摸"得"得法"，就能刺激她的情欲。要点是：几乎不要碰到耳朵，动作轻而又轻，似摸非摸，但一定要摸。你越觉得没摸到越好。（我知道，因为我就这样被人"摸"过。在圣伊莱斯[1]公共汽车站的候车厅，一个很漂亮的女服务员差点儿把我摸得晕过去。不过那时我才十七岁。）

雷切尔的反应也相当不错。她虽然舌头没有动，但嘴唇忙不

---

1　圣伊莱斯：七世纪在法兰西的希腊隐士，残疾人、乞丐以及被社会遗弃者的主保圣人。

迭地噏动着，发出撩人的响声。我把穿着灯芯绒裤子的膝盖顶到她两腿汇合处，尽管她的两条腿还没有完全分开。而且诚实地说，她还没有到伸出一根手指摸我屁股的地步。

但一切都很顺利。

隔着薄薄的羊绒衫，我的手呈漩涡状，抚摸她的肚子。没有摸她的乳房，但时不时恶作剧似的故意碰一下。就这样我将音乐创作的"对位法"，运用在性学研究上，开始了荡漾春心的"三重奏"。具体做法是：把舌头伸进去，把手指从耳朵上拿开。收回舌头，抚摸脖颈。左手小拇指沿羊绒衫和裙子之间的凝脂软玉轻轻滑动（注意避开肚脐）。亲吻，舔喉咙和脖颈。"摸"耳朵，把手放在一个膝盖上。停止"摸"耳朵，抚摸发际。以同样的速度把嘴凑过去，把手放到她大腿上。嘴贴近丰润的朱唇，眼睛捕捉凝视的目光，"飞机"沿着她大腿的跑道滑行，起飞！着陆……就在接吻那一霎，落在肚子上。就这样干。

这样做的时候，我庆幸自己有效地控制住了自己。索普医生对我说过："别见了漂亮女人就把持不住自己。能做到吗？下周一再来一次，好吗？我们再看看情况怎么样。"我说很走运，是因为没有机会"勃起"，没有冲昏头脑。这就是我相信的说法？？？除了雷切尔，我对任何别人的快乐、安危都不在乎。我自然会很礼貌地哼哼几声。但是表现出来的是品酒师的那种职业的真诚，而不是酒鬼的垂涎欲滴。

我的老二当然不会知道这些。但是公平地说，这个家伙昨天表现得完美无缺。我站在索普医生铺着白单子的诊疗床边，裤子脱到一半儿，大腿微微颤抖。索普向我慢慢走来，伸出那双指甲修剪得很好的手，低着头说："我们看看那个老二，好吗？"

我相信，倘若他"按动了哪个腺体的按钮"，我的老二就会在他手指间生机勃发。他会抬起头看着我，急切地想听到我的认可。情况已经再好不过了。我真想过后买一袋糖，或者别的什么东西。

现在，我完成了一整套非常繁琐的"规定动作"。在诸多的动作中，以用胳膊肘顶她的胯骨，爱抚她的睫毛，亲吻她的耳朵为特点。我自然会说些绵绵情话，大都是不知羞耻的献媚之词。不过都是些"因地制宜"、无伤大雅的话。我发现说这样的话会少些尴尬，只有事后回想起来才觉得好玩儿。

"你知道吗？你直视我的时候，我仍然看得见你瞳仁四周的眼白。你看我，棕色的眼仁总是和眼皮子什么地方相接。你那样的眼睛真是动人。我想这就是你让我一见钟情的原因。你为什么总戴太阳镜呢？"

我还会说：

"你嘴唇上抹了什么玩意儿呀？不像是化了妆。很难说清楚你的嘴唇到哪儿结束，脸颊又从哪儿开始。你皮肤的颜色有点怪，像湿了的沙子，但非常好。"

雷切尔则会说："你口气清新，不令人作呕。"她咯咯地笑了起来。"甜丝丝的。"

尽管完全解释不清楚，但确实如此。女孩子们经常这样说（我硬逼她们说出什么味儿的时候，她们就说是"黄瓜味儿和薄荷味儿"）。是不是这种"美味"液化了我肺里的污物？雷切尔的话同样给我留下很深的印象。我希望我能……怎么说呢？放下这份责任，屈从于这种经历——把它当作与过去，与德福瑞斯特，与阴道滴虫，与未来都没有关系的事情。但我首先要得到

122

她，至于以后，时间多的是。

为了践行这一想法，我抛开那些性挑逗的雕虫小技，两手捧起她的脸，手心紧贴她的脸蛋儿，轻轻地吻了吻她的嘴唇。有时候，在这种情况下，在这种做爱的环境下，女孩子们看起来有几分哀怨。其实心里充满渴望。此刻，雷切尔就是这样的表情：皱着眉头，很漂亮，眼睛清澈明亮，而又不无伤感。

我们就这样待了十三分钟。我之所以知道得这么清楚，是因为唱片放到了头（为了准确记录下那一天的过往，我后来算了一下时间，唱片多转了四圈儿）。那张唱片不像普通唱片一样，放到头可以自动停下。那些厚脸皮的披头士的唱片最后一道沟槽还有内容，仿佛一个识别符号，这样唱道：

屈西·安妮·霍勒瓦
屈西·安妮·霍勒瓦

如果你不厌其烦，不拿起唱针，它就一直这样转下去。（杰弗里说，如果倒过来放，意思是："我要像超人一样操你"。不过我从来也没有试过。）

大约有半分钟的样子，我假装没有注意到，然后喊了一声："哦，天哪！"我让整个身体松弛下来，翻身爬起来，背对雷切尔坐着。留声机几乎就是呢喃细语。仿佛要淹没唱针越过沟槽时发出的闷浊的声音。没有那声音，屋子里显得空空洞洞。

"你的外套皱皱巴巴，"雷切尔说，那声音仿佛从很远很远的地方传来。

我用手捋了捋衣服上的褶子，凝望着地毯。"德福瑞斯特上哪儿去了？"我觉得背对着她问这话会更有力。

"牛津。面试去了。"

"是吗？"我问道，声音发紧。为什么他们没通知我面试呢？"他什么时候回来？"

"明天。然后到北安普顿郡射击。"

"射击？此话怎讲？"

"打猎。你知道，用枪打猎。"

"哦，他干这种事儿，是吗？"既觉得自己高人一等，又猎杀动物。去那儿得走很远的路。

"也不全是。"我听见她强忍着没把一个呵欠打出来。"是一个朋友约他去度周末的。"

她把重音放在"周末"的第一个音节上。这是受德福瑞斯特的影响。我转过脸看着她，脸上挂着微笑。

"这就是说今天晚上你可以出去看场电影。'经典影院'正上演《春光破碎》。"

她闭着眼睛点了点头，好像有点后悔。我偷偷地亲了她一口。

突然，楼梯上传来一阵喧闹声，好像赢得世界杯的球队从楼上跑下来一样。雷切尔和我都吓了一跳，刚刚来得及坐起来，满怀歉疚，看着砰然打开的房门。诺尔曼的脑袋赫然出现在眼前，不过对雷切尔完全视而不见。

"上楼，你爸爸来了！"

"什么？爸爸来了？"

"没错儿。上来吧。"他转身离开。

"等等，诺尔曼。别着急！"我说，"你能不能对他说，我病了，或者不在家，出去了？他来干什么？真是的！"我口无遮拦，没有考虑雷切尔就在旁边。因为我已经向她解释过，姐姐昏了头，自作主张，嫁了这个疯子似的伦敦佬。不过人还没那么坏，只是性格不好，没有自制力。所以无论他说什么、做什么，都不要当回事。

"不行，你必须马上上来。这是詹尼说的。好像你不在旁边，我会吃了他似的。这位就是雷切尔？"诺尔曼一边说，一边很不屑地上下打量着雷切尔。

"是。雷切尔，这位是诺尔曼。"

"你好！"雷切尔咂着嘴说，两手抱膝坐在床边。

"嗯。"诺尔曼扬了扬眉毛，甩了一下脑袋，不知道是厌恶还是嫉妒。我也不知道一个人怎么可以对人这样无理，却又不会造成太多的伤害。

"快上来吧，"他说，"你们俩。"他皱着眉头，朝门口指了指。"他那个婊子也在。"他补充了一句，就好像那两个人不是一块儿来的。

"你说他那个情妇？"

# 九点半：查理

刚才妈妈问我要不要吃晚饭。我说，不。还补充了一句，如果不再打搅我，那就谢天谢地了。这种破事儿最能打断你的思路了。现在，我得在床上再躺几分钟，让寂寥再一次笼罩我。

我想，尽管雷切尔在社交场合游刃有余，但刚才那一幕也一定让她不知所措。看到詹尼在厨房门口挺热情地跟我们打招呼，稍稍松了一口气。她衣冠不整、一定是匆匆忙忙收拾了一下自己。她正在准备茶点。我为她们彼此做了介绍。雷切尔立刻动手帮詹尼准备盘子，烤面包片，把牛奶、糖倒到精美的容器里。

"他来干什么？"我问道。

"糟了，"詹尼说，"诺尔曼一定已经到楼上了。哦，查尔斯，你快上去吧。"

我想知道他们要待多长时间。詹尼说，不会长。我便上楼去了。

父亲双臂抱在胸前，两条很细的腿也交叉着放在一起，坐在屋子尽里头。我左边是一个金发碧眼的小个子女人。她穿着白衬衫，黑天鹅绒裤子。左边是诺尔曼，背对窗户坐着。在让人觉得很不舒服的寂静中，仰着方下巴。

戈登·海威看见我吃了一惊。不过总的来说还挺高兴。他站起身，伸出胳膊，指了指他那个"婊子"。她叫瓦妮莎·雷诺兹。我弯下腰，握了握她那只戴着钻戒的手。瓦妮莎个子很小，面容憔悴，皮肤黝黑，不过并非没有吸引力。

"哦，我觉得我们以前没有见过。"我边说边在她身边坐下。

"没错儿。我正给诺尔曼讲，"父亲用一种演说式的口吻说。"瓦妮莎刚从纽约飞回来。那可是前九十名的城市。可是又热又脏，物价高，人烦躁。黑人简直都疯了。工人游行，学生闹事……"他笑了起来。"那个国家真是糟透了。"

他继续高谈阔论，和瓦妮莎你一言我一语，就政治和生态又发表了一大堆陈词滥调，直到"哦，茶来了"才改变话题。两个女孩把茶放到两扇窗户之间的茶几上。我把雷切尔介绍给大伙儿，言语间不无骄傲。

父亲把刚才给诺尔曼和查尔斯讲的那些事儿又给詹尼和雷切尔讲了一遍。雷切尔说，她去年去过纽约……是吗？现在比那时候还糟！光天化日之下，反对尼克松政府和中央公园污染的游行集会天天发生。

诺尔曼和我都一脸苦相地对视了一眼。他还没有开口说话，我也只说了一次。倒好茶之后，拿来烤面包片。父亲不吃。茶里也不要加牛奶和糖。有柠檬吗？詹尼虽然手里正忙着干活儿，还是要跑到楼下去拿。雷切尔自告奋勇，要去拿柠檬。在哪儿放着呢？她离开房间。

"他们不会容忍多久，"瓦妮莎说，"尼克松也真是倒八辈子霉了。"她吹了吹茶水。这个如此讨厌美国的人，说话却是英美混合的口音。"学生和'黑豹'的人会组织到一起。到那时候……"她摇了摇头。

一阵停顿。

"你对这种混乱的局势怎么看？"诺尔曼问，一副自以为是的架势。"查尔斯，我的意思是这局面发展下去会怎么样？"

雷切尔打破寂静。她端来一个小碟。碟子上放着一片柠檬。

"非常感谢。"父亲把茶杯递过去，脸上挂着一丝僵硬的微笑。

"我会告诉你的，诺尔曼，"我说，"我觉得和政府关系不大。是人民。"

"你说的'人民'是什么意思？"父亲问道，"难道'人民'和政府实际上不是一回事？"

"让我告诉你，诺尔曼。美国人无论谁统治他们都不是好玩意儿。他们……"

"这么说，你不喜欢美国人，"瓦妮莎说。

"是的，不喜欢。"

雷切尔在诺尔曼左边一把靠背椅子上坐下。

"啊，为什么？和眼下发生的事情有关吗？"

我觉得一股火直往上冒，心里想，别一张你那张臭嘴就"啊，啊"了！我没有多想，便说："因为他们喜欢暴力。喜欢走极端。就连农民，农场里老一代的保守分子都会砍掉黑鬼的脑袋，烧死一两个犹太人，肢解波多黎各人。就连嬉皮士也互相集体屠杀。这些一代又一代吃T字牛排、咸牛肉长大的人仿佛在他们自己身上搞遗传基因实验。他们个个身强力壮，人人都有暴力倾向。好像永远都武装到牙齿。"屋子里的人似乎都在叹息。"我讨厌他们，因为他们人高马大、汗流浃背；我讨厌他们发达的肱二头肌、黝黑的皮肤、洁白的牙齿和清澈明亮的眼睛。我讨厌……"

瓦妮莎（口出狂言）、她的男朋友（专横跋扈）、雷切尔（不屑一顾）地打断我。我没有反驳，任凭他们说三道四。其实我这番宏论不是冲雷切尔来的。事实上，我认识德福瑞斯特之前，就写过十四行诗来表现这个主题。我刚才的话不过是对其中六行诗的诠释。如果以诗歌的形式出现，就不会让人觉得胡说八道了。

詹尼总算给大伙儿上完茶、烤完面包片了。她在丈夫脚边的地板上坐下。诺尔曼怀着一种喜爱，好奇地看着我，把小提琴大小的手掌放到詹尼头上。詹尼皱了一下眉头，不过看得出，心里很是感激。从我来的那个夜晚算起，已经两个半星期了。这还是我第一次看到他们之间这种"近距离接触"。

争论在继续。我看不明白为什么他们三个人起初那么激烈地反对我，可到头来却内讧起来。瓦妮莎竟然开始向我的观点倾斜。（她谴责种族灭绝制度的罪恶）。雷切尔站在传统的立场上，反对"这种一般化的做法"。父亲当裁判员。我听了几分钟就下楼去了。

和瓦伦丁说了几句话（滚蛋，找妈妈去）之后，又和新来的寄宿在家里的学生说了几句（"是的，真对不起。麻烦你叫醒她好吗？我有要紧的事情对她说。我真希望下次能在家里见到你"）。妈妈接电话了。我让她先正确估计一下形势，然后再得出合乎理性的结论。

"哦，是，亲爱的。我想……只想知道你父亲要带几个人过来。我知道有帕特和威利·弗伦奇。我只是想知道他们是不是还要带……别人。因为我得让吉塔搬出休息室，把塞巴斯蒂安的东西……"

我想弄清楚这些人物之间的关系。"谁是威利，谁是帕特？"

"威利·弗伦奇是个记者，还有他的……帕蒂·雷诺兹。她是我的老朋友。她……"

雷诺兹。我用手捂住听筒，大声喊道："爸爸！"楼上的谈话停了一下，他们再说话的时候，声音低了许多。我侧耳静听。妈妈还在电话那头一个人叨叨，父亲的脑袋出现在楼梯扶手上面。我举起电话听筒让他看。

"我接通妈妈的电话了。她想知道，你是不是要带她，"我朝楼上努了努嘴，"回去度周末。"

他走到浴室前面的平台。"是的，是的，你瞧……"他边说边沿着楼梯朝我走过来。"瓦妮莎的姐姐是……"

"你还在吗？好的。是的，妈妈。帕特带她的妹妹过去。"

"……哦。好的。我会……也许……"

"对不起，妈妈，我现在不能说……是的。我也许回去。谁也不能住我的房间。我要是回家，会提前打电话给你。再见！"

父亲站在楼梯上。"你会回家，查尔斯，对吗？赫伯特老先生要一块儿去我们家。他可以……"

"下次，"我说，"下次。告诉她好吗？我们那幢'倒霉的房子'里房间多得是，住一个连也没问题。让她知道，省得她还得研究那些'无聊的字母游戏'，看能不能给你那个女人找张床睡。好吗？"

"哦，上来吧，查尔斯。振作起来。你母亲和我已经讨论过这件事情。我那个'女人'在那幢'倒霉的房子'里什么事情也不会发生。你理解吗？你能理解我吗？"

我转过身，又转回来。他站在楼梯上摆出一副器宇轩昂、言之有理的架势。我点了点头。

"查尔斯，你是一个……"他笑着说，"你真是个老古板儿。"

我觉得羞愧。生了一肚子气，却又无处发泄，低头看着电话，喘了一口粗气。

"上楼吧！"

我沿着楼梯慢慢地往上走。


"戈登，"瓦妮莎用一种似乎义愤填膺的声音说，"雷切尔是伊莱扎[1]·诺伊斯的女儿。哈利·赛斯·史密斯的继女。"

我跟在父亲身后走了进去。

"是吗？"他说，伸出像岩石一样坚硬的手，从詹尼腿旁边探过去，给自己的杯子续满水。"好呀，这么说这个周末你也应该去。查尔斯，你干吗不带雷切尔去。我保证房间有的是。"

雷切尔茫然若失地看着我。

"我前不久还看到哈利了。他在我们那儿干活儿。是固定工作。我们是老朋友了。你一定来。"

雷切尔朝我耸了耸肩。

我并没有回去的意思。"你能去吗？"我问道。

"哦，妈妈也许不……"

"胡扯，"父亲说，"我今天晚上就亲自给她打电话。查尔斯，你已经开始在那个补习班上课了吗？"

---

1  伊莱扎：伊丽莎白的昵称。

"上星期就开始了。"

"好孩子。"

我带雷切尔去看了一部法国电影《春光破碎》，从侧面告诉她，事实将证明，我床上的功夫有多么好。

我意识到，我们有足够的理由讨厌法国电影。导演给人的印象是，影片越粗制滥造、越协调得不好，就越接近生活，因而就越好。遇到太难或者容易引起歧义的情节，就会陷入说教。依我之见，英国、美国探索性的叙事传统显然更有力量。但我更喜欢法国电影里那种更具个人特色的传统。有时候我对意大利电影也不无好感。喜欢他们对经验更加激进的态度，对细枝末节和某一个具体时刻审慎的态度。

我们步行去诺丁山大门的时候，我对雷切尔大谈自己这些看法，她也表示同意。

有一次，雷切尔挽住我的手。（放松点儿，我对自己说。你用不着主动做什么。她喜欢你。）她问我："你把你父亲叫出去之后都发生了些什么事？"

"没什么大事。"

"你和他相处得好吗？我虽然说不清，但觉得你们俩的关系挺紧张。"

我有点讨好地说："其实很可笑。我讨厌他，没错儿。可是还不能说是恨。在家里也是这样。如果我坐在厨房里看书，他从我面前走过，我就会抬起头，心里想，哦，又来了，真讨厌！然后赶快低头看书。我也不知道这算什么。"

雷切尔说——别吃惊——她早就不讨厌她的父亲了。我没有做什么解释。

由于那个接电话的女孩儿提供的信息不对，我们赶到电影院的时候，只赶上已经开演的第二场电影《裸体伊甸园》。

那部电影让人毛骨悚然。仿佛一部纪录片，记录了"裸体营"真实的场景。叙述者用事实和数据说话，采访了一些表示满意的家伙。摄像机在场地上扫来扫去，检查设施。肮脏的颜色，用很低的预算制作出来的、质量低劣的玩意儿。你分辨不出，是你要疯了，还是别人要发疯。你向电影院四周张望，想弄清身处何方，期待观众们自发地表示抗议。更可恨的是，制片人似乎只能找来些已经中年的男女演员。

摄像机很不内行地聚焦在一个个老年人的生殖器上，我在座位上动了动。男人的阴茎就像手工卷的香烟，睾丸就像干梅子。就我目光所及，女人的阴部大同小异，没有什么区别。塌陷的屁股，"泄了气"的乳房，随处可见：池塘旁边，篝火周围，小木屋里，食堂里……

当摄像机对着一个只有七岁的女孩儿的裸体足足照了半分钟的时候，我隐隐约约有点担心。看到这一切，时髦的雷切尔会作何感想呢？那个小女孩儿生气勃勃，向后弓着身子，表现出：一、裸体营里的女孩子都很健康，可以像螃蟹一样行走；二、展示她的阴户，以便满足那些对女人性器官偏爱的电影观众的胃口。一排半圆形的空座位上，坐着一个穿胶布雨衣的家伙，块头很大，像一个大毒蘑菇，目不转睛、一动不动，连手淫也顾不得了。

到了该说点儿什么的时候了。一对儿非常胖的男女在蹦床上光屁股足足跳了三分钟。我转过脸，不慌不忙、不无讥诮地对雷切尔说："这也算动作片儿。"

雷切尔听了，右手捂着鼻子，弓着腰，哈哈大笑起来。"我喜欢看，"她压低嗓门儿说。"这个片子多长呀？我们误了多少？"

"误得不多，"我说，亲了她一口。"后面还长着呢！"

我凝望着雷切尔的侧影。天哪！我可是真喜欢她。我们的关系宛如一部言情小说已经展开。到此刻为止，已经发展到什么地步了？不是一时的冲动，远非肉欲，而是一种很折磨人的、就像朝九晚五上班族无法避免的事情。

事实证明，这部裸体电影让我们很是快活，而《春光破碎》却没能打动人心。


后来，在公共汽车站，我和雷切尔落实周末的事。她闪烁其辞，说即使我父亲真给她妈妈打电话，恐怕也难。

"妈妈对这种事情总是神经过敏。也许因为爸爸的缘故。那时候她那么年轻。我想，她也许害怕同样的事情会发生在我的身上。"

我叹了一口气。

雷切尔的手指在我的手心里动来动去。"但是……或许你能去我家，见见他们，让她放心……？"她捏了捏我指关节上的皮肤。

"没问题，"我说，"我一定去。明天？该说什么呢？去吃完饭，或者喝点什么？没问题。我去。干这活儿是我的长项。"


"……尽管伊甸园是所有人类生活的终极'目标'，但是严格地说，那只是一个想象中的目标，不是一种社会构建，甚至不是一种可能发生的事物。这种观点同样可以运用于乌托邦文学。而所谓乌托邦文学不是沉闷的法西斯国家大众化的普及读物对其所做的推断与延展，而是久经锤炼的思想的类比：严格自律，精挑细选，就像我们对待艺术以及其他。所以布莱克像弥尔顿一样，（犹豫一下）看到了那个隐秘的世界，动物的世界。在那个世界里，我们被判生存，就如对人的想象不可避免的补足。人永远不可能逃避死亡、嫉妒、痛苦、性欲——这也就是诗人华兹华斯[1]称之为'我们赖以生存的人心'。（三秒钟的沉默，不知所措）也许这就是为什么布莱克把亚当画成一条盘绕在他大腿的蛇的模样。"

就这样，结束了我那篇以罗杰特的学说为"原材料"、派生而来的短文，还辅之以"舞台提示"。

"还……不错，"贝拉米先生说，"你心里想的是哪些乌托邦呢？"

"哦，柏拉图，摩尔，巴特勒[2]。"

他想了想。"当然还有培根。雪莉酒？……还是杜松子酒。"

"杜松子酒。"

"粉红色的？"

"可能吧，"这样回答似乎更保险。

---

1　华兹华斯（William Wordsworth, 1770—1850）：英国诗人，1843年被封为英国桂冠诗人，又是湖畔派的代表诗人。《抒情歌谣集》宣告了浪漫主义新诗的诞生。在艺术上华兹华斯对雪莱、拜伦和济慈都有影响。

2　塞缪尔·巴特勒（Samuel Butler, 1835—1902）：是一位反传统英国作家，活跃于维多利亚时代。两部最有名的作品是乌托邦式讽刺小说《埃瑞璜》和半自传体小说《众生之路》。他也是基督教、演化思想史、意大利艺术、意大利文学史研究家。巴特勒翻译《伊利亚特》和《奥德赛》版本沿用至今。

对面教堂的钟敲了六下。贝拉米先生一边兑酒，一边咯咯地笑着说："很准时。是的。'乌托邦'实际上是一片虚无。《埃瑞璜》[1]从心理学的角度看是这个单词'记忆的痕迹'。是的，我喜欢这篇文章。是很长一段时间以来，我听到的现代风格比较浓厚的文章。应该说，比大多数本科生的论文都要好。"

他这样说我一点儿也不吃惊。

"我得说，你一定看过许多书。"

"也许这也算是体弱多病的孩子'得天独厚'之处吧。"

他皱了皱眉，似乎没有明白我的意思。

"不。"我耸了耸肩。"小时候，我因为生病，卧床好长时间。我就看了许多书，甚至读字典。"

贝拉米先生在大理石壁炉架前面晃来晃去。他鼻孔里的毛很多，我跟他在一起待了将近一个小时，才确认那不是胡须。他说话的声音听起来像个五十岁的人，形容动作也像五十岁，但实际上不超过三十五岁。我推测，他还有额外的收入，否则他怎么会有钱坐在汉密尔顿棕榈酒店精装书环绕的客厅里，喝杜松子酒呢？怎么能假装教英语，实际上希望自己是牛津大学的老师，能肆无忌惮地操同性恋本科生呢？

"非常棒。我想他们一定会要你的。再来点杜松子酒。"

他是个身材矮小的家伙，大约一米六五。身穿棕色粗呢外套，脸上长着小疙瘩，铁锈色的头发做成钢丝球一样的发型。他时髦，有钱，从容不迫，能设法做了坏事而不被惩罚。尽管他到底做过什么坏事，对我而言还是个未知数。他实际上似乎没有什

---

1 《埃瑞璜》是塞缪尔·巴特勒一部讽刺社会传统的乌托邦小说，采取颠倒和夸张的讽刺手法，对维多利亚时期的宗教和家庭进行犀利的批评。有着广泛的影响。

么性取向。看起来连手淫也懒得做。

贝拉米端着我的酒杯走了回来。他从左边探过身，把一本书放到我手里。

"《失乐园》，第二版。很漂亮……对吧？"他颤巍巍地说，"我知道，我的一位老祖宗写过一本乌托邦小说。书名叫《回首往事》。我从来没有读过。"

"是吗？这个版本确实不错，"我说，把那本弥尔顿的杰作还给他。

"别。我希望你收下这本书。"

我摇了摇头，嘟囔了几句。

"别——别——"他举起一只手。我坚持不要。

"回去读读，"他说，"相当不错。"


天还没黑。还来得及步行到基尔伯恩。三十一号，公共汽车不一定有。即使有，七点四十五也赶不到雷切尔家。还有点时间可以消磨。寂静的天空下，梅达谷在渐浓的暮色中还清晰可见。

我以前去过一次基尔伯恩。杰弗里要我和他一起去那儿，看一家卖吉他的二手商店。那地方看起来依然像战争时期一座被围困的小城：百叶窗紧闭，大街上稀少的行人表现出灯火管制后相互关照的友情。我走进一家摇摇欲坠的维多利亚风格的小酒馆，又赶快走了出来。那里面挤满了不良少年、爱尔兰人、瘦得皮包骨的人以及有暴力倾向的未成年人。换个日子，为了"巩固"一下贝拉米那几杯杜松子的酒劲儿，我或许会进去喝上一杯。可是我身穿三件套深灰色套装，虽然刚从学校来，但也挺刺眼。倘若

137

在电影院旁边那家灯光昏暗的咖啡馆和大学生、女孩子们喝一杯柠檬水，会更适宜。接着，二十分钟后在公共汽车上，我翻了一遍贝拉米送我的《失乐园》，心里想着周末的事。

首先，父亲到底玩什么把戏呢？星期三，看完电影回家后，詹尼和诺尔曼都在早餐室看电视。几乎同时，詹尼问我喝不喝咖啡？诺尔曼问我喝不喝威士忌。我只得说什么也不喝。

"那个'老不要脸'怎么来了？"我问，"他要干什么？"

"'老不要脸'的婊子，"诺尔曼说，"有个十岁大的女儿。因为她妈要跟'老不要脸'周末出去玩，想找个人照看她。"

"想让你去给她看孩子？"

诺尔曼点点头。

"你去吗？"

"当然去，"詹尼说。

"为什么？"

"那个可怜的小东西没地儿去。"

"是吗？"

电视机发出一阵噼啪声。詹尼尖叫了一声。

"怎么了？"诺尔曼问。

"哦，没什么。我只是纳闷那些魔鬼要干什么。"

"真可笑。我在纳闷我他妈的要干什么。"

我在桌子前面坐了一个小时，一边摇头，一边写"给父亲的一封信"。半夜，我划掉"一封信"三个字，加了一个"致"，改成"致父亲"。

我在瑞士山庄下车，左拐，爬上一溜山坡，径直向汉普斯特拱门走去。在离雷切尔家两条街远的一条人行道的拐弯处，我想提前把晚上的痰咳出来，把自己搞得清清爽爽。结果咳出两团黏糊糊的东西。我靠在一堵砖墙上，一边休息，一边看一个人擦车。

理查森·克雷森特，八个星期前杰弗里和我破门而入的那幢房子。这一次，我大步流星走过，以上流社会人的文雅，轻轻敲了敲门环。

一位化装成女仆又宛若公主的姑娘打开门，帮我把外套挂好，领我向楼上走去。没有事先通报，她就把我带到一个已经高朋满座的房间。雷切尔身穿一袭白色长裙，走过来挽住我的胳膊。我急切地想要见到雷切尔的妈妈。我们从个子细长、服饰华丽的客人身边，"迂回"到身材矮胖、服饰同样华贵的客人跟前。也许在这些浑身珠光宝气、发型好看的人里，有三个女士，两个身穿晚礼服的男士？一位银装素裹的高个子夫人握住我的手。"妈妈，这位是海威。"可是我向妈妈弯腰鞠躬的时候，她的目光从我的肩头越过，说道："明妮，你过来。还有什么问题吗？"我嘴角挂着一丝尴尬的微笑，松开她的手，退后几步，让明妮走过去，自己逃之夭夭。两分钟后，我躲躲闪闪，手里拿着一杯酒，站在屋子中间。突然有人拍了拍我的肩膀。"嗨……查尔斯，在这儿见到你，真高兴！"德福瑞斯特·霍尼格哼着鼻子说。

直到吃饭的时候，我才第一次想到，当心点，别晕过去。那时候，我已经喝多了，晕晕乎乎。从某种意义上讲，德福瑞斯特已经好得不能再好了。因为美国人善于做戏，他甚至不会让你觉得厌烦。到后来，我一喝完杯中酒，他就赶快拿过去，又斟满威士忌，还给我，哼着鼻子说："没问题。"

在餐厅，另外一位"隐姓埋名的公主"把我领到相对而言"不重要的客人"的座位，让我就座。

"谢谢，谢谢，"我说，在雷切尔的姨妈和雷切尔的继兄弟阿奇中间坐下。餐桌周围坐着十四位宾客。我在"不说话"的这头，也就是哈利这头。雷切尔和她妈妈在"闹哄哄"的那头。当然还有德福瑞斯特。

现在我才看清，哈利是个块头很大的英国犹太人，大脑门儿，厚嘴唇。他穿一件很时髦的灰色西装，里面是与之相配的衬衫和领带。看你的时候，你会觉得他很时尚，但也很蠢。事实上，他很平庸、很愚蠢，显然二十多岁就学会扯开嗓门儿、傲气十足地说话，假装自己是上流社会的人。三十年过去了，他似乎已经忘了那腔调。幸亏他太自以为是，没有注意到读 eows 和 ois 时，鼻音还那么重。老哈利身材虽然很怪，但挺对称。从脚踝到膝盖很细，从膝盖到大腿根很粗。从大腿到腰很肥，从腰到胸部非常非常肥。从肋骨到肩膀也很肥。脖子很粗，可是脸除了嘴唇肥大之外，别的地方又很细小。

哈利坐下，开始和坐在他右面那个挺英俊的年轻人卖弄起学问。他们中间坐着一个年轻女人，神情猥琐，长了一张马脸。姨妈——我后来才弄清那是雷切尔的姨妈，不是阿奇的姨妈——坐在我的右边，哈利左边。她一边用手指摆弄餐巾，一边听哈利说话。哈利不时看我一眼。他一定认为我是阿奇的朋友。

屋子里光线昏暗，茅草墙，低屋顶，只点着几支蜡烛。我朝桌子那头张望，看见雷切尔紧挨德福瑞斯特坐着。他正一脸谄笑压低嗓门儿对坐在身边的雷切尔的妈妈说着什么。她为什么不告诉我德福瑞斯特也来赴宴？他在这儿看起来轻车熟路、挥洒自如。不过也许吃完饭就滚蛋了。

或许早该有人问我，我认为自己在这儿做什么呢？唯一的答案是"我也不知道"。很明显，坐在这儿装出一副老实巴交、光吃面包不说话不是个事儿。阿奇胳膊肘放在桌子上，呷着葡萄酒。我上下打量着他：很时髦的小山羊皮牛仔夹克，巧克力色天鹅绒裤子。拍打蛇皮靴子时，裤子晃来晃去。阿奇有一辆小汽车，是一辆迷你越野车。

说点儿什么也不是难事。

"嗨，"我醉眼朦胧、唇边挂着一丝傻乎乎的微笑，拿腔拿调，操着自命不凡的嬉皮士的口音说："天啊，你认识这些古怪的家伙吗？你说，还要喝多长时间呢？"我不无讥讽地喝了一大口酒。"反正酒多得是。"

阿奇惊讶地看着我，就像一个专注但脑子迟钝的小学生。他扬了扬眉毛，然后朝坐在他另外那边的人嘀咕起来。这时候我才看清，那是一个非常漂亮的姑娘。我打了一个激灵，脑袋向下沉，看见一只十分优雅的手放在阿奇的大腿上，手指尖在他两腿之间摸索。

阿诺德·赛斯·史密斯十七岁。

雷切尔的姨妈是屋子里唯一一个相对而言没有吸引力的人，于是成了我注意的对象。送上食物之后，哈利和他的朋友便满头大汗地狼吞虎咽起来，不再说话。结果那些懒得听人说话的人都能听见我们俩的谈话。话题扯得很远，顺序为：鳄梨，油轮，毛里求斯，裁剪，房间的大小，伦敦物价，蜡烛，台布，叉子，喝咖啡用的小勺。毫无疑问我们有不少共同点。有一次，我真想问

141

她："你怎么拼写'homo sapiens[1]'这个词？"

"周末怎么办？"我在楼下厨房问小东道主。我站的地方离那个颜色像小孩屎的垃圾桶只有一步之遥。我们俩第一次见面就想亲她的那个晚上就站在这儿。此刻我在吻她。"我的行为举止还得体吗？"

这个问题其实并不像听起来那么荒谬。一半客人，包括德福瑞斯特（和雷切尔缠绵了一会儿之后）吃喝完就他妈的滚蛋了。只剩下寥寥无几的"听众"和雷切尔的监护人。我坐在那儿听他们谈论冬天应该到哪儿旅游，不应该到哪儿玩儿。小心翼翼，屁也不敢放。

"我想没问题。哈利一直在你父亲手下干活儿，对他评价挺高。"

（顺便说一句，没有什么比说我父亲是搞广告的人，或者职业人士更让我激动的了。在其他方面，他还是一本双周刊的商业法律编辑。我知道，这听起来蛮不错。那本杂志有一个艺术方面很好的栏目，发表最棒的影评。书评专页最近获得一个由著名学者组成的论坛的好评。）

"……所以，她没有多少理由反对。"

"真是不可思议。德福瑞斯特知道吗？"雷切尔摇了摇头。"别告诉他。"我不等她后悔就连忙说。"我有一样礼物要送你。"

我先去了一趟走廊，然后返回来。"给你，希望你收下。

---

1 homo sapiens：智人，生物学分类中人属中的一个"种"，为地球上现今全体人类的一个共有名称。

不，一定要收下。"

"可是，也许……"

"你读吧，"我说，"相当不错。"

我从外面向楼上的客厅望去。哈利一边用一个像咖啡过滤器一样的杯子喝白兰地，一边向那个漂亮得无与伦比的年轻女人逼近。我觉得应该大喊一声，或者朝他们扔块砖头，以表示我的轻蔑和厌恶。

"是啊，我知道你属于左翼，好吧，"我说，叫住一辆出租车。

第二天早晨，我跑到广场，给那几个没腿的街头艺人每人二十便士。

"谢谢你，先生，谢谢。少吐点痰。"

"我会尽力，"我说。

我一整天都心情激动，那种感觉怪怪的，让我不时感到一阵眩晕。直到学校里一个男孩子打了一下我的脑袋，才清醒了几分。

"死费特"——有的同学还管他叫"绿教堂先生"——的数学课调到下午了。（这件事很让人恼火。因为我本打算上完上午的课就赶快回家，洗刷一番，再把自个儿弄得香喷喷的。）事情是这样的，费特先生从他那辆"莫里斯1000"下来的时候，脑袋碰到车门上面。他年事太高，居然没有感觉到疼。事实上，更准确地说，是没有注意到。血从脸颊慢慢流下，在耳朵下面聚成一个"三角洲"，然后滴下来，染红了衬衫和羊毛衫。他对此一无所知，拖着脚乐呵呵地走进学校。陶伯太太看见后倒吸一口凉气，吓得半晌说不出话来，学生们也全都惊叫起来。他伸出手摸脑袋想弄清楚怎么回事。看到手上的鲜血，自个儿也吓了一跳。一屁股倒在一把靠背椅子上。结果椅子倒下来压在他的身上。大伙儿七手八脚把他送到地区医院急救室。大夫给他的秃脑袋缝了三针。我估计他即使不死，也得在医院躺上几个月。不成想，他不一会儿就给陶伯太太打了个电话，说他不想损失这天的讲课费。

我和另外三个同学在大厅里等他。这三个人是丑姑娘、布兰达、胖子埃尔文。埃尔文长了一双牛眼，学习一塌糊涂，但待人和蔼友善。还有德里克。德里克差点儿进了少管所。他虽然只有十七岁，但是据说已经被指控犯有多种罪行，包括 GBH[1] 和盗窃。后来家里人花了许多钱，雇了一个能说会道的律师，才使他逃脱法律的惩罚。我坐在桌子旁边沉思，尽量不去想周末的事情。我觉得他脸上有一种很独特的、让人看了心生厌恶的东西。一张娃娃脸铸就了邪恶。干巴巴的皮肤犹如荒漠，只有皮炎性丘疹形成的"绿洲"显现出一丝活力，就像特洛伊·多纳胡和彼得·迈克爱诺瑞满是浮渣的死亡面具，或者别的著名"漂亮男孩儿"。只有那双闪闪发光的蓝眼睛尚且完整无损。

不管怎么说，我们就这样待在那儿。大约下午两点。我突然觉得恶心，有一种想要呕吐的感觉，连忙用手帕悄悄捂住嘴巴。德里克从他的课本上抬起头看了我一眼。

"快把你那玩意儿捂住，好吗？"他恶狠狠地说，"你已经

---

1　GBH 指重度伤人。

够恶心的了。快找个地方，弄好了。"

我不慌不忙擤了擤鼻子。"你说什么呢？"

"没说什么。你，操，不是听见了吗？我说你自个儿恶心呕吐就够了。别影响别人。"

"是吗？"我说，"你想没想过，别人要是看见你那张脸会有什么感觉？你知不知道他们心里会怎么想？"

布兰达笑了起来。我继续说："看看你大鼻子上那个黑头群岛，天哪！你干吗不想办法把它洗掉呢？"

"住嘴！"德里克说，嘴角挂着一丝宛如机器人的微笑。

我看得出，他是好心劝我，不想让我再说下去。我看了一眼埃尔文，发现他正咧着嘴笑。此外，我觉得他那副不屑的样子似乎把我当成个小屁孩儿，便继续说："是呀，你干吗不好好洗把脸呢？你这样满脸花儿，满世界跑，有意思吗？我想，你还得继续养你那些疙瘩呢！告诉我，'粉刺先生'，告诉我，'黑头先生'，怎么能传染给那些女孩儿呢？我敢打赌她们……"

我穿着一件双排扣夹克衫，很时髦的大翻领。德里克抓住衣领，把我一把揪得双脚离地，举起右拳。

"别，别！"我尖叫着，"看在上帝的份儿上！"

就在这时，前厅那头的两扇门打开了。"绿教堂先生"溜溜达达走了进来。

"查尔斯！"

他没有责备我们，只是用他那种老年约德尔[1]的声调喊我的名字。

---

1　约德尔（Yodel）：一种流行于瑞士、奥地利等国家山区的民歌，曲调一般都比较活泼、高昂。

德里克不由自主松开手。

"来了，"我说，站起身，推开德里克的手，跟在老费特身后，走进他那间小屋。

多么不同寻常的行为。显然，我心情不好，不是因为雷切尔。是因为下周末之前，我的老二还派不上用场，所以不会发生什么激动人心的事情。也许是想到这次要和父亲决一胜负。上课的时候，我假装做笔记，为周末的活动做计划——关于那个村庄的奇闻轶事，完成到现在为止已经写了两千字的那篇声讨父亲的檄文。

# 十点零五分：小树林

距离那个时刻，还有两个月不到两小时。随着年龄增长，事情变得更简单了。此时我推开窗户望着外面的树林。现在是十二月，实在太冷了，我又很快关上了窗。

去往牛津的火车上，雷切尔讲起她的父亲。显然，那天早晨，他写给她一封"臭不可闻"的信。她延展了关于那个王八蛋的主题，并且填充了早年的历史。她最后一次和"让·保罗·德俄兰戈"（雷切尔用妈妈娘家的姓，别问我为什么。）接触是在那年夏天早些时候。那时候，德福瑞斯特带她到巴黎待了两个星期。除了一些不愉快的事情之外，总体上说，他们度过一段"美妙的时光"。雷切尔告诉我，那些"不愉快的事情"包括德俄兰戈先是暗示，后来明确表示他非常讨厌德福瑞斯特。事实上，他的耳朵被那位激情满怀的法国人打成"菜花耳[1]"。我听了以后不由得为之一振。雷切尔对我讲这些是为了证明她父亲多么粗暴，多么没教养。她还告诉我，德福瑞斯特对此非常理解，打那以后从来没有提过这件事情。

我问她那封信都写了些什么，雷切尔默默无语，足有半分钟凝视着窗外的风景，然后才说，信写得太糟糕了，不想再重复一遍。我决定不再刨根问底，欣然接受眼前的事实。为了消磨时间，也为了间接地给她以安慰，我编了几个饱受家庭暴力之苦的故事，把父亲描绘成醉酒胡闹的阿飞，喜怒无常的夜猫子，下贱的人，等等。

我们是最早到来的。

那天下午，母亲就像感染了狂犬病，发了疯似的瞎生气。雷切尔和我来不及道一声哈啰、做一番自我介绍，就连忙问她，趁现在还有时间，也还有希望，能帮什么忙。然而，此时此刻，雷切尔能帮的忙似乎只是帮那位寄宿在我们家的（相当迷人的）姑娘削土豆皮。我能做的——实际上是我不得不做的——是开车到牛津接瓦伦丁。

"可我不会开车。"我说。

"你学过驾驶课呀！"

"我知道。"（驾驶课是喜欢流动的海威家送给孩子十七岁生日"法定"的生日礼物。）

"你不是还参加驾照考试了吗？"

"我知道，可没有通过。"

"你又考了一次。"

"我知道，又没通过。"

"现在太晚了。我把钥匙放到哪儿了？"

我只好开母亲的迷你小汽车去。结果，汽车发动机罩子差点儿撞上个老太太。

过了一个收费桥——过桥费三个半便士——因为路又平又直，我就加速到每小时四十英里。按照这样的速度行驶，就应该把高跟鞋放到变速杆上面的口袋里，以免像泵钻一样，妨碍开

---

1　菜花耳：拳击手多次挨打而变形的开花耳朵。

车。我这样做的时候，发现两百码前面有一个骨瘦如柴的身影站在公路右侧的路面上。为了打破她的沉思，我按了一下喇叭。她仿佛面临生死攸关的时刻，发了疯似的穿过我车前的马路。帽子丢了，购物袋和一只棕色拖鞋也全都飞到对面的马路牙子上。我放慢速度，在她身边慢慢停下。

"没关系，"我说，帮她收拾好撒落在地上的东西。"你本来退到人行道上就可以了。你没事儿吧。"

她茫然若失地凝视前方，心里一定在想：我要是再出来，就他妈的完蛋了。

我在瓦伦丁念书的学校前面停下车。这是牛津一所比较好的小学，可是看起来就像一家扩大了的旅馆，房子都刷成暗红色，墙壁上开着许多扇窗户。瓦伦丁，或者他那个傻乎乎的名字，是一所二流公立学校"登记在册"的学生，但我父亲不准备送他上私立预备学校。我沿着学校和操场中间那条路走的时候，心里琢磨父亲采取这个策略的意义何在。瓦伦丁估计正在操场踢足球。我很想立刻打断他，可是鬼使神差，脚步却放慢了。

我已经克服了对瓦伦丁的厌恶之情吗？恐怕或多或少已经摆脱那种情感的漩涡。那个时代已经过去了——看着他吆五喝六，带一帮朋友玩；十二月一号给哈罗兹[1]玩具目录打钩；妈妈把他打扮成三英尺高的小大人（他和我同一年从穿短裤变成穿长裤。我十三岁，他四岁）；十八个月前的那个春天，我在家的时候，瓦尔[2]骑着他那辆漂亮的赛车，双手撒把，穿过小女孩扎堆儿的

---

1　哈罗兹：英国著名百货公司。

2　瓦尔：瓦伦丁的昵称。

大街，嘴里唱着《嗨，朱迪！》。那个仿佛发了疯的夏天，我拆了他的自行车，往他的葡萄适¹里撒热气腾腾的尿，往他的肉汤里吐唾沫。我苦思冥想，甚至想在他的香草冰激凌上做文章。实际上，我觉得所有这些做法已经表明了自己的立场。（作为规律，我也会谴责这些行为。可是，这些事情……该怎么说呢？都是家里的事情。）

操场右边那个角落，离我大约二十码远，四个男孩儿——其中一个是我弟弟——站成半圆形，围住另外一个男孩儿。这个男孩儿是个胖子。他满脸讨好，哆哆嗦嗦紧靠一座像棚屋一样的亭子站着。我蹑手蹑脚走到球门柱旁边，看要发生什么事情。

胖子穿一件钩针编织的球衣，克拉克牌凉鞋，难看的短袜，打补丁的短裤（别人，尤其我弟弟穿着长裤）。他的头发一定是家里人理的，长短不齐盖在头顶，脸上带着习惯性的、甚至是厌倦了的恐惧。那样子，让人觉得他一定每天在学校都会被同学莫名其妙地欺负，晚上被脾气暴躁的父亲暴打。

一个男孩儿扫视了一下他的同伴，似乎寻求鼓励和赞同，然后扑过去，朝胖子脸上使劲打了一拳。其他三个孩子也上前一步，动起手来。我看了几眼，生怕搞不好瓦伦丁会做出什么傻事来，连忙大喊一声，让他们知道我已近在眼前。

我朝他们走过去。"快走啊。"我对胖子说。希望我的干预会被别人看成是阻止一场不守规矩的恶作剧，而不是营救一个被同学欺负的"小可怜"。胖子赶紧收拾书包、帽子，离开操场，

---

1  葡萄适：一种英国产的不含酒精的饮料。

走到校门口的时候，撒腿就跑。

"快走吧！"我对另外那三个家伙说。他们犹豫了一下，向后退了几步。我想了一下，大声说："我弟弟是个好孩子，不会和你们这帮小混混搅和到一起！"星期一也许他们会为这件事情揍他一顿。

"哈啰，瓦伦丁！"我说，"今天过得不错吧？足球踢得挺高兴？"他站在那儿，嘴里嚼着柠檬口香糖，手放在裁缝定做的裤子上。"你们为什么打他？他做什么了？"

"我没怎么打他，"弟弟说，"大部分是他们打的。"

"他做什么错事了吗？他们为什么打他？"我不由得怒火中烧。

"谁都打他。"

我瞪着他，不知道说什么才好。抓住他的肩膀朝他头上打了一拳。不过没有太数落他。


雷切尔和我静静地躺在床上。快吃晚饭了。（二十岁之前，家里人不要求你参加太多的社交活动。吃饭的时候过来就行了。吃完饭愿意的话，就可以离席而去。）我的卧室是阁楼上三个狭长、低矮的房间之一。考虑到我不会在这儿做什么事情，睡觉而已，所以还说得过去。墙上贴着时下流行的画：吉米·亨德里克斯[1]、艾登、伊舍伍德、拉斯普廷的宣传画，劳特累克和塞尚绘画的复制品。书柜里的书重现了我的青春期：《继续》、《吉夫斯》[2]、

---

[1] 吉米·亨德里克斯：著名的美国吉他手、歌手和作曲人，被公认为流行音乐史上最重要的电吉他演奏者。

[2] 《吉夫斯》：英国作家 P·G·伍德豪斯的小说。

《恶作剧》、《物质的心》、《下午的男人》[1]、《恋爱中的女人》[2]、《歌门鬼城》、《猫的摇篮》、《局外人》[3]。一个棋盘，小妹妹画的一幅画，壁炉台上还放着几张明信片。简简单单，一目了然，没有"藏污纳垢"之处。可是这天早晨上学之前，我跑出去给那两个没腿的街头艺人送钱时，匆匆忙忙给塞巴斯蒂安打了个电话，答应给他十支香烟，求他到楼上给我换个电灯泡。我床头一直安着一个粉红色的灯泡。我勾引来的乡下姑娘立刻就会知道我多么好色。我让塞巴斯蒂安给我换个普通灯泡。因为像雷切尔这样的都市女郎肯定觉得粉灯泡太荒唐了。

我和瓦伦丁回来的时候，大多数客人都已经到了。我跑到厨房，帮雷切尔和那个在我们家住宿的女孩儿搬椅子、挪桌子。我把雷切尔领到二楼她的房间，然后带她到三楼我的房间。我们搂着脖子亲吻，相拥着呢喃细语，一直聊到天黑。聊我们各自的父亲，最后一致认为，女人活得比男人更难。

"女人得拉扯孩子，来月经，还有那么多的事情要做。一句话，她们是真正承担重任的人。"我叹了一口气。"女人要是随便和男人睡觉，就被骂成'渣子'。男人要是随便和女人睡觉，人们也就一笑置之。似乎社会和人的天性都跟女人作对……"

"你这样认为吗？我可不这样看。"雷切尔面颊贴着我的胳肢窝喃喃地说。"你也许认为我这样说太……厚脸皮。可是，只有女人能生孩子，男人不能。女人应该为此而骄傲。因为这样才

1　《下午的男人》：英国作家安东尼·鲍威尔出版的第一部小说。

2　《恋爱中的女人》：英国作家劳伦斯的小说。

3　《局外人》：法国声名卓著的小说家、散文家和剧作家、"存在主义"文学大师阿尔贝·加缪的成名作。

能把生活中的许多问题摆平。"

我想反驳她这种看法是教条、空谈、被洗了脑、性别歧视等等。嘴上却说:"我不觉得有什么厚脸皮。不过你这'摆平问题'的说法是什么意思?"

"哦,我们都得面对现实。女人通常到三十五岁就人老色衰,皮肤粗糙、体态臃肿、头发干枯。男人就好一些。至少脸不会像女人那样变得皱皱巴巴……"她打了个呵欠,往我怀里靠了靠。"所以,能有儿女抚养,是件好事。就像你母亲。"

雷切尔穿一条红色短裙,没穿长袜。我把手掌放到她大腿后面,手指向屁股摸索,那儿是她丝绸短裤的边缘。"也许吧,"我说,把裤裆往后扯了扯,给勃起的老二腾点地方。"你的意思是说,让她们有点事儿干。可是我的母亲却真的因此而陷入困境。瓦伦丁长大之后,她还有什么事情可做呢?"

"哦,是呀。"

"不管怎么说,你能来我非常高兴。"

她哼了哼鼻子。"唔。"她说。

我找了个借口,跑到楼下咳嗽、撒尿。

不知道为什么,关上房门的时候,我觉得自己有点神经质,颧骨高高的就像外国人。


父亲在通往浴室的过道站着。他穿一件很时髦的黑色高领毛线衫(在中年男人里,这打扮确实很时髦),袖子放了下来。他看起来不但时尚,而且真的挺帅。

"啊,查尔斯,"他用那种骂人的腔调说,"听你妈妈说,你打瓦伦丁了。还打在脑袋上。没说错吧。你不能这么干。这很

153

危险。不要打头。明白吗？好了，去吧。吃晚饭时见。"脸上露出一丝微笑，从我身边走过。

"他和他的朋友打另外一个小孩儿，要不然我绝不会打他。"

他摆弄了一下袖子，目的是避开我的眼睛。"我相信他打人了。可是你妈和我……"

"好呀，下次我要是再看见他打人，就拧断他的胳膊。你说'你妈和我'是什么意思？什么时候……"

"哦，看在上帝的份儿上。"他停了几秒钟，就像在诺尔曼家里那样，看起来迷惑不解，甚至有点开心。"查尔斯，你敢说在他这个年纪，你就没干过坏事儿？"他从裤子口袋里掏出钢链手表，看了一眼，继续说："也许等你再大一点，就会明白，一个人犯下错误也可以纠正。第二个错误总比第一个更糟糕。"他戴好表。"也许再大一点，你就明白这个道理了。"

"说得不错，"我说，"可是从你嘴里说出来就毫无意义了。也许你老了，可是我妈还没……"

"关你什么事？"

父亲停了一下，用轻柔的声音继续说："讨论这些事情没有意义。"他把手插在口袋里，玩一串钥匙。"我们只是说那些让我们感到惋惜的事情，查尔斯……"

"没什么好说的，"我侧着身子从他身边走过，挥了挥手，表示不想再问什么，也不想再回答什么。"别担心，我什么也不会说。保守秘密。"

我在卫生间里撒尿，咳嗽，嘴里念叨着："别自以为了不起，别自以为了不起。"不要哭出声来。

我回来的时候，屋子里黑乎乎的，雷切尔睡着了。我走到窗口，看着小树林。渐渐地，胸口不再急促地起伏。不管怎么说，没有可告诉雷切尔的。我在她身边躺下，胸口好像压着一块石头，喘不过气来。我等待着，直到不久后楼上有人喊我们吃饭。

吃饭的时候，我一直留意着那个老色鬼，虽然没让别人看出来。老于世故的社会名流戈登、慷慨大方的家庭聚会主持人戈登、花许多时间背叛妻子、十分狡猾地玩弄女性的戈登，总是很忙。他坐在他那个"婊子"和她的双胞胎妹妹中间。餐桌那头，母亲负责招待赫伯特先生和那位名叫威利·弗伦奇的记者。雷切尔和我面对面坐在餐桌两边。她泰然自若，我也沉着镇定，对她说的每一句话、提到的每一件事都应对自如。

后来，赫伯特先生和威利就青年问题争论起来。我无论如何也想不明白这两个人哪个我更不喜欢。酒席宴前，他们二位都是不屑一顾的"配角"。赫伯特先生特别像游泳池清洁工。鼻子挺大，鼻孔朝天，一缕金黄色的头发耷拉在脑门儿上，和他的萨维尔街[1]定制的西装、浆得挺硬的衬衫领子很不协调。他那个像问号一样的耳廓里面还残留着一点剃须膏。光穿袜子不穿鞋的话，赫伯特先生身高四英尺八英寸。而威利呢，看了他那副模样，你一定会打赌，他刚刚从摩托车上下来，而且他这辈子就是骑着摩托车在高速公路上飞驰。他那姜黄色的头发从脑门儿梳到颈背，宛如风中飘拂的马鬃，嘴唇向外翻着，好像嘴里全是嘴唇，装不下，只得向外翻。眼睛红红的似乎还有斑点。在整个

---

1 　萨维尔街：世界最顶级西服手工缝制圣地。

争论过程中，他显然是输的一方。他总是让自己显得和颜悦色，而对方像挺机关枪——赫伯特先生只允许他说了几次"我"或者"什么"。

赫伯特言之凿凿，提出这样一个悖论。他断言，年轻人惹人注目的"非传统"，事实上，只是一种不同类型的习俗。说到底，今天的和谐、一致不正是昨天的分歧、矛盾吗？年轻人难道不也是坚持正统吗？只不过那是一种不同方式的正统，一种人们曲解为被他们破坏了的正统！

真是令人耳目一新的不同的观点，令人耳目一新的不同的观点！

赫伯特先生那双水汪汪的眼睛在桌子四周扫来扫去，目光闪闪，充满自负，连父亲也皱着眉头，陷入沉默。然后赫伯特问我的看法，还直夸我的衣服新潮而不怪诞，举止文雅而不守旧，清清爽爽，干干净净。我的回答或许太不合时宜，没必要全文引用（读起来蛮不错，因为关键性那段我是从"致父亲"中"剽窃"而来的）。开口说话前，我用两个脚踝夹了一下雷切尔的脚踝，表示歉意。

"我完全同意你的看法，赫伯特先生。尽管坦率地说，我以前从来没有从这个角度看这个问题。我觉得这种类比，可以推而广之。比方道德层面的问题。一种所谓新理念——如果愿意的话，你可以称之为'性开放'——从正确的视角看，只是一种新的清教主义"。如果你反对婚外情，反对滥交等等，你又被指责为内敛、蒙昧无知。不允许你再在意任何事情，结果又一次否定了你的本能——有节制的占有欲和道德上的一丝不苟。正如清教主义者要求你否定与之相反的本能。这两种看法都犹如还原剂，和人们的感觉如何并无关系。哦，真该给我笔奖学金了！"或者大概的意思就是这样。

威利嘴巴噏动着，显然想和我争论。过了一会儿，赫伯特问："有不同意见？"威利点了点头。

"你难道不认为人既需要自我表现，又需要自我克制，包括情感、欲望的自我压抑吗？"

赫伯特先生没吱声，只顾吃喝，过了一会儿才又开口说话。

我冷冷地瞥了父亲一眼，朝雷切尔耸耸肩。她望着我，脸上的表情很复杂。


第二天，星期六。现在看起来是具有历史意义的一天。

我和雷切尔动用了年轻人的"特权"，吃过晚饭就选择离席，各自回卧室睡觉了。我觉得嗓子眼儿痒痒，想咳嗽，就说累了，要早点休息。

又是一个无法安眠的夜晚。我的床就像过山车，脑子就像线路混乱的接线总机。诗歌、演讲、文章、计划纷至沓来。心灵之眼仿佛戴了一副隐形眼镜，看到的都是以密码形式出现的符号。就连咳嗽时，眼前的"万花筒"里，不停旋转的也是逗号和小圆点儿。

"你怎么了？"有人问道。

"天啊，塞巴斯蒂安？你怎么……哎哟，我都快散架了。"

"哦，是吗？"塞巴斯蒂安打开走廊的灯，倚在门框上站着。"已经半夜三点了，"他说，"你在大喊大叫。"

"是吗？真的？我喊什么了？"

"没听清。你给我的香烟呢？"

"桌子上呢！别跟妈说。"

他随之消失在黑暗中。

我看书一直到早晨七点，像看电视一样，看着窗外渐渐升起的霞光。洗完澡，刮了脸，走到楼下。晨光照亮的厨房地板上有几坨猫屎。餐厅飘来小酒馆才有的那种霉味儿。浑身刺痛，就像被人剥了皮。

我穿着浴袍，端着咖啡和橘汁走进雷切尔的房间。她还在睡觉，像胎儿那样蜷缩着躺在床上。洁白的棉布睡衣，膝盖向乳房蜷曲着，棕黄色的大拇指放在嘴里。看起来真是美丽动人。我拉开窗帘，揉搓了她几下，叫醒她。

"几点了？"她问道。

"八点半了。"

喝完咖啡之后，雷切尔伸了个懒腰，朝我微笑。我说了几句类似"清醒了吧"之类的话，朝她那张挺窄的床走过去。

"是鸟叫吗？"她问道。

"不是。是散热器发出的响声。言归正传，你和德福瑞斯特睡过觉吗？"

"哦，哦？"

睡过。

"只和他睡过，还是和别人也睡过？"

"只和他。"

我说："没关系。"

上午晚些时候，大人们都坐赫伯特那辆像坦克一样的戴姆勒牌汽车到牛津那边吃午饭，喝点小酒。下午去学院里看看。我问雷切尔愿不愿意坐公共汽车出去，也许去划船玩儿。雷切尔说她情愿待在家里。

我们家那幢房子没有真正意义上的花园。房子后面，草坪与一片旷野相连，房子两边，杂草渐渐融入灌木丛生的荒原。但是离前门只几码远就有一片小树林，我们俩就去那儿散了一会儿步。这个地方我永远不会忘记。小树林里的树木很不起眼。每一二百码远就有一棵粗壮的橡树，通往村庄的大路边是一排栗子树，一直伸向远方。要不然，放眼望去，这里只有萋萋白草、挺不起腰杆的灌木和几百棵只有十五英尺高的小树。小路每一个拐弯儿的地方都让我想起童年的时光。每一根树枝、每一丛杂草都那么熟悉，充满回忆。似乎因为疲倦，我晕晕乎乎，心里充满惊奇。往事的回忆、对未来的期望（还有华兹华斯的诗句）更让我充满活力。我们俩相敬如宾，步履蹒跚，沿着小路默默地走着。

小树林里有一棵榛子树倒伏在两棵已经枯萎凋零的杜鹃花上，像个窝棚，可以挡风，但挡不了阳光。我们坐了下来。我拉着雷切尔的手，躺了下来，心里想有足够的理由不进入睡乡。阳光在我紧闭着的眼睑上勾勒出种种图形，我在想，如何向雷切尔表白心迹——我爱她。绿树葱茏，周围的环境很好。只要你不是非得让她表态，你说什么，女孩子都不会介意。享受这美妙的时刻吧，再多享受一会儿。

我睁开眼，让那些图形在我眼前飘浮，不让它们聚集在卷曲的树叶和青草上。

"你来这儿看看。灌木丛里有一块空地。我小时候常来这儿抽烟。"

我站起身，往前走了几步，然后跪下来，拨开树枝树叶。雷切尔从我肩头望过去。在那树叶的幔帐下，我们看见啤酒瓶子，罐头盒子，被人踩过的旧报纸，变成灰色的纸巾，皱缩了的避孕套就像死了的小水母般躺在杂草丛中。

雷切尔发出一阵呻吟。

"还是个很受欢迎的地方。"我说。我松开她的手，直起腰。她跟在我身后，向我们家那幢房子走去。

下午晚些时候，我们俩偎依在客厅沙发上，像所有这个年纪的年轻人一样，爱抚，亲吻。总的来说都是些没什么大不了的"小动作"。当然了，有时候在她的怀抱里，我会变得强壮有力，急不可耐，或者像魔鬼一样，用（很怪诞的）目光凝视着她，不让她把话说下去。我，作为一个人，开始觉得有点不真实。可是一个可怜的男孩儿又能怎么样呢？

哦，让我描述一下德福瑞斯特走进来的时候，他是怎样一副样子吧。

外面传来汽车的轰鸣。是那几个大人回来了吗？我们俩连忙分开，不过没有分得太远。前门的门环响了几声，我听见有人去开门。客厅的门开了，进来的是德福瑞斯特，脸上挂着一丝鬼鬼祟祟的微笑，径直朝沙发走来。这当儿，他一直看着壁炉台，做出一副宽宏大量的样子，好像在说，别着急，我给你们穿衣服的时间。我还记得，看到他穿着灯笼裤的时候，我几乎尖声笑了起来。

谁也没有说话。

德福瑞斯特还在凝望壁炉台，在一张扶手椅边儿上坐下，两只小脚并拢，手放在膝盖上。我瞥了雷切尔一眼，仿佛在说，我是不是要藏到沙发下面，一直等他走了再出来？德福瑞斯特两手捧着脑袋，大约五秒钟之后才抬起头，看着雷切尔，像一个正在偷东西的学生被人抓了个正着，满脸羞愧，还有点恶作剧的样子。

"怎么回事儿？"雷切尔用害怕的声音问。

"你好吗？"我插嘴道，"给你弄点什么东西喝？"

勇敢的孩子什么都能承受，除了怜悯和同情。德福瑞斯特的小方脑袋猛然朝后仰了一下，胸口颤动着，好像在喘粗气。他哭了起来。

雷切尔走过去，跪在他面前，乳房贴在他的大腿上，胳膊搂着他的膝盖，伸出一只手抚摸他的脸和头发。

"德福瑞斯特，德福瑞斯特，好了，好了，德福瑞斯特，好了。"她轻声说。

鬼使神差，我居然对自己大声说："我到厨房去。"

十分钟后，雷切尔也跟到厨房。我问她德福瑞斯特怎么样了？她说，他好了，没事儿。她又说，她得跟他回伦敦。我说，最好别！她说，不走不行。

就像自动电唱机的唱盘不停地旋转，不等我挑选，就按顺序播放一样，我在思想的"档案柜"里，随便摸索着，最后只能茫然若失地盯着前方，说：

"哦，不。我知道会发生什么事情。你一会儿就要离开这里，我就再也看不见你了。"


谁能知道我是怎样熬过这个周末的？我的心飘逸而出，看着自己。

查尔斯听见汽车远去，像一个年事已高的重量级拳击手慢慢地爬上楼梯。"七点钟。"手表告诉他。他跑到主卧室，翻抽屉找药。他又回到客厅，用一夸脱微温的伏特加把一大把安眠酮送到肚子里。他对着镜子抱怨，现在的感觉更糟。

查尔斯上楼来到雷切尔的房间。它一如他二十五个小时前展示给她的一样，他将其井然有序地搜了个底儿朝天，却并没有成功寻到上面可能会写有"我是多么爱你啊——雷"的小纸条。接着，他踢了下铁床的一只床腿，尽管不是拼尽全力，但也足够使他痛苦而又愕然地粗声大叫了。

回到自己的房间，他脱掉鞋。右脚大拇指的指甲盖儿完完整整地掉下来，落到手里。查尔斯想了一会儿，才十分巧妙地把指甲盖儿再安上去，用透明胶带缠好。

他找出"雷切尔笔记本"（不要和"雷切尔文件夹"弄混），在上面写了点什么。他在床上躺下，可是一分钟后，脑袋又出现了。那满脸愁容让人看了有种头晕目眩的感觉。他一会儿坐起，一会儿躺下，几乎脱下所有的衣服，赌咒发誓，或者因为忧伤，大张着嘴半晌喘不过气来。

让我们离开他吧。那情景已经幻化为扶手椅上坐着的一个浑身赤裸的人，只有胳膊腕子上戴着手表，一只脚上套着短袜，大腿上放着一块红色坐垫。


第二天早晨，我做的第一件事情就是楼上楼下地告诉大伙儿，雷切尔已经走了。说的当然都是谎话。家里出事了，金融危机了，亲友死亡了，着大火了，等等，都可以是她突然消失的理由。至于他们是否会揭穿这些谎言，我并不在乎。我只需要在这个周末保持自尊。这以后，谁也不会因为敏感（或者关心）再提起这个话题。

对我而言，当务之急是如何喝足够的酒壮胆儿，给雷切尔打电话。由于父亲突发奇想，下午之前，星期日的报纸不能拿到厨房。也许他觉得，懒洋洋地倚靠在客厅沙发上看报更有趣，更文明。可酒都搁在客厅。威利·弗伦奇由于职业的缘故，赫伯特先生由于年事已高，两点钟以前肯定在那儿。

实际上，也没有太大的问题。在食品储藏室搜寻了一会儿之后，我上午喝了半瓶南美的雪莉酒（对我而言，已经醇香四溢了）。我做了一个图表式的"电话谈话"计划。那是一个相当自负的计划。现在想起来，昨天晚上我的行为有点过分了。就是雷切尔也不应该真的被德福瑞斯特那种怪诞、可笑的戏剧化的表演所影响。在我看来，她那样做是出于一种"愚忠"。

毫无疑问，小子，我写道，对你也一定太难了。

不过，这种事情你永远说不清楚。昨天夜里，我还认定再也不会见到她了。

我走进客厅，从患消化不良症的赫伯特先生（他正欠身拿一张《星期日电讯报》，好像那是一条巨大的黄貂鱼）身边悄悄溜过去，从酒柜里拿出一瓶波特酒。阁楼上的育儿室里有一台旧电视机。塞巴斯蒂安一直住在那儿。我想，如果在那儿看会儿电视，也许能让情绪稳定下来。塞巴斯蒂安到牛津看三级片去了（他说，"只要是三级片就行"）。还要和他那几个狐朋狗友闲逛，找女孩儿玩。瓦伦丁在花园里踢足球。一个人又当裁判，又当指挥，大声叫喊着，玩得挺热闹。我把自己关在阁楼里，一边喝酒，一边东拉西扯地构思"团聚演说"。

星期日的电视杂七杂八，应有尽有。大学挑战赛：选手们似乎见多识广、什么都知道，可是另一方面，又常常让人觉得非常可笑。小组猜谜，几个颇有代表性的老糊涂、古怪的社会名流一边品酒，一边东拉西扯，说关于他们自己的事儿。一个喜剧叙述三个漂亮姑娘和一个丑姑娘愿意付电费，但不愿意和她们的男朋友睡觉。

　　接下去是体育节目。不是星期六下午那种满脸机警的老人，伏在桌子上的现场解说，让你及时看到比赛情况的节目，而是重播最近在南半球某地举行的、颇多争议的网球锦标赛录像。我正想换台，一个脑袋像豌豆似的美国人郑重宣布，接下去要播的是女子网球锦标赛半决赛。

　　我对女子网球运动员怀着极大的敬意。她们进入比赛场地时，身穿整洁的运动服，面带微笑，显得朴素而又孤傲。然而经过一小时汗流浃背的激烈比赛后……我想起，两年前，我遇到一个像猴子一样灵活的选手。她下蹲时身体显得那么健壮，胳膊像腿一样粗，脸扭曲着、怀着恶意，完全是你希望的那样。温布尔顿[1]网球公开赛的两个星期，我被她完全迷住了。我没有一个下午不张开想象的翅膀，告诉自己，等八十个小时的比赛、四个小时的决赛（她输了）之后，一定想方设法控制住她，在热气蒸腾的更衣室，或者最好在哪个散发着尼古丁气味儿的角落，扯下她宽松的裤子，压在她身上，在她的叫喊声中，掏空我自己。

　　可是现在的女运动员没有谁能达到她的标准。兴奋激动，我

---

1　温布尔顿：位于伦敦附近，是著名的国际网球比赛地。

错过了开场时的点名，不得不坐在那儿等了二十分钟，听那个油腔滑调的体育评论员在那儿喋喋不休地"换词求雅[1]"："二十八岁的澳大利亚选手"、"年轻的维尔特郡[2]家庭主妇"……他说了半天，也没有报出那两位女士的名字，只是在极力掩饰这样一个事实——他连一个有用的屁也没有放出来。不过在他说的那两个人里，我更倾向于那个块头很大、让人望而生畏的澳洲女人。那位争夺"怀特曼杯"的英国选手，犯了一个错误：她极力展示自己女人的风采，毫无疑问就是为了告诉那个比她年纪大的澳大利亚女选手，网球这么高雅的运动可不适合一个长得像大猩猩似的人玩。轮到那位来自英国议会选区的牙医的妻子发球的时候，她向球网跳过去，像跳芭蕾舞似的旋转着脚尖，手臂轻扬，打出一个球。那位出生在达尔文[3]的女体育教师，肩膀上结实、光滑的肌肉仿佛在九十度的高温下轻轻颤动，像男人一样在球场上纵横驰骋，打出一个个穿越球。她一步跨出四英尺，接住那位去年进入决赛的选手打过来的一个低球。那位两个孩子的母亲每输一分都会像悲剧中的女英雄一样，哀号一声。而那位前少年冠军只有在连续两次失误的时候才会表现出情绪的激动（发出一声刺耳的尖叫，连评论员也吓了一跳，十秒钟没有说话），然后连续重击，回到比赛之中。后来，我终于知道了她们的名字：乔伊斯·帕克太太和卢琳·博恩小姐。第二场博恩小姐把乔伊斯打得

---

1 "换词求雅"：一种消极修辞手段，在避免重复、增加文章的文体色彩方面起到了积极的作用。

2 维尔特郡：英格兰南部的一个郡。

3 达尔文：澳大利亚北部地区首府，著名旅游城市，因著名的生物学家达尔文1839年来此考察，该市被命名为达尔文。

节节败退。争夺关键性一分——"决胜点"的时候，乔伊斯站在球网前面浑身颤抖，博恩小姐抽了一个上旋球，乔伊斯猝不及防，败下阵来，含着眼泪，一瘸一拐地走出比赛场地，两个人连手也没握。

"为你干杯，卢琳。"我举起酒杯说。

接下去的二十分钟是为期一天的板球比赛。临时凑成的十一位嗜酒如命的"昔日明星"对巡回比赛的"黑人队"。按照解说员的说法，马尔科姆·斯普罗金敦，或者别的什么人，总是在两次出错之间，设法"转身"或者"控制球"。而塞浦路斯人尤万凯，或者别的什么人却能来一记"猛击"或者来一个"削球"。我不明白为什么会这样。但是看过这种无知者与经验丰富者的角斗之后，心里会留下许多遗憾。

我收好笔记本，又喝了一杯波特酒，跌跌撞撞下楼，走进父母的卧室。

接电话的人是雷切尔的妈妈。她想知道打电话的人是谁。我一定是带着一股酒气报上自己的名字。电话那边十五秒钟没有声音。一整天藏在心底的恐惧又袭上心头。我从镜子里看到自己那张傻乎乎的脸。我听见窗外有小孩儿在哭。我凝视着打开放在膝盖上的文件夹，凝视着我写下的一丝不苟、娟秀的字。

雷切尔道过"哈啰"之后，便告诉我，她和德福瑞斯特在回家的路上出了车祸，差点儿撞死。我很想知道现在情况怎么样，想打断她，可是听筒里没有声音。停止这一切吧。她停下了。但是她听不见我说话。能大声点说吗？我深深地吸了一口气，又呼了一口气。雷切尔想知道我是不是还在听电话。

"停止这一切吧。你说什么呢？告诉我……"

"我听不见。"

"等一下。"

我把电话放在床上，不假思索地从上衣口袋里掏出一张纸。纸上写着："当然你不得不走。别为我担心。我只是为德福瑞斯特难过。他怎么样？"我深深地吸了一口气，拿起听筒。

"听着。请你告诉我，你打算怎么办。不要跟我讲他妈的什么……车祸。告诉我……"

我用手捂住听筒，不让她听见我在哭。我再听的时候，雷切尔说：

"查尔斯，对不起，对不起，对不起。"

# 十点三十五分：低谷

我手拿朗文出版社出版的"布莱克"掂量着。我注意到，雷切尔用铅笔在内封写了这样几个字："送给查尔斯，满怀爱意的雷切尔。"我食指和拇指间捏着一块橡皮，在桌子上轻轻敲打着。

伊莱恩，我哥哥的女朋友，坐在沙发上，手里端着一杯加了冰的威士忌。她对我说：

"格里，我和马克做爱之前那个性伴侣，算是个诗人，自由投稿的讲师，在大学工作。那一幕展现了塞尔比-米勒-帕蒂之旅。仿佛我们都是孩子，娇弱，有时候也许还很漂亮。可是，我们似乎一直在互相残杀，把事情搞得一团糟。格里就陷入这种令人沮丧的对立面。上帝和魔鬼，创造力和凝固汽油弹，爱情和萨力多胺，诅咒和凶残，生与死，年轻与狗屎。"

"我明白，"我假装听懂了她的话。

"他的诗越来越糟，越来越糟。充满讽刺意味的经历越来越消极。他不再去讲学，夜里什么也不干，一个人不去浴室，行为越来越反常，什么东西也不吃。我的意思是，我明白他脑子在想什么……"

"是的，什么也谈不到。你……"

"没错儿。这就好像一种拉动力，"她笑了起来。"有时候

168

他确实会迷恋我，说我多么漂亮"（她确实很漂亮），"另外一些时候，我看得出，我把他弄得无所适从。他会在睡袋里瑟瑟发抖。"她又笑了起来。"也许我们一周一次？他愿意和你一起分享……但是无法和你做……"

"我完全理解了你的意思。"

半个小时前，我从浴室窗口看见父亲送走赫伯特先生、威利·弗伦奇和那几位女士（他送给她们完全相同的吻）。他们扬长而去之后，妈妈走到他身边。她穿樱桃红衫裤套装，金黄色扣子，镶绿边儿。父亲搂住妈妈的腰，她立刻响应，也伸出胳膊搂住父亲。两个人似乎说了点什么，我没听见。但是，从父亲脑袋的角度，看得出他态度挺好。

他们还在门廊外面站着，车道拐弯处驶来两辆汽车。从第一辆汽车，马克的 MGs 牌轿车里走出笑容可掬、毕恭毕敬的马克和伊莱恩。从第二辆车，德福瑞斯特开的那种"捷豹"里"飘"出三个英俊潇洒、放荡不羁的男人和一个个子挺高的女郎。这位女郎美腿修长，穿一条超短裙，看得见里面猩红的内裤，撩拨得我心痒难耐，匆匆忙忙手淫完毕，我才满脸通红向楼下走去。我连声咳嗽。因为你叫喊的时候，更容易咳嗽。

父亲、哥哥和另外那几个人从一溜小窗户旁边走过，走进客厅。他们谈论如何改造我们家这幢房子。马克描绘着把屋后那块空地变得风景如画的宏伟蓝图，然后把朋友们领到酒柜旁边，拿出更多的杜松子酒。他们哈哈大笑，互相开着玩笑，看起来相互之间的关系真的很融洽，俨然一群心宽体胖、身体健硕、觉得事事如意的人。伊莱恩继续用她的"意识流文学创作实验"，突显她的"超然物外"。

"喂。"哥哥说，坐在我们对面的茶几上，把茶几压得吱吱嘎嘎直响。"怎么了，查理？看起来一副狼狈相。我可不是说瞎话，我是认真的。"

"我自己也觉得很狼狈。"我说。

伊莱恩吮着酒里一块冰。马克拿过她的杯子，重新斟满。

"伊莱恩，我得和爸爸谈一宗大生意。特雷西和他们几位都在这儿吃晚饭，好吗？然后我们开车回……"

"瞧你，我跟你说过，我得……"

"没错儿。你跟我说过。"他把一串儿钥匙扔到伊莱恩怀里。收回手的时候，摸了摸我的头发。"继续聊吧，小伙子。"他从我们身边走过，又和那几个人一起在窗前坐下。

"你为什么和那个胖猪一块儿出来呢？"我大声说。

"你可难住我了。"伊莱恩说。

我问她能不能让我搭车到伦敦，她说没问题。

伊莱恩一直注视着马克。他一条腿在裤子里抖动着，正和爸爸交流如何在最短的时间内从伦敦回家、再从家到伦敦的经验，都是些难以置信的故事。

"真不要脸……"她犹犹豫豫地说，"天哪。对不起。"

"哦，哦，没关系！"


就这样，我开始走向"蜕变"为成年男子的新阶段。这个阶段回想起来似乎可以避免，没有什么意义，不值得。随后的三个星期，我坠入人生低谷，或者传统上称之为"最低点"的时期。唯一聊以自慰的是，我没有落下功课。当然，我已经不再去学校

170

了，但是一直坚持上午学习数学，下午花一个小时的时间学习拉丁文。除此以外，我还非常认真地阅读那些让人厌恶的、悲伤的、怪诞的文学作品：萨特，加缪、乔伊斯。我还阅读了企鹅出版公司翻译出版的古希腊罗马悲剧。我又一次研读《李尔王》，没看《哈姆雷特》，而是看了《雅典的泰门》。我花时间阅读了雪莱和济慈笔下关于"里比多"[1] 枯燥无味的描述，重新审视了哈代早期的作品。我搞自己的研究。

除此以外，我小心翼翼不去洗漱，失眠，不刷牙，一天抽二十支烟。摆弄火柴棍儿弄脏了指甲，脚像干奶酪，口臭。出去散步穿得太少。在地铁站一坐就是好几个小时，身上落满烟尘。天低云暗的下午去看电影。对着商店灯光昏暗的橱窗咳嗽。大多数夜晚都和诺尔曼一边呷着威士忌，一边玩吹牛[2]。我不给别人打电话，也没有人给我打电话。喝得醉醺醺上床，和衣而睡。每天早晨醒来都会吓一跳，痛苦地觉得自己老了。

为了还诺尔曼钱（和赌债），我只得出去打工。不在铁路上干，而是到一家叫做"牧羊人丛林"的饭馆洗盘子。只干了一个星期，一晚上赚一英镑。这家饭馆生意清淡，我干的活儿似乎就是坐在设备完善的厨房里抽烟，听厨师乔发牢骚。乔很年轻，但雄心勃勃。他烦透了做牛排和薯条，很想到高档餐厅做有异国风味的菜肴。所以有人点了牛排、薯条和汤，他就咳嗽，表示对这种毫无想象力的选择的轻蔑。他这样做还因为听人说，那种时髦餐厅里的厨师如果有机会，就对着汤咳嗽。我在他做完饭菜后洗

---

1　里比多：精神分析学术语，即性欲。一切本能的欲望和能力都源于此。

2　玩吹牛：以三张牌赌博的游戏。

盘子。

我在那儿干活儿的最后一个晚上，只有一拨人来吃饭：牛排、薯条和汤。经过深思熟虑，作为"优待"，乔让我对着汤咳嗽。我满怀热情，咳嗽了几声。

乔看看汤，再看看我。"不能把这玩意儿给人家端上去。"他说。

转折点，*cognitio* 或者 *anagnorisis* [1] 和所谓"最低点"相比，其实也强不了多少。

星期一下午，我坐地铁，沿环行线兜风。在肯辛顿大街，我认识的一个年纪不大、但有些驼背的流浪汉上了我坐的那截车厢（我以前经常见他，实际上已经是点头之交）。因为他的两条腿也完蛋了，所以这家伙只能挂着两根旧拐杖在城里乱跑。他这样不辞辛苦地东奔西跑，除了赚了一身臭汗、一股臭味儿之外，还赚了个雅号——"会动的腋窝"。

"腋窝"挂着拐杖上车之后，便把鼻子凑在一块油腻腻的糖纸上。我帮他在对面的座位上坐下。他似乎感冒了，抽着鼻子，直流清鼻涕，手在潮乎乎的口袋里摸索着，然后从车厢地板上拣起一张废报纸，翻到娱乐版，捂住鼻子。我口袋里总是装着纸巾，现在便可以"尽我之所能"，给他一张。

一般来说，人们对这种事情的反映很平淡。对我来说也很正常。但是此时此刻，这种"凡人善举"让我心里非常不安，非常害怕。我觉得我好像和他有某种亲缘关系。当"腋窝"对着紧握

---

1　cognitio 和 anagnorisis：亚里士多德《诗学》中用语，意思是"发现"与"突转"，被视为悲剧情节的主要成分。

的拳头叫喊的时候，我觉得我会对他说：我和你一起到拱门下面。

我在下一站——诺丁山下车，回家后洗澡，漱口，换了衣服，把房间彻彻底底打扫一番，给我的医生和牙医打电话预约第二天去看病。那天夜里，诺尔曼一个人坐在早餐桌旁边，手里玩着纸牌，犹犹豫豫地瞥了我一眼。我鼓起勇气说，太累了。他只好回他的房间，和詹尼吵架。

星期二，我到了学校。大伙儿好像觉得这些日子我从来没有离开过那儿，或者觉得我压根儿就没有登记注册在那儿念过书。"死费特"陷入困境，怎么也解释不清楚为什么 X 的零次方永远等于 1。特里盖尔太太告诉我，为什么她认为狄多[1]被埃涅阿斯冷落是她自己的错。德里克忘了痛打我一顿。我填写了参加十一月二十一、二十二日两天牛津大学入学考试的表格。现在离考试还有四个星期。

后来，我手捧一杯茶，坐在桌子旁边。阳光照射到屋子里，暖洋洋地落在我的衬衫上。我经常凝望墙壁和楼梯扶手。有时候脑子一片空白，长达九十秒或者两分钟。那时候我就闭上眼睛，几乎是满怀感激地叹一口气。

不知道为什么，傍晚时分想起雷切尔我就特别难受。其实我对德福瑞斯特不怎么嫉妒，也不觉得雷切尔对我残酷。如果她真的对我残酷，如果德福瑞斯特是那种纠缠不休、大吵大闹的人，我也知道自己该怎么办：会有现成画好了的"撤退路线"。我甚至颇为精明地想到自杀，尽管还没到最糟糕的时候。准备了一瓶

---

1 狄多：弗吉尔著名史诗《埃涅阿斯纪》中的一个人物，即迦太基的创始人。

安眠药。还在笔记本上写下这样一段话："不要难过，诸位。我已经深思熟虑，只不过还未付诸实施，对吗？时机几乎成熟了，还没有完全成熟。不是吗？不管怎么说，祝你们一切顺利，查。"只是对于詹尼和诺尔曼，这将是一件非常麻烦的事情。此外，我到哪儿找一位可以保管我的遗著——这些笔记本的人呢？

我想给雷切尔写信。这些信尽管写得小心翼翼，言辞委婉，但对我没有什么意义，只能把它们放到文件夹里。我似乎只能写些程式化的东西。我不想再打电话。我想在薄暮时分送给她一瓶我的眼泪、柴可夫斯基的名曲《罗密欧与朱丽叶》、济慈的《明亮的星》，还有记录我孤零零一个人躺在床上不停咳嗽的录像带。

看起来，肯辛顿市政厅是个好去处。可我不敢进去。大约五点十五，看见一个尼日利亚小伙子失魂落魄、跌跌撞撞走出来的时候，我便觉得毫无疑问他的0级水平测试考砸了。我估计，一定有人操美国口音问他关于监考、座位安排等方面的事儿，他没有听懂。

我到高街[1]烤肉酒吧，满脸严肃地喝了一杯橘子汁，想给格洛丽亚打个电话。"最低点"的第一个星期，我去找医生。他说，我已经完全康复，用不着再找他了。（也许在我"大病初愈"、自鸣得意的时候，老二吓得缩回去再也硬不了了。）是的，格洛丽亚，看在往日的情分上。

回家之后，我马上就给她打。不时有说话声——主要是诺尔

---

1　高街（High Street）：横贯牛津城的东西主干道，路旁的一座座建筑很多都是牛津大学的学院。

曼的声音——从餐厅传来，我不得不压低嗓门儿嗲声嗲气地说话。通常接格洛丽亚（邻居家）电话的那个小顽童到街上找她去了，我只得在电话这头等待。格洛丽亚听电话的时候，我先说了一串俏皮话，惹得她哈哈大笑。然后问她做什么呢？格洛丽亚不再笑得上气不接下气，而是变得一本正经起来。她让那个满嘴脏话的小家伙滚开，别捏她的屁股。"怎么样啊，"我说。格洛丽亚压低嗓门儿告诉我，很抱歉，有人正向她"求爱"（真的）——更主要的阴道滴虫——所以此时此刻，不敢拿自己的幸福冒险。她相信我明白她的意思。

我浑身冒汗，满脸羞愧，溜进厨房，靠着桌子，让自己站稳。

"进来见个人。"诺尔曼喊道。

我把脑袋伸进半开的推拉门，看见诺尔曼坐在沙发上，搂着两个女孩，一个是詹尼，一个是雷切尔！

"天哪！"

"快过来，小傻瓜。去拿个杯子。"

"这儿有一个呢！"

"哦，是有一个，"诺尔曼继续说，"我是在路上碰见她的。我去买一份《新闻报》，她也在那儿。她说她得回家，"他捏了一下雷切尔的肩膀。"可是我说，她一定要来我们家喝杯茶。"

雷切尔带着一种无奈和歉意看着我，就像上次父亲邀请她去我们家度周末时那样。

"你怎么这么晚才回来？你不是四点钟就下课了吗？"

"我赶一篇文章呢！"

看来没和德福瑞斯特在一起。我傻乎乎地凝望着她，心里有一丝喜悦。"是吗？什么文章？"

"关于《丹尼尔·德龙达》[1]。你看过吗？"

"没有，"我说，当然是谎话。

诺尔曼皱了皱眉头。"我看过电影。BBC2 播放的。挺不错，对吧？"他看了一眼手表，"嗨，喝什么茶呀！我拿酒去。"

"我们去拿吧？"詹尼问，声音充满悲凉。

诺尔曼摆了摆手。"我马上就来。"

詹尼拿走茶盘，雷切尔帮忙。我向窗外张望着。不一会儿诺尔曼就从楼上下来了，叮叮咣咣，就像一辆送牛奶的马车。盘子里高高低低，堆得满满的，宛如曼哈顿微缩景观。两个后屁股兜里装着两瓶酒，前面口袋里装着一瓶杜本内[2]酒。

我趁机大着胆子凝视雷切尔栗色的眼睛，沙色的皮肤，油光可鉴的秀发。亮光闪闪的鼻子，还有弄脏了的棕黄色的嘴唇。白罩衫挡不住双乳迸发的魅力，衣襟在小鹿班比[3]似的大腿上轻轻飘拂。

---

1 《丹尼尔·德龙达》(Daniel Deronda)：19 世纪英语文学最有影响力的小说家之一乔治·艾略特的小说，出版于 1876 年。

2 杜本内：世界领先的法国葡萄酒类开胃酒品。

3 小鹿班比：奥地利著名童话《小鹿班比》里的主角。

# 十一点十分：雷切尔文件，第二卷

下面是与性有关的片段。对于我而言，那是一件艰苦的工作。我把《征服和技术：合成》运用到雷切尔文件中，然后再回到原文。所以我的文件真的需要重新整理一次。这倒是度过二十岁生日不错的方式。

我敢肯定，诺尔曼早就安排好了这一切。首先，他把我们都灌醉。他给雷切尔倒了杜松子酒和奎宁水。他坚持认为，女孩子绝对不能喝别的酒，而且不停地给她斟满。然后，他要她给家里打电话，告诉家里人她不回家吃晚饭了。雷切尔不愿意，诺尔曼说："电话号码多少？我打。"

雷切尔只好打了这个电话。

五分钟后，他说，他要带詹尼出去吃饭。要是我们俩想做点什么吃，冰箱里有香肠。他朝我挤了挤眼，詹尼耸了耸肩。詹尼和雷切尔讨论如何吃那根香肠的时候，诺尔曼用粗大的拇指指了指那瓶葡萄酒，还朝雷切尔抛了个媚眼儿。

起初，我觉得这件事情很可笑——她压根儿就不想在这儿待着。我打算，等只剩下我们俩的时候，我向她道歉，为诺尔曼这种强加于人的做法表示歉意，然后打电话叫辆出租车送她回家。当这位始作俑者要走的时候，甩出他那句经典的"格言"。"守点规矩，"他说，"你要是不守规矩，当心点！"我听了不由得向后缩了缩。詹尼跟在他身后走了出去，仿佛被收买了一样。

"再见。"雷切尔说。

将近七点半，屋子里开始变得昏暗。仿佛为了凝固这一刻、突显我们的孤寂，路灯的光投射进来，映照出从雷切尔嘴角叼着的那支香烟飘出来的一缕青烟。

"你真的能在这儿待一会儿吗？"

她点点头。我又倒了点酒。没有往自己那杯杜松子酒里掺水。下一步该怎么办呢？我在心里琢磨该用什么样的开场白打破沉默——完全是浪费时间——不是因为激情澎湃，而是因为我觉得很累。

"德福瑞斯特怎么样？"

她没有回答。

我从我读过的女作家的作品（楼下还放着一两页我写的心得）体会到，那种中心柔韧、可以向外延展的"综合征"已经失去吸引力，而自信心十足、要求独立自主的"综合征"，越来越为人们所接受。

"告诉我，德福瑞斯特情况怎么样了？"我说。

还是没有回答。她到底想说什么呢？是想给我一个更明确的答复吗？看来，还是需要使用那些曾经尝试又值得信赖的方法。

"布莱克的诗歌中有一节，"我用低沉的声音说，"《经验之歌》[1]：

---

[1] 《经验之歌》：英国诗人布莱克最具代表性、最受后人关注的诗集之一。下面的诗句引自《天真与经验之歌》杨苡译，译林出版社 2012 年 9 月版。

爱情并不想讨它的欢欣，

　　对它自己也丝毫不挂心；

　　只是为了别人才舍弃安宁，

　　在地狱的绝望中建立一座天庭。"


　　按理说，雷切尔应该引用与之相对应的一节，不过她也许压根儿就不知道那一节。"很高兴在这儿见到你，"我说，"我一直非常想念你。可我还是想了解你的心思，尽管我知道结果也许不会如我所愿。"我呷了一口我的杜松子酒。"下面是另外那节：


　　爱情只想讨它自己的欢欣，

　　随心所欲地去束缚别人：

　　他看到别人失去安宁就高兴，

　　建立一座地狱来对抗天庭。


　　对于我这种愚蠢的倾诉，雷切尔不无悲哀地点点头。（我不在乎别人说三道四：诗歌嘛，如果你能背几首，就背吧。就像花儿。送她们一束花，再念一首诗，你就攻无不克。）

　　"我打算给你打电话来着。"

　　"是吗？可是星期日我给你打电话的时候，你对我讲的都是汽车呀，公路呀，还有别的什么事情。"

　　"不是，我是昨天要给你打电话。"

　　我用嘶哑的声音，不无感激地问："有什么事吗？"

　　我知道，她不能，也不愿意回答。我想说："对不起，我想一个人待一会儿。"而实际上，我说的是："等一会儿，我去撒泡尿。”

我在两分钟之内便往腋窝里喷了点香水，往裤裆里撒了点滑石粉，对着洗脸盆使劲咳嗽了几声。抻了抻床罩，点着壁炉里的火。在地板上乱扔了几个密纹唱片封套和几本左翼周刊。把几条内裤和几双臭袜子干脆扔到窗外。拉好窗帘，把“雷切尔文件”从桌子上拿走，然后跑到楼上，不过还没有气喘吁吁。

“让我们……让我们去楼下待会儿吧。”

她起身眼巴巴地看着我。我一时不知道该说什么，于是便上前吻了她。

“你和德福瑞斯特吹了，还是怎么回事？”

“没什么好说的。”

我的左手从她右面的屁股蛋儿滑落下来，抓住旁边的酒瓶子。

“下楼吧。在那儿聊吧。”

可是又一次的亲吻打断了下楼的计划。我们俩相拥着倒在沙发上，在温暖的怀抱里诉说这几天发生的事情。

我的情绪跌入最低谷的那几个星期，德福瑞斯特也完全崩溃了。精明狡猾的雷切尔当然没告诉他，那个周末她要到我们家做客。而他很在乎她居然没跟他说实话。尽管德福瑞斯特没有明说，但雷切尔心里清楚，他一定认为星期五夜里我把她干了。雷切尔告诉他，她没有干我。她这样说完全出乎我的预料，我听了之后很有点受宠若惊。德福瑞斯特似乎相信了她的话，可是五分钟后又哭了起来。然后哐的一声撞车了。那是十天前的事儿。从那以后，又撞了两次。一天到晚哭天抹泪，书也不念了。有一次还闯进雷切尔的教室，把她揪了出来。后来，校长把雷切尔叫到一边，跟她谈话。雷切尔和盘托出，最后很动情地说，她不想让两个人都为她痛苦。如果可以，她想让其中的一个幸福。

"让我？"我茫然地问。

"如果你还想要我的话。"

一片云彩都散了。

关于结构，自从莎士比亚时代，喜剧有了很大的发展。莎士比亚的喜剧充满欢乐的结尾，总能让任何风马牛不相及的人物结对儿而去（见《无事生非》克劳狄奥和希罗）。但是最后的接吻不再有什么象征意义，其乐融融的婚礼也不再是终成眷属、心满意足的画面。此刻的接吻只是喜剧的开始，而不是结束，更不是对一个新的开始的允诺。在那新开始的一幕，观众将把自己排除在外。对吗？我们已经形成一种习惯，越来越超越了总是令人鼓舞的前景，看到的都是变坏了的关系、结果。每一个人都被告知关于他们自己的一两件事情，以便从自己的错误中吸取教训。

如此看来，下一阶段，障碍已经清除（德福瑞斯特和格洛丽亚），胜利遥遥在望，这一幕喜剧将在欢声笑语中落幕。可是谁会相信这一切呢？

准备好了吗？

作为开启大幕的人，我雄心勃勃，决定上演非同凡响的一幕。我站起身，倒酒。我们俩喝酒的时候，我一直看着她的一双眼睛，然后拿走她的酒杯。要做到这一点，你真的需要六英尺高。但是不管怎么说，我得去做：在她面前的地板上跪下，伸出手，捧住她的面颊，让她的脸凑到我的面前……可是不行，不够高。她不得不弯下腰来，乳房贴在大腿上，姿势一点儿也不美。我只好再站起来，半蹲着，开始亲她的耳朵、脖子，只是偶然碰一下她的嘴唇。等腿支撑不住了，我没有很粗鲁地把她放倒在沙发上，或者催促她下楼，而是和她一起在地板上躺下，让她半个身子压在我的身上（地板光溜溜的，我们显然没有意识到那上面什么也没铺）。我欠起身子，想让她躺得更平稳一点，伸手抓她的屁股。当时脑子不够清醒，也想不起讲什么"策略"，就让手在那儿放着。

用不着费心劳神去碰雷切尔的乳罩，只轻轻一撩，她的裙子就揪扯到腰部以上。我的右腿放在她的双腿之间，我的手在她凝脂软玉般的肚子上滑来滑去。我瞪大两眼，看着地板。"亲"她一只耳朵。这是第二阶段。

我的手在她古铜色的紧身内衣上摩挲着，游走到胯骨，环绕屁股蛋儿，抚摸小腿，华丽转身，越过膝盖，向大腿根儿蜿蜒而去，时而大着胆子伸到两腿之间探寻，时而厚着脸皮在周边游弋，激动时连气都喘不过来。就这样"盘旋"了大约十五秒。

雷切尔喘着粗气，应和着。但是"性学大师"那只手不等她做出决定性的回应，便抽身而去，在她的紧身内衣里搜索。她的肚子平平的，胯骨突出，我的手轻而易举就伸到她的内裤里。我加快亲吻的节奏，用蛇一样的舌头"撬开"她的嘴角。那一定很刺激，她怎么能忍受得了？

与此同时，我的手慢慢地往里"爬"，在她内裤边儿上停下，想了想，从下面迂回过去。整个身心都被手指牵动着，掠过她毛孔炸开的肚皮，嘴巴忙不迭地热吻，右膝盖顶了她一下，似乎吃了一惊，呼哧呼哧地喘息着。雷切尔两条腿又往开分了分，我的手继续往下伸，只差一点点，一点点。

终于到达时，手停了一下，似乎要做出一个临时性的政策决定。现在是到编写一曲劳伦斯[1]风格交响乐的时候了吗？现在我最需要做的……是的，现在，在这个世界上我最需要做的是喝一杯茶，好好想一想。我偷偷看了一眼雷切尔那张脸。她紧闭着一双眼睛，嘴唇半张，额头虽小，轮廓清晰，充满渴望，但并不放纵。


这里也看不到。我开始觉得这一切都令人担忧，脑子里一片混乱，害怕，悲伤。因为我们已经接触到问题的核心，难道不是吗？从外表看确实如此。思想游离躯体，担心发疯，担心掉进"松鼠笼"[2]。如果能说："我们做爱了，睡觉了"，那该多好！可惜不是这样。不曾发生这样的事情。证据就在眼前。（如果哪位令人尊敬的医生看到我这些文字，一定会别无选择地砍下我的脑袋，送到法医实验室，而我也绝不会责备他。）我知道，面对此情此景，人们会生出怎样的联想。我读过劳伦斯的作品，也知道自己心之所想。我知道这是怎样一个傍晚：只是一些没有乐趣的细节的聚合，仅此而已。宛如一个极其愚蠢的、折磨人的超越障碍的训练场。然而，今夜我就是这样一种状态。我必须忠实于自己。哦，天哪！本以为这是一件很好玩儿的事情。可是不是。我浑身冒汗。我害怕。

---

1　此处指英国作家 D·H·劳伦斯。

2　松鼠笼：一种小动物可在里面跑的旋转式圆筒笼子。

回到早餐室的地板上，手指尖等待指令。那是手感极好的、最美的绒毛、鬈曲的毛毛。在一种真正的好奇心——此刻唯一存在的情感——的驱使之下，谁知道呢？我的手越过那块"高地"，揪扯开她的贴身衬衣和内裤。一旦到了适当的位置，开始慢慢地向下探寻。

这是我心之所想。当然，自从亨利·米勒[1]的"回归线"三部曲出版以来，很理性地谈论女孩的私处已经成了一件很困难的事情。（类比：在这个极具讽刺意义的时代，像我这样的年轻诗人，总是被已经很难再写出什么新花样的写作对象嘲弄：傍晚的天空，美丽的容颜，露水，和爱情有关的任何描写，宇宙万物与你一觉醒来时的感觉之间的差异。）我记得，有一次在牛津一家小酒馆里听见一个本科生——我估计是德国人——对另外一个本科生说，他认为瑞典姑娘不错，可是"她们的下面太大了"。还有一次，也是在这家小酒馆，我和一位泰恩德赛小伙子谈论性。他提出一个"命题"——牛津的女孩没泰恩德赛的女孩儿好，原因是，"她们的下面太小"。这都是自恋狂的垃圾。其实那玩意儿大小没有关系，除非你和现在那位女伴之间有什么不为人知的麻烦。

这并不是说女人的私处都一样。雷切尔那块宝地是我看见过的最让人愉悦的"小妹妹"。对她而言，那不是湿淋淋的钢丝球，不是一纸口袋鱼豆饭，也不是油腻腻的背心口袋，或者裂开一道口子的田鼠的肚子，一团静脉、腺体、管子。不是！她那块

---

1 亨利·米勒（Henry Miller, 1891—1980）：美国"垮掉派"作家，是20世纪美国及世界最重要的作家之一。其作品中存在着露骨的性描写，其写作风格形成一种对传统观念的挑战与反叛，并给欧洲文学先锋派带来了巨大震动。

宝地总是潮乎乎的，但不湿，形状极为精巧，又非一成不变，宛如一块柔润的墨玉和光滑的丝绒隐藏在"丛林"下面。如果和我那块杂草丛生的土地做个比较，简直就像精美的波斯地毯和擦脚的小地毯的区别。比我的更温暖。实际上是更热。

与此同时，我的手掌捂在"宝地"上面，手指轻轻滑动。雷切尔颤抖着，发出快乐的呻吟。可是当我勃起的老二硬硬地顶在她的大腿上，嘴巴贴在她的耳朵旁边，用"设计好"的沙哑的声音说："把内裤脱了好吗"时，一切却好像完全脱离了"上下文"。

她立刻停止娇喘，睁大一双眼睛说："我没在吃避孕药！"

"真的？"我说。

你瞧，之后我们便开始去干二十岁以下的年轻人经常干的那种激情澎湃而又滑稽可笑的事情。哼哼唧唧半天之后，按照雷切尔的建议，我们决定，马上到大理石拱门 24 小时都开门的药店去买避孕工具。起初有点困惑，可是很快就进入状态。我们喝了点酒，穿上外套，有点疯疯癫癫地向广场走去。

即使精打细算，也打不起出租车。雷切尔得留点回去的车钱，我也觉得坐公共汽车算了。反正夏天白天长，离天黑还有一段时间。再说，只要和你爱的女孩子在一起，山高路远，你也不觉得疲倦。

现在说起来或许没有人相信，可那天路上我们居然谈起德福瑞斯特在床上难得一见的表现。（我们哈哈哈大笑着，没有一点儿恶意。这可以说是人类堕落前兴高采烈的一个例证。到今夜为止，对于我，这将是另外一个难以利用的经验。）德福瑞斯特主要、当然也绝不是唯一的问题是，在他和雷切尔喊出"杰克·鲁滨逊！"之前，他就射精了。此后，整整两个星期，磨磨叽叽又是道歉，又是找借口。整整两个星期之后，才蔫头耷脑地再次出现在雷切尔面前。我控制着自己，没有表现出幸灾乐祸的样子，部分原因是，真的挺赞赏雷切尔的宽容和讲这种事情时居然一点儿也不觉得害臊。不过雷切尔讲到他连呼噜带喘想延长"快乐时光"时，我实在忍不住哈哈大笑起来。他拿了一本《历史教科书》上床。他的想法是，雷切尔被他压在下面蠢蠢欲动的时候，他专心一意地读书。等他们俩都欲火熊熊、"势均力敌"的时候，雷切尔就设法挑逗她的情人、吸引他的注意力。这时候，德福瑞斯特就把《都铎时代的英格兰》扔到一边儿，在"融化"到她的春梦中之前，狠狠倒腾四五秒钟。毋庸赘言，这办法不灵。尽管有一次，德福瑞斯特曾经赢得一分钟的"快乐时光"。

不论这一切是否是事先设计的，反正其"艺术效果"是让我现在自信满满。我自个儿有一两次情急之下也早泄过，不过只是受到干扰时才会。我倒很想重新调整一下自己创造的那张"焦虑症拼图"，只是此刻想不出任何东西去填充和德福瑞斯特的老二大小相匹配的"狭槽"。

"你从来没有高潮过？"下公共汽车的时候我问她。

"从来没有。"

"那就等着瞧好吧。"

但我很快就遇到麻烦。这也正常，我从来没有用过避孕套。以前和那些自己没有采取避孕措施的女孩儿做爱，我采取体外射精的办法。有时候射到她们肚子上，有时候射到屁股和床单之间，看场合，也看我是否喜欢她们。（干这事儿虽然没有一定之

186

规，但书上总会提示你这样做或者那样做。）我对杜蕾斯避孕套倒很熟悉，往里面撒尿，手淫的时候往里射精。有一次，杰弗里还带我去买过一盒。除此而外，在"避孕手册"上我也看到许多相关知识。最重要的事情是，从顶端挤出空气，以免破裂。戴的时候不要里外不分，倘若戴反，就会弹出去，害得你在黑暗中摸索着到处乱找。

那家药店就像美国那种矮墩墩的小商店，霓虹灯照耀的玻璃纸、货架子构建而成的曲径迷宫。橱窗里像金字塔一样摆放着能最大限度去除体味、软化毛发、消除青春痘、去除脚上老茧、掏干净耳朵里耳屎的东西。我们俩站在门口，就像参加正式聚会却迟到的客人，面带羞涩，局促不安。这躁动和耀眼让人晕乎乎地有种饥饿感。专抓在商店里行窃的人员、家庭主妇、老年昏聩之人在过道窜来窜去。最里边，一个吸毒的家伙正等着拿回他伪造的处方。

"在哪儿放着呢？"我从嘴角挤出一句话来。雷切尔挽着我的胳膊，两手插在口袋里。我们向前走着。似乎只有指甲油清洗剂和羽毛球拍在出售。心底涌动的欢乐像潮水正在退去。我朝一个看起来一点儿都不像卖那些玩意儿的柜台指了指。一个吊儿郎当的中年男人负责那个柜台。那儿到底卖什么呢？疥疮软膏，婴儿爽身粉，阴茎增大膏，仿真阴茎。

"你是愿意跟我一起进去还是在这儿等着？"

"和你一起去呀！"她说。

脸上露出一丝怪怪的微笑。

就像一个固定的模式，我刚抬腿向柜台走去，那个看起来很开明的男人就消失在柜台下面，取代他的是一位满头银发、身穿制服的女人。我想说，哦，来，来，来！你一定觉得太过分了，宛若一本庸俗的美国小说。

"有什么可以帮忙的吗，小伙子？"她微笑着，露出满嘴假牙。那牙齿煞白没有光泽，仿佛已经放了三个星期的旧报纸。

"请问有避孕套吗？"

她瞥了一眼雷切尔。"有呀，先生。要卢拉牌还是彭内克斯牌？"

"彭内克斯。"

"要二十五便士的还是三十便士的？"

"哦，可以的话当然要三十便士的。"

她转身去拿避孕套的时候，雷切尔把手伸到我的上衣里，用指甲掐了一下我的脊柱，我不由得颤动了一下。雷切尔使劲憋着没有笑出声来。那位女售货员抬起头，目光和我的相遇。我用沙哑的声音说：

"最好两包，女士。"

"什么？"

"哦，对不起。我是说，买两盒。"

"没问题，先生。"


回去的路上，我款待雷切尔，喋喋不休地向她讲我的性生活史。现在我已经和十个女孩儿做过爱了。我打算把这个数字翻一番，甚至来个二次方。我强调，这十个人里有五个人和我的关系比较重要，也很严肃。对不起，我没时间建立别的性质的关系。请原谅，我对纯粹的性交没有兴趣，谢谢你，尽管确实这样……

只不过有的人不愿意这样说罢了……我认识的大部分男孩儿几乎没有一个不是只为了性的快乐……不，也许这样说并不公平。当然，我初试云雨情，大多数时候是因为好奇。说来很怪，可是……我也说不清楚……在我看来，女人的身体就是个……空壳，除非你喜欢这个空壳的主人。当然，毫无疑问，非常漂亮的姑娘在这种"暧昧的实验"中更容易进入状态，更容易让你来电，激情四射。这都可以理解。（我并不介意告诉她，有一两个女孩儿很丑，在整个过程中表现得也很暴力。）但我还是尽可能巧妙地解释自己在这些问题上的态度。不……活见鬼……她们尽可以保存好自己的钱，一个小伙子不会造假。

什么是美好的性生活？美好的性生活和"专门技术"毫无关系。人们都知道，法国人在这方面花招很多，可是只要双方爱慕，满怀激情，就足够了。

我的心怦怦跳着，像打鼓一样，领着雷切尔走下楼梯，经过浴室，走进卧室。

我脱下的袜子、抹在家具下面的耳屎、涂在墙上的鼻屎散发的气味和为了掩盖这些气味而喷撒的滑石粉的味道扑鼻而来。也许是"低谷"余悸使然，或者是因为紧张而产生的感觉。

雷切尔很大方地脱下外套，我在桌子上放的台灯罩上面搭了一块棉布围巾。我们俩紧挨壁炉坐在地板上，喝着从楼上带下来的一瓶葡萄酒。那粉红色的美酒很快就让我们俩飘飘然。雷切尔看起来特别像东方美女。五官线条柔和，鼻梁挺直，一双眼睛清澈明亮，深邃悠远，而非闪烁不定。与她的柔润形成鲜明对比的是，我这张脸显得棱角分明，暗影重重，空空洞洞，甚至……有几分邪恶。但我下巴的轮廓更让人难以忘怀,嘴巴更加性感,心里想,赶快把事情办完吧。

"查尔斯,"雷切尔说,"你别以为我在公共汽车上和你说德福瑞斯特那些事儿,是因为我这个人冷酷无情。其实我还是很喜欢他的。我没有嘲笑他的意思。只是……"

"谁也不会认为你是嘲讽他,"我用一种催眠般的声音说,"即使开怀大笑也只是释放一下自己的情绪。不要内疚,赶快脱衣服吧。"

这样的场合,唠唠叨叨说废话,毫无疑问是不懂策略的表现。麻烦之一是,两个人谈话时,如果每一次"华丽转身",你的言词都太过做作,太过雕琢。超出真情实感本身,就会把你领进迷宫曲径,甚至死胡同。那里没有任何标志,只有真诚和高雅的趣味为你指路。可是这两样以前我都不具备。我只知道和她们之中的任何一个人合二为一,都宛若远道归来的主人般受到热烈欢迎。

现在,我扮演了非常聪明的法国人的角色——长于性事,所以"赶快脱衣服吧"这句话,显然是无法避免的。我已经脱得一丝不挂。此情此景,人真应该紧紧黏在一起。

我让自己的身体离得远一点,看雷切尔有条不紊地露出她那美丽的身体。她先脱下弹力套头衫,再褪下贴身衬衫,噼噼啪啪发出静电的响声。然后回转身解开胸罩。这当儿我一直躲在椅子后面,看她穿着短裤,上床,钻到床单之间。看在上帝的分上,随她去吧。我需要能够受到的种种刺激。因为我的老二还没硬,很小,就像牙签儿那么长。我几步跳过房间,蹲到床边。

只能看见她棕黄色的小脑袋。我亲了她一会儿,从许多种渠道知道，这样的亲吻比任何神秘的"爱抚"都管用。结果令人满意。手呢，在克服某些障碍之前，依然按部就班，做它本来应该做的事情。所以，一只手伸到毯子下面之后，我先让它暖和暖和，然后再去摸她的肚子。短裤？短裤。我撩起床单，脑子里快速旋转着以往记下的笔记、说明、备忘录、提示、要点和随手胡乱写下的东西。

前戏包括：亲吻耳朵，呼哧呼哧地说甜言蜜语，亲吻抚弄腋窝（效果极好，值得一试），揉搓屁股和大腿。查尔斯，逃走的机器人，坐起来，俯下身，伸出一只手放在雷切尔的胯骨上，去扯她的短裤。她那容易受到攻击的自我意识刚露头（其标志是像平常那样蜷起右腿），我就十分体贴地转过脸凝视她的脸，手指伸进大腿和短裤松紧带"构建"成的"三角地"，一直伸到膝盖那边。然后手臂轻扬，抓住她的一个脚脖子，把她拉到我跟前，将两条腿曲起来，短裤一下子滑落到脚趾。我把短裤扔到屋子中央。

"是不是再穿上它更好呢？"


彭内克斯避孕套装在粉红色的小盒里。盒子上面开口，每个里面装三枚。我背对雷切尔，她那纤纤细手抚摸着我的脊背。我拿出一个避孕套，凝视着。那玩意儿口上是一弗罗林[1]硬币大小的、有弹性的橡皮圈儿，前面是个让人淫欲顿生的小泡泡。我手忙脚乱地顺着橡皮圈儿捋开避孕套。

"马上就好。"

---

1 弗罗林：英国曾通用的二先令银币。

191

可是你似乎至少得有三只手才能把那玩意儿套上去。两只手撑开橡皮圈儿，第三只手抓住老二往里塞。三十秒钟之后，我的老二已经缩成个小男孩的手指头。我捏着那个蔫头耷脑的家伙往里塞，就像要把挤出来的牙膏再挤回去一样。

"天哪！怎么才能把这玩意儿套上去。"我手里提着那个避孕套生气地说。"怎么样……怎么样才能把这个鬼东西套上去呢？"

雷切尔看了一眼。"哦，宝贝儿！你不要先把它弄开呀！"

那玩意儿怪怪的，在我手里变得越细越窄了。

这次，在雷切尔的指导下，我用食指和拇指颇为优雅地捏住前面的小气囊，另外一只手把油腻腻的薄如蝉翼的套子套到老二上。

"哦，明白了，"我说。

经历了这样的辛苦和谐星式的滑稽表演之后，还会有些许的激情、欲望和快乐吗？

我用胳膊肘子支撑着，膝盖放在她的两条大腿中间，趴在她身上。我朝下瞥了一眼，看见老二套着那个粉红色的套子，怪怪的，很不自然，活像一条穿多了的苏格兰狗。不过膝盖往下压的时候，我还是感到一丝安慰。然后我开始热吻她的耳朵、脖子、喉咙，对她的乳房极尽赞美之能事，榛子似的乳头周围是令人心襟荡漾的乳晕和富有弹性的乳房。

"是。"雷切尔说。

哦，嗨。你还在这儿呀？

当然。她们也有乳房呀。我心猿意马，思想溜号。这可是我一直朝思暮想的呀？我小心翼翼地咬了一下她的乳头。她摇晃着脑袋。我用脸颊蹭她另外一个乳头。她两条美腿交汇之处顶着我的膝盖。我吮着她的乳头，她伸出一双手抓住我的脑袋。

后来，她的动作像一首乐曲，不断出现"切分音"，乃至完全"我行我素"，按照新的、不同的节奏律动。而那没有韵律的、神秘的颤动又强加于她前后、左右来回晃动的身体。然后，我拿她的大腿当餐巾擦了擦嘴，很灵巧地用胳膊勾住她的两条大腿，轻轻分开，左手抓着那根"没煮的香肠"，对准大门敞开的温柔之乡。雷切尔的头是不是使劲儿朝后仰？看一下。她是不是闭着眼睛，嘴角挂着迷人的笑？看一下。我进去的时候，她亲吻着我，肆无忌惮地、令人感动地与我一起分享她自己酸酸的琼浆。

这时候——我发誓——我确确实实想完全沉迷于她的应和之中，和她一起动作，在两个身体之间那一条无形的爱河里谨慎地沉浮。可是这种谨慎真的没用。实在是太迷人、太刺激了！对男人来说，只有懒惰成性的人或者强奸的人才不会细细地品味其中的美妙。（如果确实这样，那么，毫无疑问，我是"清白无辜"的。）

几秒钟之后，我身体的每一根神经似乎都融合在一起。我突然向后一仰……雷切尔的凝脂软玉轻轻颤动着宛如层层涟漪向后退去，一双眼睛似乎因为疼痛和震惊而湿润。

雷切尔目光流盼，有点羞涩地、不无歉意地微笑。我想说点什么，但是气喘吁吁，什么也说不出来。她在昏暗中看着我。"哦，我也爱你。"她说。

现在我觉得沉稳了许多。也许，"雷切尔文件"毕竟还不是一团糟。可否把《征服和技术：合成》跟某个索引……交叉起来？到二十岁的时候，这一切便都成为过去。十八九岁的男孩做点儿"没规矩"的事情还情有可原。不管怎么说，明天我就"成熟"了。

"是不是出了什么让人特别反感的问题？"

"天哪，"阿里斯泰尔·戴森一边用我的医疗卡扇脸，一边说。"你妈怀你的时候都吃什么了？奶油蛋羹和方糖？"

"香蕉和冰激凌？"我插了一句。

"不是。"他点燃一支香烟。"冰激凌里含钙。"

"含钙不好吗？"

我和我的牙医很熟。之所以熟是因为打十岁起，我就每年六次去他那儿折腾，今天取牙模，明天戴牙箍，听凭他驯服我那张嘴。你知道，阿里斯泰尔是温坡街最年轻的牙科美容医生之一。（他的诊所里有最先进、最让人望而生畏的设备，包括像太空船里伸缩自如的白色沙发椅。现在我躺上去已经占满了整张椅子。）我喜欢他，他总是惹得我哈哈大笑。我也尊敬他，因为（在我的想象之中），他是唯一开拓了牙齿美容新领域的英国执业牙科医生。而在当代美国小说中，关于这一领域的奇闻轶事那么受人欢迎。与之相对应的是，他干过所有女患者，连长得最丑的也没有放过。现在，他已经三十五岁了。

"没什么新问题，没有。下面的门牙需要打个桩……再来补几次。没有，没有什么新问题。你只是牙齿排列不齐罢了。里面填的东西不会永远待在那儿。别吃硬东西，好吗？别吃胡萝卜，苹果。特别是苹果。"

"不是大家都说每天吃一个苹果就能……"

"都是扯淡。人家还说每隔一年喝一杯姜汁啤酒就像天天服用维他命一样管用呢。至于让牙齿更牢固，你已经过那个坎儿了。"

"太妙了。"

"吃牛排也得当心点儿。也别想嚼口香糖，除非你自个儿就想让牙齿变得酥脆。"

"等到二十五岁，"我说，"我就得靠喝汤过日子了。"

"得喂你吃草了。"

"或者靠静脉注射。"

"不过很快就不会再腐烂化脓了。你就等着牙龈萎缩吧。"

"甚至用不着再喋喋不休地说这些事情了。"

我们俩都笑了起来。他坐在靠近洗手池旁边一张长凳上，把手伸到窗户外面，弹了弹烟灰。"你介意吗？"

"不介意，至少现在不介意。是不是大多数人都很介意？"

"是啊，还挺当回事儿呢！所以说你与众不同。那些尖酸刻薄的老女人真让你烦透了，她们本来和你一样明白，越早点正常咀嚼越好——对我更好——可就是不听劝，所以我也懒得跟她们说，嘴巴牙齿已经没事儿了，嘴巴完美无缺了。"他走到桌子旁边，拿出一沓处方签，"安眠酮？"

"好吧。"

"三十片儿？"

"你说行就行呀。你能早点给我补上这几颗牙吗？就是洞多的那几颗。别的等等再说，可以吗？"

"你的嘴，你说了算。"

"那是。我下个月要参加牛津大学入学考试呢。"

"是吗？如果那样，服用安眠酮就得注意点儿了。告诉朱迪预约一个时间。恐怕还得来两次。最近找医生看过哮喘吗？"

"看过，几小时前刚去过。"我们俩几乎同时耸了耸肩。巴催思医生只是听了听我的呼吸，让我往玻璃片上咳了点痰，然后说了一大堆让人宽心的话。不管怎么说，我从来都不相信他。

"没有什么大不了的。"他一边听诊，一边说，面部肌肉时不时抽搐一下。他还给我母亲写了一个条，说明诊断结果。我寻思，他一定还把我当作一个只有九岁的小男孩儿。

不知怎的，我突然想起刚开始穿长裤时到伦敦看牙医的情景。我一直拖延着不想去。因为我觉得一旦穿了长裤，人家就认为你长大了，就不能像穿短裤时随便哭了。不过，长裤也好，短裤也罢，最后我还是不管不顾地由着性子哭了。

"我很快就二十岁了，也许他会对我说实话了。"

阿里斯泰尔给我打开门。"那就好。"他说。

# 十一点二十分："混蛋西莉亚"

## （圣帕特里克院长）

查尔斯从眼角瞥了一眼墙上的钟。事情的进展加快了。

"哈啰？西区 2814？哈啰？有人吗？哪位？"

我挂了电话，重新拨了一遍号码。

"973 2814。喂？喂！您是……"

我挂了电话，又拨了一遍。

"喂？戈登……"

"听我说，我不管你是……"

我挂了电话，再拨。

"如果你……"

挂电话，再拨。占线。挂了再拨。

"我是话务员。我们……"

我挂了电话。

"哦，谢谢。赛斯-史密斯太太。您好吗？"

"很好。怎么不上楼呢？雷切尔在她的房间里呢。"

"谢谢。我这就去。"

来这儿的路上，我一直想，为什么雷切尔的母亲那么不修边

197

幅，可又那么爱慕虚荣呢？她那件黑色旧裙子不离身，看起来就像粉扑在上面星星点点拍了白灰。头发像我父亲当年快谢顶时那样。她为什么没有刮掉那两撇车把似的唇髭呢？如果不曾耐心打理的话，不可能是现在这个样子。那玩意儿得修剪，在末梢打蜡。也许她认为她这样颇具"异国风情"，或者哈利故意让她这样做，衬托他那副大腹便便的"小白脸儿"的好模样。

雷切尔不在房间，我在床上坐下，周围摆放着不值钱的蛋形娃娃、泰迪玩具熊和各种洋娃娃。我便假装自己也很喜欢这些小玩意儿，而且是因为雷切尔喜欢它们，我更喜欢她。于是，我便利用这个机会和它们套起近乎。"这个小狗窝怎么样啊？"我说，"你妈妈上哪儿去了，温斯顿彻斯特？猴子曼奇喜欢他那张难看的脸吗？"

雷切尔哼着小曲儿走了进来。她摇头晃脑让秀发都披散下来。我发现自己因为激动拧下了一个小玩偶的耳朵，站起来的时候，我将其顺手装到口袋里。雷切尔尖叫一声——不是因为惊慌——高兴地向我扑来。

自从上次见面，又过去一个多星期了。第二个星期二，上完贝拉米的课，我就来找雷切尔。（我去上课的时候，贝拉米已经因为粉红色杜松子酒和性的快乐迷迷糊糊。上课的内容包括，他断言我不必再做什么功课了。因为我那么聪明，那么出色，还他妈的那么漂亮，等等。）我并不介意来这儿。可是雷切尔说，这对她母亲是一种慰藉。赛斯-史密斯太太"非常喜欢"德福瑞斯特。由于我的缘故，雷切尔远离他之后，她"非常难过"。（坦率地说，她难过的程度连德福瑞斯特的一半也不及。）

我把雷切尔紧紧抱在怀里，以年轻人那种方式，扭动着、摇晃着热烈地亲吻。因为她穿着短裙，我把手伸进去摸她的屁股。雷切尔气喘吁吁，无法自持。这些日子，我们见面相拥的时候，她总是这样。我们俩抱在一起倒在床上，把那些玩具娃娃压得吱哇乱叫。

"哦，查尔斯，查尔斯！"她说，不停地亲着我。"猜猜看，有什么好事。"

"什么好事？"

"妈妈和哈利要出门儿，走两个星期。"

"到哪儿？"

"巴黎。"

"什么时候走？"

"下周三。我的生日。他们要我也去。"

我一骨碌坐起来。"那又会怎么样呢？"

除了两个下午到牙医那儿之外（就雷切尔而言，那是剑术课），我们俩每天下午都在床上。下午三点匆匆忙忙离开学校，在荷兰公园碰头，然后溜溜达达回家。有时候绕着公园转一圈儿，但不经常。回家后，先到楼下，拉好卧室窗帘，把阳光留在外面等待暮色降临。屋子里光线昏暗，一片温馨。雷切尔跟着我，从浴室出来。我们俩一边拥抱，一边脱衣服。小心翼翼地给她脱完之后，我脱。我们把床上的单子都扯下来铺在地板上，两个人就在弄脏了的床单上折腾。我很快就把她带入高潮，她万分惬意，伸直四肢，不能自持。紧接着，我攀上巅峰。半个小时后，我跑到浴室，又戴了一个避孕套，用剪刀把那个用过的拦腰剪断，扔到抽水马桶里冲走。然后再接着干。

雷切尔家里没事儿，条件允许的话，隔一个夜晚，来我这儿待半天。五点钟，我们穿好衣服上楼。詹尼对这一切当然心知肚明，和雷切尔相处得十分融洽。有时候，为了讨好诺尔曼，我就趁两个女人准备茶点的时候，和他侃大山（之后会对雷切尔解释）。六点一刻左右，诺尔曼拿出酒要喝的时候，我和雷切尔就很平静地、十分自然地找个理由跑到楼下我的卧室，躺在床上聊天儿。聊她现在的生活状况，聊我的童年，还聊我们的父亲。我们会再做一两次爱。夜半时分，我们俩穿好衣服，喝杯咖啡，像幽灵似的站在港湾路旁边等出租车。

我的一个不曾堕落的星期。


"我能让我父亲打个电话。"

"他会吗？"

"当然会。为了这种事儿，你让他干什么都行。他也许不在乎我，但他在乎年轻人。年轻人让他觉得自己还有魅力，还年轻。"

"哦，可我还是不大相信。"

"唔，我想你妈妈会找理由说，他不会来拆散我们。而诺尔曼几乎就……我想，他们会认为，你是因为你父亲的缘故才去的。"

"是吗？"

"巴黎。你父亲在那儿。"

"是，我想他们会这样想。"

"我有办法了。你就说正是因为你父亲的缘故才不想去。痛苦的回忆。那些破事儿只能让你心烦意乱。就这样说。"

一提到父亲，像往常一样，雷切尔脸上总是一副羞涩、忧伤的表情。

"这样说管用吗？你瞧，我会对他们说，你宁愿和我待在一起。看在上帝的份上，我们生活在七十年代。难道他们不知道，父母没有必要再干涉儿女这些事情？"

尽管我说话的声调已经高得不能再高，看到雷切尔摇头，我还是松了一口气。你永远不会知道，我或许一直就可以很好地掌控局面。我第二次和她家人吃饭的时候，表现得很不错。其实就是尽量做出一副呆头呆脑、没心没肺的样子。因为我知道，女孩父母不愿意在你身上看到的东西，恰恰是女孩儿自己愿意看到的。实际上，我所有的行为举止似乎都在说：父老乡亲们，瞧，我连那玩意儿也没有！我知道，他们并不真的喜欢我，但哈利太想把自己的名字印在我父亲联系业务的人员名单上了。不管怎么说，看在上帝的分儿上，他们看到阿奇的时候会怎么想？他从紧张性抑郁障碍发展到狂躁饶舌，程度如何只是依心情而定。为什么……

"大妈总在。"

"你说'大妈总在'是什么意思？"我小心翼翼地问。她也许一直等我们去看望她呢。我已经逃避两次了。

"我可以假装和她待在一起。她会帮我的。"

"可她只有一个屋子呀！"

"她在布卢姆斯伯里那幢公寓住的时候，我经常去她那儿住。"

"搬到富勒姆之后，我妈从来没有去过，不知道她只有一个房间。"

我不知道妈妈去帕特尼和罗汉普顿看望她的那些追求时尚的朋友时，怎么能绕过富勒姆。

"是吗？如果那样就行。"

我们计划了一番，然后我说：

"想想看，我们会度过多么美好的时光！"

然而，即使那时候，正如记事本3A里清楚记述的那样，我并没有完全想这事儿。与此同时我还在想，如果雷切尔在法国期间，我入学考试考得非常出色那该多棒！（我能获得奖学金吗？首相阁下能给我发个贺电吗？）我可以给她写辞藻华丽、情意绵绵的信。

一定是一个人待的时间太长了。因为我需要自己待在卫生间不让别人看见我的"隐私"，当然也不想让雷切尔看到我在肮脏的亚麻油地毡上扭来扭去的那副丑态。我怎么才能向她解释清楚洗个澡要二百分钟，拉泡屎像跑个马拉松。为什么会这样呢？下午最安谧宁静的好时光，我在厕所里度过！有时候大滴大滴的泪珠啪嗒啪嗒落在我的大腿上。（只有在这儿，我仿佛才能看到生活的真谛。只有在这儿我才真正从心里感觉到，从某种意义上讲，我们都是有罪的。）有雷切尔在这儿，我就不能脑袋下面枕一卷儿卫生纸睡觉，或者对着放在床底下的咖啡杯咳嗽，或者整夜咳嗽，直到喉咙嘶哑，迎来寂静的黎明。哦，一连十四个小时的阅读，宛如植物人的神志不清，精疲力竭时吸毒，对孤独的回应，以及两个星期后的考试。

那天晚上我早早离开雷切尔家。她说，最近这段时间，她去和大妈周旋，我最好别露面。我呢，去征求一下詹尼和诺尔曼的意见。

这件事情本来可以马上办完，可惜我回家的时候，他俩正在吵架。

我到厨房喝茶，姐姐穿着红格睡衣一阵风似的冲过门廊。

"嗨！"我喊道。

詹尼擦了一下眼泪，怒气冲冲地冲进早餐室，打开五斗橱，拿出一个文件夹，里面放着她的所有文件和证书。詹尼取出她要找的那份文件。就在她回转身的时候，诺尔曼走了进来，那神情就像一个满腹狐疑的商人打量一套明知道派不上用场、对方怎么花言巧语也不想要的设备。

"嗨！"我说。

她跑到他的面前，看起来那么娇小，手里握着那张纸，在诺尔曼鼻子底下晃了几下。

"你看，看呀！是真的。你看不到吗？你这个……这个大混蛋。是真的！"

就像电影银幕上的画面，诺尔曼俯下身来，抢走那张纸，用手攥成团扔到地板上。詹尼满脸令人难以置信的忧伤，盯着那团皱皱巴巴的纸看了几秒钟。突然，我听见啪的一声，詹尼对准诺尔曼的脸颊，扇了个耳光。哦，别！我想。这次他可真能把她打个半死。詹尼好像被冻僵了一样，站在那里，手还停留在诺尔曼变白了的脸上。他等她把手拿开。

"睡觉去，詹妮弗。"

詹尼快步跑上楼，哭声渐渐远去。我听见她叫骂："你真是个刽——子——手！"

诺尔曼拣起那个纸团，叹了一口气，两只手插在口袋里，背靠墙站着。

我纳闷他是不是没有看见我在场？

"能不能和我玩牌？"他说。

我当然很害怕，不敢拒绝。

"玩二下一上，"他继续用单调的声音说。


你对事物预测的能力或许和我差不多。然而小年轻对上年纪的人这种话题的无知使得我对他们感觉迟钝。尽管心里很矛盾，但我还是拿定主意这天晚上就把雷切尔来住的事情定下来，以免夜长梦多。

玩了一个小时牌之后，我说："等一会儿，我上趟厕所，一会儿就来。别洗牌。"

到楼上后，我敲了敲卧室的门。"詹尼？"

"我在这儿呢。"

起居室像平常一样被街灯照亮，詹尼把扶手椅放到窗前，面对窗外坐着。我走过去，在她身边蹲下，压低嗓门儿告诉她，雷切尔也许来住几天。她直盯盯地望着窗外的广场。

"没问题。"她说。

"不会添太多的麻烦。她还能帮你做点儿家务。"

"没事儿。她来挺好的。"

"你们俩相处得是不错。"

"是。"

"我想，其实你也挺想有个人说说话。有个女孩儿。你知道，我一直认为女孩儿需要个女伴儿，聊聊做头发呀，小宝宝呀或者诸如此类的事情。特别是我觉得你看上去情绪低落的时候。"

"你和他说了吗?"

"诺尔曼?还没有。"

"别跟他说。现在别。等她来之前再告诉他。现在别。"

"好的。为什么现在不告诉他?"

"哦,我也不知道。反正现在别说。"

我把手放在她的手腕上,就像一个收藏家触摸一块大理石,看看在正常的室温下,能不能达到要求的温度。

"好吧。"我说。

"很好。她想待多久就待多久。"


"937 2814? ……哦,天哪! "

我挂了重拨。

"喂?听着,这里是……"

挂了重拨。

占线。

挂了。

"致父亲的信",以前是"对父亲讲的话"。写了三十大页书写纸。放在楼下的书桌上,装在一个牛皮纸信封里。已经贴好邮票,写好地址。因为最后修改了一遍,所以没有寄出去。


来詹尼家住之前的六天之内我只见过雷切尔两次。这样也好。为了准备考试,我还得温习一些功课。"雷切尔文件"也还有好多内容需要记下来。新的感情需要编目,分类,归档。初恋。你该明白。

关于这个话题，我其实没有多少新的东西可说。不过，我是否可以从"雷切尔文件"中引用一段文字？"仿佛平平常常的生活（詹尼＋诺尔曼，学校）在一个平行的维度发生。我可以加入其中也可以不加入其中，完全看自己兴之所至。我希望雷切尔能够从我的肩膀上面望过去，亲眼目睹并且经历我所经历的一切。希望她永远在我眼前（这和跟她在一起是两个概念）；她总在我身边。"

我意识到，此时此刻我无论做什么事情都觉得她就在身边。如果那两个星期她真的一直在看着我，我就没有什么东西可隐藏的了。我只有把自己关在浴室里的时候才觉得是一个人待着。我还处于这样一个阶段——觉得自己一肚子委屈和辛酸，遇到一点小事就会生气，任何人都可以向你展示一把尘土中的恐惧。可是所有这一切都在别的地方做了很好的记载。

星期二晚上，雷切尔来的前夕，我和诺尔曼一边打牌，一边喝了好多威士忌。我还没对他说雷切尔要来。

大约八点钟，不知什么风吹来了杰弗里和他的弟弟汤姆。诺尔曼已经喝得醉醺醺，热情欢迎二位到来，三个人立刻玩起"吹牛"。

见到杰弗里我很高兴。毫无疑问，他早就对我"令人不安的存在"和变来变去的处世之道厌烦了。但是看到汤姆我心里不怎么舒服，他和我弟弟塞巴斯蒂安一样，十五岁，一脸青春痘，满头脂溢性皮炎，就像发情的狗，浑身散发着骚味儿。

"你怎么样，汤姆？"我问道。

"我挺好。"

"没错儿，小伙子。"

汤姆（还未出师的嬉皮士，尚属二流货色）玩弄着他那堆缠在脖子上的可笑的围巾、大手帕和套在长了疖子的脖颈上的盒式项链，充分显示了他对性、毒品以及同情古巴的观点，也显示了他就是个嬉皮士的事实。尽管他的头发还不够长，牛仔裤还没太褪色，沾满汗渍的衬衫还算传统。

汤姆心不在焉。"听我说，"诺尔曼说，"你要是抓到一个黑桃二……你他妈的怎么不听？"

汤姆瞥了一眼哥哥。"我不会玩这玩意儿。"他抱怨道。

诺尔曼已经喝到不大容易控制自己的地步，但他也"老"到对"纯"青年保持足够的警惕，甚至怀着一种敌意的地步。他很容易认为年轻人身上有一种固有的野蛮无礼，觉得跟他们待在一起很别扭。我开始变得圆滑，以旁观者的眼光轮番看着他们三个人脸上的表情：诺尔曼一副"垮掉的一代"的模样，汤姆也不甘落后，杰弗里反倒更正常一点。我走到诺尔曼身后，趴在他肩膀上一边朝那两个家伙挤眼睛，一边帮诺尔曼讲游戏规则。我把威士忌酒瓶子轮番推到他们面前。短短几分钟之内，杰弗里就弄明白那些规矩，汤姆也不停地说"是"，"我明白了"。诺尔曼讲解的时候，不时插几段肮脏的笑话。后来我就溜走了。


"当然，明天是你的生日。相当合适。就要二十岁了，你感觉如何？"

"和十八岁、十九岁没有什么区别。"

"但你不再是十八九岁的年轻人了。"

"是吗？这有什么关系。"

"你难道认为没有关系吗？在我看来，这有巨大的不同。"

"为什么？"

"结束的开始。不，责任的开始。从今往后，要严肃地对待自己。"

"哦，我不介意。"

"天哪。我还什么都没有给你呢，你不介意？"

"当然不介意。"

"你妈妈还好吗？"

"我想还好吧。"

"好吧。我明天去看你。大约六点？"

"好的。我爱你。"

"我也爱你。"


我回到早餐厅的时候，诺尔曼一个人待在那儿。我问他，那几个家伙哪儿去了？汤姆在楼上卫生间吐呢。杰弗里呢，在楼下卫生间吐呢。

"为什么？"

"威士忌喝多了。"诺尔曼斩钉截铁地说，"那个小混蛋喝了一瓶子。"

"不会全是因为喝酒吧。一定还吃了安眠药。"

诺尔曼耸了耸肩。"你这些朋友可不怎么样。你不去看看他们情况如何？"

"用不着。操他妈的！别管他们。能有什么事儿？没事儿。"

"好吧。该你出牌了。"

我们俩一声不响地玩着。我让诺尔曼赢了三把，然后说："雷切尔也许明天来住几天。她父母亲要到……康沃尔[1]住两个星期。"

"是吗？她为什么不一块儿去？"

"她不想去。我也不想让她去。"

"真他妈的疯了。"诺尔曼又给自己倒了点威士忌。"你以前带来的那个婊子叫什么名字？"

"你说的是格洛丽亚？"

"是吧。听我说，她们俩是一路货色。"

"不是。跟格洛丽亚只是随便玩儿。和雷切尔就不同了。她是我的初恋。"

诺尔曼扬了扬似乎压根儿就不存在的眉毛。"哦，滚你妈的。"

这时候，楼梯上传来轻轻的脚步声。詹尼的脑袋从推拉门探了进来。

"谁用过我屋里的电话？"

"我用过。"

"你怎么没挂好呀？"

"哦，对不起。"她连听都没听就走了。

"明白我的意思了吗？"诺尔曼说，"婊子，婊子，都他妈的是婊子。"

"我明白。但是最终总得有个结果，总得爱上什么人吧。"

"为什么？"

---

1　康沃尔：英格兰西南部一郡。

"因为否则，"我不由自主地说，"你就会发疯，或者开始担心会发疯。倘若那样，更糟糕。你不能再一个人睡觉……对不起，我喝多了。"

"你现在就喝多了？"他好奇地看着我。

"不管怎么说，我问过詹尼，能不能让她来住几天。"

"她怎么说？"

"哦，她说行。"我把手里的牌合拢起来，"这把臭牌。"我边说边把一枚十便士的硬币放到桌上。"只是詹妮弗最近看起来情绪低落，总是心事重重。事实上，她以前比现在还糟。似乎总是在沉思默想。我纳闷，是不是有什么特别的事情让她担心。尽管，我知道她……"

"是吗？知道她什么？你如果真想知道，我就告诉你。"

"哦，我的意思是，如果你不想说，就别告诉我。"

"我才不在乎呢，只是不想……"

好像有什么东西叮叮咣咣从楼梯滚落下来。紧接着，汤姆一瘸一拐地走了进来。

"你看起来还不错嘛。"我说。

"杰弗里呢？"汤姆问。

"在楼下吐呢！"

"哦，对不起。我去不了。我自个儿也快散架了。"

"等一下。坚持一会儿。我找他去。"我站起身来。

"不，我好像要融化掉了。"

汤姆闷闷不乐地又向走廊走去，我跟在他身后。

"没什么可担心的，"我说，"我去找他。"

他做了个手势，就像滑稽演员平息观众的喝彩声。

"太酷了，"汤姆说道。

我和汤姆在门厅站着的时候，诺尔曼从我俩身边走过，大声喊道："詹尼！"


我跪在浴室地板上。杰弗里用不停颤动的手指指着我，一脸羞愧。

"天哪，给你添麻烦了。"

"没有，"我说，把他扶到我的房间。"看到你我很高兴。"

"汤姆呢？"

"他走开了。你给他吃什么了？"

"半片曼迪，一片速可眠。我也不记得了。大概还有两片硝基安定。他没事儿吧。"

"没事儿。"我在床上坐下。"希拉怎么样？"

"正想和你说这事儿呢！她不理我了。前天晚上。"他摇了摇头，似乎难以置信。"不理我。这算不算一场好戏呀？"

"你要吃个苹果吗？"

事情是这样的。希拉下班回来（她在一家小众的周刊做助理）发现杰弗里仰面朝天躺在卧室地板上，头上戴着耳机，一只手里拿着一个插头，另外一只手旁边扔着一个倒了的酒瓶子，嘴角流着带色的口水。他从吃早饭起就喝酒。自打九月份，他一吃早饭就开始喝酒。起来以后，他发现下巴底下放着一个信封，里面装着一封描述这一场面的信和一张五英镑的钞票。

"我敢保证，我一定干得不到位。"

"你为什么这样想？"

"干她的时候总是醉醺醺的。"他把香烟戳在烟灰缸里，但没有熄灭。

"硬不了了？"

"硬不了了。我总在床上呕吐。"

"时常吗？"

"吐的时候多于不吐的时候。"他摇了摇头。"你和那个犹太女孩儿干得怎么样？"

我本想和他说一说，又怕刺激他。"她不是犹太人。"

"干她了？"

"是。你知道，还不错，有点儿烦。你知道，没什么特别的。"


我担心，未来两个半星期的前景不容乐观。日复一日，似乎再没有什么区别。我的日记里好几页都是空白。"雷切尔文件"写到这儿，只是一堆乱七八糟的流水账和互不相关的文字。然而，这促使我对这件事情做一番结构性的考量。依我之见，这是看待事物最好的角度和方法。日期都在那儿写着，我大多数最重要的想法和感情也都记录在案。我们只剩下半个小时了。

我呷着酒，又翻了一页。


开局不错。

我和雷切尔提着行李走进厨房，詹尼和诺尔曼正在等我们。他们已经在窗户前站好，每个人手里拿着一瓶香槟酒，茶几旁边放着第三瓶，旁边还放着半打诺尔曼准备喝的吉尼斯黑啤酒。这一切让我深受感动，竟有几分尴尬。但是让我更感温馨的是看到雷切尔脸上的微笑，看到她用成年人才会用的手提包和小行李箱。这一切显示了她的独立和与众不同。雷切尔有个性意识，归属感、自主权。詹尼和诺尔曼都表现出某种敬意。她不是因为我的痴迷、坠入爱河才跨进这家门槛儿，她完全是自愿和我在一起。

我们一起唱"祝雷切尔生日快乐"。

香槟：胜似饮料，宛如毒品。回想起来，至少对青少年时期的人是这样。就像放学之后，把一个胖姑娘逼到凉亭后面，她的纤纤细手在我的海军蓝灯笼裤上摩挲，还未丰满的乳房让你一把抓住轻轻抚摸，我们俩都说着恭维她的下流话（至于她是谁又有什么要紧？）；或者好像看见朋友的姐姐（母亲）一丝不挂从浴室里走出；或者好像一帮穿着齐膝盖的粗呢外套、灯芯绒裤子、满嘴酒气、松松垮垮的人们挤在一起，宛如用高速摄影机拍摄下来的一起交通事故；或者更像是参加四人一组对抗赛的青春期少年，我把手伸到她衬衫下面，你把一只手插到她裙子里面，你的手更灵巧，谁拿了第一？至少我当时是这样一种感觉。这屋子里唯一一个不到二十岁的年轻人，对这种不协调更敏感。

换任何一种场合，我们也会像同性恋那样成对而去。可是现在，恩特威斯尔先生和恩特威斯尔太太搂抱在一起，斜躺在沙发上。查尔斯·海威和坐在他腿上的雷切尔·诺伊斯交颈而吻，欢笑着，叫喊着，像四个小混混喝着酒。突然欢笑声停了下来，我看见诺尔曼开始摸詹尼雪白的乳房。詹尼往后缩了一下，诺尔曼整个身体压上去，张开大嘴贪婪地吻她。紧接着，诺尔曼解开她裙子最上面的搭扣，把她平放在地板上。

雷切尔和我退了出去。

我和雷切尔在楼下做爱之后的整整半个小时，还能听见诺尔

213

曼像公牛一样的喘息声和詹尼小鸡打鸣似的叫声。然后，地板托梁的嘎吱声终于戛然而止。

"天哪！"我不无敬意地说。

"哦，他们将近一个月第一次干。"

"是吗？"

我们俩又春心荡漾起来。

"她说的。"

"哦，当然。你们俩都是女孩儿嘛！我总是记不住。当然她会告诉你。我想，她告诉你原因了吧。"

"哈哈，没有。她倒是想说来着，可是他进来了，只好打住。"

"你估计是谁不想干。"

"不太清楚。我想是他吧。"

"更像是他。总在想生意上的事儿。哦，你动一下好吗？我的胳膊快压断了。"

"好呀。"

"现在好多了。"

我不会甘拜下风，又干了她一次。她毕竟已经二十岁了。我已经得到我的"大女人"。


第一个星期一件好事儿。

我懂得了干净带来的愉悦。（雷切尔每天至少洗两次澡，我不得不每天至少洗一次。）现在我不仅有干净的衣服穿，而且实际上也特别想要穿干净衣服，也愿意把屋子收拾得整齐干净。我明白自己以前真是习惯于乱七八糟。这是不是象征了我内心深处

214

缺乏秩序——陷入低谷时的推断——不得而知。无论如何，我现在在床上躺的时间很长，而且发现搂着雷切尔睡得特别香。她撅着屁股偎依在我怀里，仿佛和我融为一体，伴随着我胸腔毛病的缓解（迄今为止，我每天夜里只需上一次卫生间），我得到一种启示，这是一种能让你拥有一个可以直视其双眸的胴体的启示。

两件不太好的事儿，（说老实话）我那时并不怎么着急。

算不上光明磊落。我想，和雷切尔睡觉之后，经历了那么多艰苦而神圣的努力之后，我可以蹒跚着走到她的面前，说：

就在那时。你很好，但羽翼未丰，而且自负虚荣，你太多的假笑，个性里多了一点少年人的做作，看起来很迷人，只是没有分量，没有内涵。比方说，关于布莱克，你不曾对德福瑞斯特撒谎，但是关于大妈你却对你母亲撒谎。或许这很合理。但是这样做会不会重新构建你的道德思维？我并不需要你回答。亲爱的雷切尔，生活更多的是凭经验或者策略，而不是靠退让或者容忍。

我？我，我不光明正大，精于计算，有自制力……几近疯狂。事实上，我走向另外一个极端：我不受自我意识的摆布，你相信自我意识的"痉挛"、"耸肩"，我却寻求安排自己生活的办法。毫无疑问，我们有许多需要相互学习的地方。我们相爱。我们俩，你和我，都品行端正，不是那种喜怒无常或者充满恶意的人。我们会相处得很好。

也许以后会这样，也许等我到了二十岁，我也能做到这一点。

与此同时是近乎疯狂的自我表白和唠唠叨叨的相互赞美。我们俩从来没有什么矛盾，更不会相互嘲讽。（有一次我满怀爱意地模仿她噘嘴生气的样子，结果惹得她不高兴，扭头就走。我连忙去学嘴唇肥大的诺尔曼，声称听见他下楼的脚步声。）我们俩似乎都不拉屎，不吐唾沫，没有鼻屎或者屁股。（我纳闷她该怎样向我解释她第一次来月经。现在已经该来了。）我们俩都漂亮、聪明。一定会生出加倍漂亮、聪明的孩子。我们的身体只有在高潮时才会表现出最大的能量。

这使我想起第二点。

我们并不总是赖在床上，尽管雷切尔喜欢躺在床上，而且躺在床上最赏心悦目。的确，性的快乐让她那么惊讶，如果还期待她再有什么别的表现，未免太过分了。她的腿放在我的身上，胳膊搂着我的脖子，轻轻拍打。她时不时玩玩我的老二，当然只是玩玩。性对于她是迪士尼乐园：有组织的奇观和合法的恶作剧。激动人心，但只是一种激情在昂扬。而我真的想从我的角度向她展示另一方面的激情吗？浴室里酒神式的狂欢。在铺好的床单上做两个人能想到的任何事情，完事后再来一次。蹒跚着，舔，蹲下，喷射，再来一次。干完再来一次。而且她也许不让我这样做。

三件重要的事情。

一。

五天后，星期一早晨。雷切尔打算上学前去看看大妈，好"维修"一下我用谎言编织的那张网。（当然她最大限度地发挥了这张网的作用。）雷切尔大约八点钟起床，洗漱化妆完毕，给我送来一杯茶，拉开窗帘，亲了亲我，说了一声再见。我舒腰展背，在暖烘烘的、显得空荡荡的床上又躺了半个小时，八点半左右才爬起来。我发现扶手椅下面扔着一条内裤。点着炉火之后，我拣起那条裤子吻了吻，闻了闻。

亲了一会儿，闻了一会儿之后，我把裤里翻出来，看到（1）三根挺粗的阴毛；（2）一条和我手指一般大小的棕色的屎。

"哦，看在上帝的分上，这倒公平，"我大声说，"她们也往内裤上蹭屎。"

整整一天，我都在想，等她回来之后，如何和她谈这件事情。这种欲望不但有悖常情，恐怕也挺下流。"啊，雷切尔，请进。"（我坐在扶手椅上，双臂交叉，放在胸前，那条内裤像活体解剖的田鼠，放在桌子上。）"过来，要是愿意的话，请你告诉我，你看到了什么？哦，今天早晨大约八点三十五分……你有什么话可说吗？过来，过来，否认也没用。证据就在眼前。你……屎。"

我怀着一种非常可笑的忧伤和怅然若失的感觉，把那条裤子扔到洗衣筐里。下午她回来的时候，我闷闷不乐、不情愿地看着她那双眼睛。然后，玩起小青年生闷气的把戏。

这件事似乎很有启发性。我们之间的关系直到那一刻，一直那么简单、理想化，全然没有所谓的坦率，所以当第一个涉及诚实、生气、闹别扭的案例出现时，我（还有雷切尔）都发现没有可以穿透它的利器。

那天晚上，雷切尔似乎吓得不敢呼吸。我永远不会忘记她那张脸。她唠唠叨叨地说大妈的情况，说我还爱着她，她心里多么甜蜜。听到这儿，我说了一句，"哦，真的吗？"然后就又低头看手里那本书。她吃了一惊，满脸惊恐，好像有人在远处朝她大

217

喝一声，或者有一个幽灵凑到她耳朵旁边说了一句猥亵的话。我鬼鬼祟祟地瞥了一眼桌子，脸部的肌肉抽搐了一下。倘若看见我那张脸，你或许觉得我以为雷切尔会从后面跑过来，朝我的脑袋打一拳或者胳肢一下。那是一种非常古怪的表情，在我的想象之中，一定很惹人讨厌。

夜半时分，雷切尔一边支支吾吾说着什么，一边在我身边躺下。我说："真累，"就转过身去。这是我们第一个没有做爱的夜晚（通常每天夜里至少干两次）我的老二涨得又大又硬，很想干她。可是我要试试我的定力到底能有多大。我一动不动躺了五分钟。耳边传来一阵抽泣，是雷切尔非常伤心的哭声。

我立刻翻过身，吻着她，抚摸她的乳房，舔她的眼泪，紧紧拥抱着她，轻声说（现在嗓子有点沙哑）：母亲下午给我打电话的时候一直在哭，不知道为什么，这件事情让我心烦意乱。可是"屎"让又一个他喜欢的女人大丢其脸。雷切尔会原谅我吗？

她还在抽泣。不过七十分钟后，我已经把她带入第八次高潮，然后和她一起进入第九次高潮，她比任何时候都更轻松、更舒畅。那天夜里，让我做什么都愿意。

她跟我讲她的父亲，一直讲到我睡着。约翰-保罗——你一定笑了起来——在西班牙内战中光荣负伤。（雷切尔没有必要说）自然是为"正义事业"。


二。

第二件事情是不是第一件事情导致的结果，是心理学家的事情，不是文学评论家的事情。

早晨醒来，我发现屁股好像泡在一摊水里。

"怎么回事呀？"我用颤抖的声音说。

哦，天哪！我自然而然想到是我尿床了。（我也不想否认，其实青春期初期，我就有这个毛病。父亲想出许多馊主意，纠正我这个问题。比方说，他让我睡在用纱布做成的毯子上，老二上缠了个线圈儿。凌晨三点，老二一硬，接通电源，我的卧室立刻成了繁忙的火车站，铃声大作，灯光闪闪，蜂鸣器也不甘落后，嗡嗡嗡地叫了起来。）

雷切尔满脸羞愧地站在壁炉前。"你或许不会相信，"她一本正经地说，"我尿床了。"

我从床上爬起来，跪在她身边，两个人都一丝不挂。

"啊，别着急，"我说，"没关系，没关系。天啊。我十八岁前，差不多天天尿床。实际上，几个星期前还尿过。好了，别着急。"

我第二天开始考试。这一周，她像个隐形人一样尽心尽力而又无声无息地照顾我，把吃的东西送到我嘴边，把洗换的衣服放在我手边，每天早晨都把自来水笔灌好墨水。夜里，她就像幽灵，只是给我"蜻蜓点水"式的愉悦——也许我并不是真的愉悦，而是想到她以为我快乐而快乐。我服用牙医给我的镇定剂。晚上十点半偷偷摸摸吃一片，看半个小时书，赶快洗个澡，迷迷糊糊玩一会儿"前戏"，摸索着戴上避孕套，像配给解除饥渴的食物一样，让雷切尔高潮两次，然后睡觉。

去学校的路上，没有什么紧急的事情需要我考虑时，我就琢磨这"第二件事"，同时还有我自己也尿床的事。这件事似乎给了她很大的压力。她焦急、紧张，同时又十分羞愧。就像一个人在一系列令人难堪的事情发生之后，无地自容。现在她上床睡觉的时候会有什么感觉？我也觉得羞愧。就像一位护花使者，听见悉心呵护的那个姑娘在大庭广众放屁，或者一个男人看见老婆穿件和年龄极不相称的低胸短裙，露出尽是雀斑、软绵绵耷拉着的乳房。激情褪去、性欲满足之后，我就想象她的焦虑，想象她做了怎样一个充满狡黠与欺骗的梦——齐腰深的海水……蹲在灌木丛后面……一屁股坐在抽水马桶上，紧张和焦急随着尿液奔涌而出……不，太凄惨了。我无法忍受。

第三件事情。

星期三是数学和拉丁文 O 级水平测试。我坐在教室里。没有人监考。早晨，陶伯太太亲自送来咖啡和数学课本，下午又送来茶和拉丁文字典。我觉得我考得相当不错。

第二天是牛津大学的入学考试，也是雷切尔月经来潮的日子，作为预告，几个小时前，鼻子上就长出几个小疙瘩。

事情常常这样：男孩有时也会看起来形容枯槁，但他们承受得起。他们假装日子艰难，没有睡好，"见鬼了"，随便一说了事。可是漂亮姑娘——并非她自己的错——只能是个完美无缺的姑娘。我和雷切尔一起生活的时候，无疑常常会处境尴尬。不过，男孩就是男孩，女孩就是女孩。

"第三件事情"比"第一件"或者"第二件"给我留下更多的疑问。那是一种对真诚、坦率的邀请，无论是怎样的试探，我都拒绝了。（倘若左派人士去讨论另外那两件事情，成年人一定觉得那简直再容易解决不过了。）现在看起来，那是一个向雷切尔解释的极好机会——身体存在的本身就是对那些具有讽刺意味的事情做出解释的唯一的借口，唯一可能找到的理由。有的身体就属于浴室亮闪闪的钢铁和洁白的陶瓷，有的身体就喜欢更加

"宽容大度"的、温暖的卧室。谁也不知道自己的身体下一次会发生什么变化，不知道最终会是个什么样子。瞧瞧，我就是个很好的例子。

如果她个性中有更多的活力和热情，这次邀请就会再一次的更加坚定。但是看看她在依然欢乐、依然洁净无瑕的表面之下的忧伤和悲哀，你就觉得并非如此。我想，反正也一样。早晨睁开眼睛，我真的应该说："早上好，美人儿！"半个小时后，看到她化妆，我应该大声说："哦，瞧！你鼻子上没有长包。"晚上，雷切尔宣布："我来月经了。"（错误地引用了名画《夏洛特小姐》中的细节。）我的回答应该是："真让人惊讶！真让人惊讶！听着，你鼻头上已经挂出幌子了。"

（顺便说一句，杰弗里有一次宣称——当然是胡说八道——最让人激情澎湃的莫过于让你亲爱的人给你挤黑头粉刺。哦，你又来了。）

在肯辛顿市政厅，我俯身在桌子上，就像个英式橄榄球。我遇到一系列（不严重的）认同危机。赫伯特爵士三人小组的一位成员满腹狐疑地从我的肩膀望过去。他看见我卷面上变化多端的字迹，仿佛吃不准那是不是一个人写的。看着墙上的挂钟，我心里想：雷切尔，雷切尔，或者想：我是谁？我他妈的是谁呀？

在"实用批评"考试中，我分析了多恩[1]的十四行诗，对一个名叫约翰·斯凯尔顿的人写的非常拗口的挽歌做了令人费解、空洞无物的评论。接下去还得写一篇关于 D·H·劳伦斯的文章，论述 D·H·劳伦斯多么真诚、多么热情。我就那些似曾相

---

1　约翰·多恩（John Donne, 1572—1631）：英国诗人，玄学派的创始人，其作品有《日出》，《歌谣与十四行诗》，《神圣十四行诗》，《给圣父的赞美诗》等。

识的特征，写了一首类似打油诗的东西。最后，我毫不留情地嘲弄杰拉德·曼利·霍普金斯那些破烂抒情诗，（最后再看一遍就能弄明白）我的意思是他早就该把那些玩意儿付之一炬了。我的修正采取这样的形式：用"但是"代替"和"，把"另外"换成"然而"。

我把宝押在英国文学上。花三个小时写一篇关于布莱克的文章，好拿下牛津大学的"入场券"。我知道，这完全是冒险。但是我读过的书都在用黑体标出来的括号里。《先知书》，弥尔顿，但丁，斯宾塞，华兹华斯，叶芝，艾略特，是的，还有卡夫卡。"我喜欢，我喜欢，"老师对着我的耳朵悄声说。

自始至终，我用一门又一门的考试稳定自己的情绪，其他考生看了都十分沮丧。我第一眼看到那些问题就会大声笑出来。半个小时后就乐呵呵地跑过去拿更多的卷子。从人群中走过时，嘴里念念有词："微风吹过……就像从婴儿手里抢糖果……我能轻易取胜……我可不是好欺负的人……"

由于有的教授反复无常，最后一张卷子要求考生就一个词汇在两小时内写一篇文章。有三个选择：春天，记忆，经历。我选择了最后那个。《圣经》，《买赎罪券的人的故事》[1]，《哈姆雷特》，《李尔王》，《雅典的泰门》。又是弥尔顿，又是布莱克、豪斯曼、哈代、海威……在半迷乱状态中得出这样的结论：人之子最好相亲相爱，否则就死。

我随着一群大腿肥胖的女孩和行动迟缓的巴基斯坦人，拖着脚走出考场。过去十五个小时的连续作战，几个月来为实现理想

---

1　《买赎罪券的人的故事》：乔叟名著《坎特伯雷故事集》中的一个短篇小说。

而做的充满困惑的努力将我搞得精疲力竭。我皱着眉头，眨巴着眼睛，看着眼前这条精彩纷呈的大街。雷切尔身穿洁白的、一尘不染的罩衫，大睁一双圆圆的眼睛正在等我。我紧紧地拥抱着她，足足吻了一分钟。人群在我们周围渐渐散开。我和雷切尔就像两个残疾人拖着脚、挽着胳膊向公园走去。秋风习习，我们盖着厚厚的外套，在冰凉的草地上躺下。耳畔疲倦的小鸟在歌唱，它们以为现在还是夏天。孩子们在叫喊。如果走运的话，还能听见某个变态的家伙的摄影机呼噜噜地响。树木、泥土和我们身体的味道在鼻翼间缭绕。哦！我的青春。

　　我的日记这样记载：五个晚上之后，她的"父母"从法国回来前的那个晚上，雷切尔从楼上下来，走进我的房间。

　　"你猜猜看？"她说。

　　"猜什么？"牛津大学应试者身穿 T 恤衫、卡其布裤子，鼻子上的黑头粉刺在《伦敦晚报》"娱乐指南"专栏上晃来晃去——我在找正在上映的电影，想出去犒劳犒劳我们俩。

　　"詹尼要有小宝宝了！"

　　"什么小宝宝？"

　　"她的小宝宝。"

　　当然，当然。

　　"别告诉我，"我说，"诺尔曼要让她去做人流。我说错了吗？"

　　"这次他说可以要。"

　　"所以他是个刽子手。"

　　"什么意思？"

她们总归都是女孩子，雷切尔刚进这个家门，詹尼就告诉了她这个秘密。她已经怀孕三个月了。也就是，我来的那天，她就怀上了。

"天哪，"我说，"再过六个月，我就当舅舅了。"

"是不是太好了！"

"是呀。你为什么不早点告诉我？"

"她不让我告诉任何人。"

"可是总不能连我也不告诉呀。"

"又不是我的事儿，非告诉你不可。"

"哦，这回他们大概不会分开了。诺尔曼一定做出什么决定了。以前他是不想受约束。他是怎么改主意的，你知道吗？"

"不知道。詹尼只是兴冲冲地跑来告诉我，他同意把这个宝宝生下来。"

回想起来，诺尔曼不会说什么模棱两可的话，除非在足球场上以头撞人之后含含糊糊说两句表示安慰的话。那么，好了。凯文·恩特威斯尔此刻正在我姐姐子宫里练拳脚，梳头发，抽烟，学着掷骰子赌博呢！我应该上楼去表示祝贺，或者说点什么吉利话。可是他们显然出去吃饭了。

"我真是没见过。见鬼。他一定认为到要孩子的时候了。也许还心存歉疚。"

（顺便说一句，又错了。原因并非如此。）

当两对男女生活在同一个屋檐下的时候——无论多么偶然——像这样具有"划时代意义"的事情发生在一对身上的时

候，另外那对儿也会不自觉地受到影响，也会感觉到一种需要重新审视自己的压力。当然，并不是说，这二者之间一定要有某种逻辑关系：看到那对小夫妻做了什么事情，这对小情人就一定也要去做什么。不管怎么说，和雷切尔一起坐在潮湿的电影院里看电影的时候，我就是这样为自己心里那种让人恼火的疑虑和不确定性找借口的。

如果我今天夜里再带着什么"工具"到卧室，再套上淫秽的避孕套，一声不响地"例行公事"，我他妈的可就完蛋了。戴"普尔"之前，我说有热情和爱就足够了，"法国人的技巧"并不重要。这样说，至少有百分之五十的真诚。可是，又一次，又一次……不，今天夜里，我的好小伙儿，你可要把她搞定。自我为中心，大显身手，来个"中线开球"。你要好好干她，一把一把地揪下她的头发。干她的时候，就像在冰面上投出的标枪，嗖嗖嗖地从空中划过，兴奋的尖叫。然后不管她愿意还是不愿意，特别是如果她不愿意，也得让她……哦，走着瞧吧……

或者所有这一切只不过是令人难以置信的"捕熊陷阱"？我们看的那部电影是《白日美人》[1]。《白日美人》讲述了这样一个故事：一个美丽的姑娘嫁了一个体贴周到、英俊潇洒、事业成功的男人。她自然觉得别无所求、心满意足。可是有一天下午，她因为迷路走进一家妓院。结果被二十英石重的中国佬、满嘴獠牙的流氓无赖干了个不亦乐乎。别忘了，我读过许多美国小说。有一天晚上，诺尔曼还对我讲过有个女人和他做爱的时候简直如狼似虎，后来他们发现睡觉的时候一个脑袋在床头、另外一个在

---

1　《白日美人》(*Belle de jour*)：一部通过将超现实主义与现实主义的艺术手法相结合，来探讨人性的欲望与阴暗面，并讽刺上世纪 60 年代中产阶级生活的情色片。

床尾更方便。她的脚就放在他的枕头上。

"布努埃尔[1]张开想象的翅膀，对包括我们那些混乱、任性在内的……有害的欲望表示了同情，"沿着贝斯沃特路漫步时我解释道，"你为什么不服用避孕药呢？"

我们继续走着，十一月的夜晚，嘴里呼出团团白气。这事儿似乎难以启齿，以前我们从来没有提到这个话题，她的手指在我的手里蠕动着。

"我不想让自己觉得……"雷切尔犹犹豫豫，然后继续说，"我的身体像台机器，我自己像台机器……"雷切尔犹犹豫豫，然后继续说，"好像一切都是事先设计好了的。吃到肚子里，就会……"雷切尔犹犹豫豫，然后继续说，"起到作用。"

哦？她这样说是什么意思？就像填表格。"那我呢？"我想变换个声调说话。你想没想过我戴着那破玩意儿身体的感受？（而且价格昂贵。用了一个星期"普尔"之后，我一个人跑到苏活区，买了一包"神枪手"——经济适用型。三个"神枪手"才能抵得上一个豪华型"彭内克斯"。你瞧，如果她知道我是戴着廉价的避孕套干她，该多么伤心。我的忍耐还有个限度吗？）

显然没有。或许我本该说"会过这个坎儿的"或者"坚强点"或者"会成长起来的"，可是我没有。我们在广场那边一根灯柱下面停下脚步，我伸出手，摸着她的脸，用鼻子爱抚着她的耳朵，轻声说：

"我完全理解。"

可是那天夜里。

---

1  布努埃尔（Bunuel, 1900—1983）：著名电影导演，被誉为"超现实主义电影之父"。

平常，我总是顺着她有点迟钝的身体滑下去，亲吻她高耸的乳房，凝脂般的肚子，充满弹性的屁股，把头放在她两条大腿之间撩拨她。然后再爬上去。

可是这天夜里，我让耻骨对着她的脑袋，自己的头对着床尾，两只脚使劲蹬着枕头上方的墙壁，往下滑。干得好！于是我把老二戳到她脸上，又放到鼻子跟前。雷切尔含到嘴里，可是立刻吐了出来。嘴里喃喃着，好像是说：比我想得还糟。

我觉得无地自容，肮脏，像条狗，做了件错事。我爬起来喘口气的时候，看见她脸上挂着泪珠，这证明了一切。


艾迪森辅导中心的大厅。

最里面站着雷切尔学校几个男同学。他们身穿晚礼服，围成一圈儿，一边喝香槟，一边聊天。清洁工道金斯太太，尽管肥胖、社会地位低下，但总是一副生气的样子，对我也从来没有过好态度。她走来走去，给大伙儿倒香槟，掸掉他们无尾晚礼服上的尘土。我坐在大厅中间一张靠背椅子上，头发蓬乱，衣冠不整，手里拿着一瓶棕色艾尔啤酒。雷切尔坐在大厅那头的台子上。从坐姿看，她非常不舒服。要么就是正在做瑜伽，靠墙坐在垫子上，举起两条腿，膝盖挨着乳房，身边倒放着一个圆顶硬礼帽。

我走过去，朝雷切尔点了点头。她目无所视，咧嘴一笑。我走上台子，斜倚钢琴站着，离她只有几码远。我注意到圆顶硬礼帽里有几枚硬币。大部分是铜币，还有几枚难得一见的弗罗林，一枚五十便士的硬币。我继续喝着啤酒，等待着。

现在，雷切尔的同事三三两两穿过大厅，向我们走来，在台子前面停下脚步。他们满腹狐疑地喃喃着，评论像蜘蛛蟹一样坐在那里的雷切尔。有两个家伙走上那几级台阶。一个年纪轻一点的红头发小伙子朝我挤了挤眼睛。我也朝他眨了眨眼。雷切尔满面红光，目光投向他们腰部。他们一边呷着香槟，一边聊着什么，越发显得胸有成竹。那个姜黄色头发的家伙用名牌皮鞋戳了一下她的下身，另外那个家伙弯下腰查看她的牙齿和牙龈。两个人似乎达成一个"协议"。"姜黄"把酒杯放到窗台上，解开腰带，折起来装到口袋里，褪下裤子，弯下腰，趴到她身上。

我大口大口地喝着啤酒。

几秒钟之后，他便软得像摊泥，站起来回转身，跌跌撞撞，穿好衣服。第二个男孩儿比他的朋友个子高，长得也帅。他按照第一个家伙的"程序"做了一遍，可是在最后一刻，手托着下巴，停了下来。似乎想出一个更好的主意。他向前探了探身子，抓住雷切尔的两个耳朵，让她张开嘴，迎接从衬衫前襟探出脑袋的大老二。然后抽插了十二下，射到她嘴里。雷切尔喃喃着表示感谢。他们往圆顶礼帽里扔了几枚硬币，扬长而去。然后又上来几个人，如法炮制。

与此同时，我一边喝啤酒，一边望着墙壁，嘴里哼着流行歌曲。

最后一组上来了。他们比前面那几组喝的酒更多。不管怎么说，那些年轻的绅士很安静地站在台子前面。突然他们当中的一个喘着粗气，满腹狐疑向四周张望着，弯下腰哈哈大笑起来。另外那几个人也都勾肩搭背，摇摇晃晃，指指画画，一边狂笑，一边叫喊。

哦，不！我们不干，伙计。你可真会开玩笑。你会交好运的。和她？干这事儿？

雷切尔面带微笑，眼睛一眨不眨。

她不够漂亮，还尿床。


他们的笑声被我的笑声代替。

"查尔斯，查尔斯，查尔斯，"雷切尔说，"醒一醒。"

我醒了。

"……做什么梦了？"

我平躺着。天花板如此压抑。我声音嘶哑道。

"我沿着一条林荫小道走着。黑夜。头顶，星星排列出很不熟悉的……星座。石子在我脚下闪闪发光。我看见你的身影在远处晃动……可是想靠近的时候……"


"我是内维尔·贝拉米。昨天我给陶伯太太打电话。听说你身体不大好。现在情况如何？"

很好。

"是吗？我估计是哮喘病又犯了。不是？那是怎么回事……"

是的。

"啊，身体呀，身体！真希望没有什么身体。倘若真能没有，生活就简单得多。没有它反而更好。同意我的观点吗？你不觉得是这样吗？"

我不觉得。（这种主张也许言之有理，可是有头脑的人并不觉得有什么可以为之庆幸的。）

"你不觉得？也许不是这么回事儿……唔。查尔斯！你考得怎么样？"

还行。

"真棒。什么时候面试？"

星期一。

"没几天了。那你一定先来我这儿喝一杯。我给你出点儿主意……聊一聊。"

"哦，好吧。"我不由得有一种受宠若惊的感觉。

"你如果全好了，为什么不能明天来呢？老时间。"

"让我想想。看我的身体状况吧。如果去不了，我提前给你打个电话。"

"好。反正你有我的电话号码。再见。"

贝拉米先生放下电话，我连忙走进厨房。

"什么事呀？"

詹尼把一摞手帕放到桌子上。

"给你。"她在桌子旁边坐下开始摇头。"他说，已经给我订了伦敦医院，全都敲定了。我便说……"她凝视着前方，不再摇头。"哦，不管怎么说，那是最惊人的一幕，他看起来打定了主意。"

"是不是我问他雷切尔能不能来住一段时间的那个晚上？"

"我……想，是吧。还有你那个朋友——杰弗里？——来那天，他带来的那个小兄弟在我们卧室卫生间里吐得到处都是。我收拾的时候，诺尔曼走进来说，他要取消伦敦诊所的预约，他得再花时间想想这事儿。"

"后来呢？"

"星期三，雷切尔到楼上客厅告别之后，他又说，没问题，他不介意了。"她举起两条胳膊，伸了个懒腰。"就这么回事儿。"

她容光焕发，但我还想知道一些细节。（倒不是因为她已经告诉我的这些情况还不足以让我尴尬，而是因为我已经就这些问题做出决策，关于詹尼的记载已经好久没有更新。）

"他为什么改变了主意？"

她看起来很高兴。"不知道。"

"为什么他起初不想要？"我问道，"是因为不喜欢孩子，还是怎么回事？"

"不是，他曾经很坦率地说，如果我愿意，可以收养一个……甚至两个孩子。"詹尼皱着眉头说，好像第一次提到这事儿。"我想，"她若有所思地说，"他是怕我生孩子会出什么事儿。"

"哦。"

（没错儿，顺便说一句，但并不全是她所理解的这样。）

"雷切尔什么时候还来？"

"很快。"


我一直设想，雷切尔进门的时候，我会哭出声来。事实上我已经用手背揉红了眼。她站在门廊，手里提着小行李箱，打扮得比以往任何时候都要漂亮。但是她眼圈儿发青，似乎心事重重，显露出几分忧伤。我虽然没有像先前设计的那样，一见面就抱头痛哭，但还是觉得扁桃体一阵发紧，眼泪忍不住流了下来。

雷切尔躺在床上安慰了我十五分钟，我才让她离开。

说来好笑。整整一个星期我都盼望着这一刻。真的。我读书，手淫，抠鼻子，孤零零一个人待着，身上散发着一股味儿。

那天晚上晚些时候我给她打电话，是哈利接的。他本来就举止粗鲁，到巴黎待了两个星期，对人的态度似乎更恶劣了。雷切尔大声说：我知道，没什么。没有什么值得给家里写信汇报的事情。

除此而外，正如贝拉米先生所说，我还得想自己哮喘的事儿。这种痛苦和呼吸道别的问题把我折磨得够呛。我的咳嗽似乎进入一个新的"维度"。好像有什么东西在我心口窝里又掏又拽（那种感觉实际上也不错），喉咙后面也感觉到一种压力（也并非一点不性感），直到不得不拼命咳嗽，被软化的痰液从仿佛已经被掏空的肺里涌出，沙哑的声音在胸腔里回响，好像没有必要再咳嗽。一阵特别剧烈的咳嗽过后，一口痰摇摇摆摆，就像流星一样，飞到五英尺开外，啪的一声落在浴室墙上。我眯着眼睛望过去，很大一摊，看起来像……像什么来着……糖浆？像南美牛仔沉甸甸抛出去的套索。很快，我想，倘若走在大街上，只需朝她们腿的方向咳嗽几声，就能"套"住几个老太太。

我痰的"质地"也因此而变得"丰富多彩"。呼哧呼哧地喘着，咳出黏糊糊的脆饼干、油炸蚝蝻、小精灵的尼龙长袜。我无法入睡，觉得自己已经变老。趴在楼梯扶手上，喘着粗气，鼻子被堵得满满的，不得不用嘴呼吸，活像一个小无赖。

当然也有好的一面。还有些工作需要严肃认真地去做。大多数是以一种"掩盖踪迹"的方式完成。我参考、滥用了许多作家的作品。这些作品我以前连听也没听说过，更不要说读过了。我有足够的时间消除焦虑，为面试做准备，还不断给"致父亲的信"润色修改，并且还因此感到一点慰藉。

此外，雷切尔每天都来看我。她带来礼物，一本杂志或者一些水果（注意到盘子里的苹果变了色也没人吃，她就只买香蕉和葡萄了）。她从图书馆带来我需要的书。她看起来似乎特别有主见，不受约束，在我这儿待的时间也不长。那些诗歌几乎就是自己流淌而出的。

我病好了，面试也结束之后，我和雷切尔谈了许多对未来的设想。我参加了一个全国性的短篇小说大赛。这次比赛是一本彩色杂志举办的，参赛人的年龄必须在二十一岁以下。要是比赛获胜，我俩就可以用这笔奖金去巴黎玩几天。

# 十一点四十分：盛夏

下面是上次喝酒的情况——很好的葡萄酒。不过恐怕没有达到我的目的。

父亲一个人坐在客厅里，面前放着一份打印的文件和一杯苏打水。

"嗨，"我说，"我想喝……一小杯威士忌。"

"嗨，"他抬起头看着我，仿佛要越过一屋子人，捕捉到我的目光。"干吗不来和我一起喝一杯呢？"

"哦，我还要写点东西。你在这儿待多长时间呢？"

"半个小时，四十分钟。"

"那我一会儿下来。瓦伦丁不在家，是吗？"

父亲抬起头，说："是。"

"我要到他房间里找点东西。"

"啊，去吧。希望十二点以后看到你。"

瓦伦丁的房间以前是我的。我十五岁的时候和他换了房间。你以为我不愿意换吗？不是。我求之不得呢！那时候我觉得，住在阁楼上更便于思考，更有利于身心健康。黑暗中，我跪在窗台上，让冷风迎面吹来，觉得格外惬意。我想着自己仿佛格式化了的异性恋的经验。这连一分钟的时间也用不了。

海威第一个支气管炎发作后的夏天。

妈妈正饱受更年期综合征的困扰。作为治疗办法，父亲劝她星期六在草坪上举行一次茶会，结交一些周围的朋友。不管怎么说，有詹尼帮忙……还有苏琪。苏琪是詹尼的朋友，从苏塞克斯来我们家小住几天。苏琪立刻给我留下深刻的印象。我刚读完《弗洛斯河上的磨坊》[1]，深深地爱上了玛吉·杜利弗（小说里最性感的女主人公）。在我看来，苏琪长得特别像玛吉——有点像吉卜赛人，漂亮、魅力四射。除此而外，在处于青春期的男孩看来，名叫苏琪的姑娘简直无所不能。或者说，一个叫这样名字的女孩儿，没有不敢干的事情。

妈妈兴奋激动，负责监督女孩子们为茶会做准备，嫌我们几个男孩子碍事，就让我们都待在屋子里。"看在上帝的分儿上，她都邀请了些什么人呀？"哥哥嘟囔着说。"玛丽·安托瓦内特？"我从窗口望过去。为了确保热水源源不断，我们在餐厅外面又生了一个有三个火眼的煤气炉。就在窗户下面。餐桌上，糕饼摞得像沙堡，还有一层层面包、火腿、饼干、煮鸡蛋堆成的"金字塔"。

四点钟，面目丑陋的老太太们已经叽叽喳喳聚集到草坪上。有的像狗一样气喘吁吁，排着队取茶点，有的坐在帆布躺椅上，凝望着一堆收拾花园的工具，就像那是电影院里的银幕。刚到四点十五分，母亲就昏倒了。要么是聚会的喧闹使得她中枢神经恶化，要么是为了准备聚会，忙了一整天，肾上腺素中和了镇静剂的作用。反正她突然之间倒了下来。大伙儿七手八脚把她抬回屋里，詹尼留下来照顾那些老太太，提壶续水的任务就落在苏琪

---

1　《弗洛斯河上的磨坊》：英国著名女作家乔治·艾略特的早期作品之一。

头上。

苏琪穿一条夏天穿的橘红色棉布裙子。这种裙子前面开口很低，如果苏琪弯腰倒水的时候——现在她必须经常做这个动作——而我又恰巧伸长脖子看——我不停地做这个动作——就可以把她大部分乳房尽收眼底。有一次还看见她深褐色的乳头。我手里拿着一本书，装模作样地在窗台上足足坐了一个多小时。她越来越忙，汗流浃背，时不时把头发从额头撩开。在我看来，她的动作似乎越来越慢，越来越轻，和提壶续水越来越没有关系。煤气炉蓝色的火焰轻轻摇曳，吞没了她，在墙外闪烁。我大张着嘴，呼吸着污浊的空气。她的身体开始扭动、翻滚。我无法把目光聚集在她身上，她仿佛在和蓝色的火焰一起燃烧。

聚会快结束时，苏琪去关照剩下还没走的那几个老太太。我把书扔到一边，从窗台上跳下来，绞着一双手，在屋子里晃来晃去。我纳闷自己是如何玩字谜游戏，或者读书，或者梳头，或者刷牙，或者吃饭，而苏琪还是苏琪，她的脸还是那样秀丽，乳房还是那样可爱——现在这一点已经非常清楚。我瘫在床上，浑身颤抖，还没有高潮就觉得开始发冷，而不是发热。那些女人们的声音起初听不见，现在好像从花园里向我打招呼。

第二天，我出汗，发烧，决定卧床休息。（否则，我该如何面对苏琪？）大伙儿都以为我是支气管炎复发，但我知道不是那么回事儿。不是。男同性恋者遇到合适的姑娘，再也不会回首往事。

跪在床上，借着客厅的灯光看得见花园里那一片灰色。自从那个炫目的下午，那儿的草再也没有完全长起来。我以一种自己意识到的已成定局的决绝，关上窗户。我想，我知道事情的结果会是怎样。在狭窄的走廊，从妈妈房间门口走过时，我听见她喊："戈登？"我犹豫了一下，耸耸肩，蹑手蹑脚继续朝前走去，决定将那个故事继续下去。

前天晚上，也就是到牛津大学面试的前一天晚上，是我人生中重要的一个夜晚。那个夜晚宛若一幅浅浮雕，恰如其分地描绘出我对孤独的抗争。

那天下午，我们四个人坐在一起喝茶。他们一个个对我呵护有加。詹尼说，她要早点起床，给我做一顿"好吃的早饭"。诺尔曼自告奋勇第二天早晨开车送我到帕丁顿。雷切尔怕我有压力，一遍又一遍地说面试只是走个形式。后来，我们俩蹦蹦跳跳地下楼，在床上躺了半个小时，还像以往一样，厚着脸皮云雨一番。我想，也许这是我二十岁前最后一次做爱了。我们的皮肤真如凝脂软玉，相拥在一起的呼吸细若游丝；我们对彼此的要求那样纯洁，我们的高潮同时到达。我们心里没有敌意，也没有被欺骗的感觉。我们默默地穿好衣服。我觉得强壮有力，就着星期日苍白的光，陪她走到广场。

然而七点钟我就又坐到书桌旁边，临阵磨枪，为面试做最后的冲刺。六十张大页纸分门别类写满了提示：口音，避免讨论细节，服装，女老师——副标题——"眨眼"，"入场"，"两腿交叉"，"恭维话，迂回"等等。但是我无法集中精力。到了这一步，我的考试成绩要么非常出色，甚至可以超过课本本身，使得以前所有的评论相形见绌；要么只能站在窗口，寻找那些身穿白大褂、手里拿着氯仿麻醉面罩的男护士（大学以防不测雇来的）。我到达的时候，会不会被他们诱骗到厕所，被学监打一顿呢？或者校长和市长都会到车站迎接我，然后陪我坐着敞篷汽车穿城而过。马路两边挤满欢呼的人群，我哈哈大笑着，不时从头发上拂掉五彩纸屑和彩带……

"哈啰？"一个女人的声音，"请问，你要多少号？"

"哦，西区 2814。"

"你的号码是……？"

我告诉了她。"有什么问题吗？"我问道，"话费没有交还是怎么了？"

"用户要求我们拦截这条线路所有的电话。"

"怎么了？他有病吗？"

电话那边的女孩儿笑了起来，声音也显得不再那么紧张。"我也不知道，真的。我想大概是因为有人不管白天还是黑夜，二十四小时拨他的电话。可他一接，对方就挂断电话。电话都是从公用电话亭打来的，接通后就把话筒扔在一边。"

"这个人疯了吗？你就接通吧。他会接我的电话的。"

"等一下。"

"……戈登·海威，请讲。"

"爸爸？我是查尔斯。"

"查尔斯，有什么事吗？"

没什么大事儿。事实上也没有什么大事儿，我给他打电话只是想问问他，有没有从赫伯特爵士那儿听到关于我考试成绩的消息。运气不佳。父亲说，赫伯特根本不知道考试成绩，而且他也忘记问他了。

"哦，"我说，"我往家里打电话了，以为你在家呢！"

"不，我不在。下星期我不去办公室，所以打算明天回家。也许你能搭我的车回去？"

"不，用不着。"

"好吧，我不能……等一下，别挂电话。瓦妮莎有话对你讲。"

"喂，"瓦妮莎说，"你报考哪个学院？"

我告诉了她。

"不错。他们又选了个新人。"

"什么样的新人？"

"我不了解。只知道他是个过分热情的人。"

我用轻如羽毛的手指翻着我的"面试指南"。四十五分钟后，已经记住"声音响亮的概括"，"预测，不要自满"和"即使口齿不清，也要真诚"中的段落。然后又看了看"中途改变形象"。结尾部分是这样写的：

17. 如果进考场时不戴眼镜，在下列两种情形下应该戴上：a）如果考官超过五十岁，b）如果考官自己戴眼镜。

18. 外套不扣纽扣：如果面对你的是个老家伙，进考场的路上扣上中间那粒纽扣。

19. 头发长过耳朵：如果面对你的是个老家伙，进考场的时候，赶快把头发弄平整。

看了下面一个脚注，我又回过头看了看"口音7"。上面写道：

慢慢调整。如果地方口音太重，在说第二个句子之前，应该说："对不起，我用和老师一样的口音说话，有点紧张。"

我咬着下嘴唇……一定应该有统一的标准。当然！可是那些考官们都很怪，难道不是吗？也许我该冒冒险——把衣服脱下来，整整齐齐放在门外，一丝不挂走进去。或者不穿内裤，穿条透明裤子走进去。或者至少不拉裤子前面的拉链，把老二耷拉在外面。或者……

电话铃响了。詹尼和诺尔曼出去吃晚饭去了。我放下"面试指南"，一路小跑到楼上接电话。也许是雷切尔。

不是雷切尔。是格洛丽亚。

"天哪！怎么是你打电话过来呀！"

格洛丽亚的情况还好。事实上，她在街角那个电话亭给我打电话。她问我能不能来我这儿待半个小时左右。她能吗？

"好吧。一定来。我等你。"

我站在走廊，没事儿找事地给手表上发条。

"真烦，特里总也不让我一个人待着。看不见我他就闹心。我和别的小伙子说话，他就生气。我的意思是，刚开始或许你还觉得不错，可是时间一长真烦透了！"格洛丽亚十分反感地苦笑着，抬起一只手，捂住她那一嘴不太整齐的、细碎的牙齿。

"你这个可怜的家伙。那你怎么办？"

格洛丽亚端详着手里的杜松子酒。"我跟他对着干。"

"他说什么来着？"

"他拿皮带抽我。说我是个渣子。就这么骂我。"

我给她讲了一通男人因爱生妒，大吃其醋的种种表现。（我讲到一半儿，格洛丽亚就脱了她的皮夹克，一双眼热辣辣地看着我，露出紫色紧身 T 恤衫。我觉得这件 T 恤衫和她棕色小山羊皮短裤一点儿也不协调。尽管她显然穿了内裤，但肯定没有戴乳罩。）就在我快结束"演讲"的时候，电话铃又响了。

"……除非你打心眼儿里认为无法忍受，不要轻易离他而去。"

我又一路小跑上了楼。

又是从电话亭打来的。特里？不是。是雷切尔。

"查尔斯？哦，查尔斯！你做梦也不会想到发生了什么事。"

"什么事？"

"妈妈发现了。她发现她到巴黎之后都发生了什么。"

"她怎么知道的？"

"她去看大妈，结果都露馅儿了。"

"怎么会呢？"

"哦，我也不知道……"她似乎要哭，可是继续恍恍惚惚地说："妈妈看到她屋子那么小，就问她我在哪儿睡……不知道……兴许就是这么回事儿。"

"明白了。你现在在哪儿呢？"

"在大妈家。妈妈把我赶出家门了。"

"你最好过来吧。"

"好的。看来我得在你那儿住一段时间了，"她说，"大妈心情不好。她认为都是她的错……"

"……哦，就是她的……"

"现在几点了？听我说，我九点钟到。好吗？"

我向楼下走去时，停下脚步，想这件事情。

格洛丽亚已经脱了鞋在床上躺下。我在床边坐了下来。

"跟你聊天真开心，查尔斯。你总能让我振作起来。"

现在是八点零三分。

八点过五分。两个人的身体纠缠在一起。格洛丽亚的手指解我的裤腰带。我的手指颤抖着在她的小山羊皮短裤和潮乎乎的棉布之间摸索。充满激情的热吻。

八点十五分。格洛丽亚腾出手，脱 T 恤。我开始解扣子，后来又停了下来。格洛丽亚解开她那条价格不菲的短裤。裤子滑落到地板上，她抬起脚，从裤子上面走过去，那一对既不秀气也不矜持的大奶子漫不经心地晃来晃去。格洛丽亚满脸微笑。

"我没吃避孕药，查尔斯。"

"你也没……我是说，别着急，我有……"

我犹豫了一下，打了个寒战似乎突然之间清醒了许多。格洛丽亚大拇指插在内裤的松紧带里。她的内裤鼓鼓囊囊，就像里面装了一个老二——如果不是两个的话。

"我有避孕套，"我说。

八点二十五分。我和格洛丽亚如胶似漆，交颈而卧，然后抓起那个粉红色的小袋拿出最后一个避孕套。不要太着急。这个盒子和我的香烟盒长一个模样。别的地方还有存货呢。

八点三十五分。"是的，和你干我也觉得非常棒，"我真诚地说，"不，谢谢。我想先到此为止吧。格洛丽亚，我姐姐和姐夫马上就回来了。你没和诺尔曼说过话，对吧？没有。哦，你知道，他是个属于清教徒那种类型的人，一天到晚板着脸，噘着嘴。他们家家教很严。不管怎么说，他也许……""哦，九点差五分，或者差十分。""哦，很好。别着急，真的。不过他很可能汗流浃背地跑进家门。你知道他们这种类型的人，什么事情都不能轻轻松松地去做。此外，我明天还得去面试。在利兹理工大学。"

"我也得早点儿回去。能和你在一起待这么长时间我已经知足了。"

"我也是。"

八点四十五分。格洛丽亚一边穿T恤，一边咯咯地笑。我也咯咯地笑，不再因为着急把地板弄得一塌糊涂。

八点五十五分。"再见，宝贝儿。明天给你打电话。"

"谢谢你对我这么好。"

我匆匆忙忙把她送出前门。

"谢我？是我该谢你才对，"我说。

她又咯咯地笑着跑上那条小路。


我软绵绵地趴在楼梯扶手上，气喘吁吁，十秒钟没动窝。然后像一只小灵犬跑到楼下，赶快往床单和下身上撒了点滑石粉，仔细检查枕头上有没有蹭上化妆品，烟头上有没有口红。把卫生纸扔到废纸篓里，把格洛丽亚用过的杯子用脚踢到床下。谢天谢地，我那天下午和雷切尔睡了一觉。所以屋子里有一股牡蛎味儿，毯子也随便摊在床上。在浴室里洒了点滴露，找找有没有做爱后留下的痕迹。我的脸就像抹了覆盆子果酱，浸在冷水里泡了一会儿。如果雷切尔说什么，我就对她说，我一直为那些事情着急。

"我脸色不好，是吗？不……我只是为这些烦心事儿着急。你妈妈到底说了些什么？"。

"我知道你心里烦。真的很难让人相信！不过，你不要着急。不是你的错。"

"我觉得是我的责任。"

"废话。这个主意最初是我提出来的……尽管糟透了。她走进我的房间，十分平静地说：'我知道你根本就没在大妈家住。你是老老实实告诉我这些日子都住在什么地方，还是逼得我报警？'"

"报警！哼！怎么会有这样的事？她以为她是谁呀？她难道不明白，这事儿和她无关吗？你已经二十岁了。看在他妈的上天的分儿上，她不能……"

"我对你说过，她有时候神经过敏。我想爸爸……"雷切尔绞着一双手，目光低垂，看着膝盖。

"你对她说什么了？"

"我把真实情况都告诉她了。"

"你没编点儿什么骗骗她呀？没有。我想没有。"

她扑到我的怀里，颤抖着，轻轻抽着鼻子。我搂着她的肩膀，喝完杯中酒。我看见路灯在窗玻璃上镀了一层金，好像是一种装饰。

下楼的时候，电话铃响了。

"也许是妈妈，"雷切尔说。

不是。

"我是贝拉米，查尔斯，是你吗？"他醉醺醺地问，"我估计你不能……"

"对不起，不能。"

"我知道，明天你要去面试。好吧。祝你好运！也许，等面试完……你可以——查尔斯，见到你我会很高兴。我想……"

"对不起，再见。"我用拨号音打断了。

"谁呀？"

"打错了。"


你一定会想到那天夜里雷切尔心情郁闷，无精打采，什么也懒得做。上床之后，她似乎心里非常慌乱。"给我点安全感，"她不停地在黑暗中说，"哦，求求你，让我觉得平安无事。"我收拢四肢，把她紧紧搂在怀里。她还是不停地喃喃着。"等一下，"我说。

装高级避孕套的盒子是空的。我便去找"神枪手"。谁用那玩意儿！我心里想。不过现在只能凑合了。

可是那个盒子也是空的。

"他妈的！一个也没剩。"

"还有，"雷切尔说，"还有一个。今天下午我还看见了。有两个。"

我用小弟弟那种有点颤巍巍的声音问："你确信？"

"没错儿。"

我回转身，假装在抽屉里摸索着找。"啊，在这儿呢！嗨！怎么扔到废纸篓里了！……他妈的……"我的手指碰到和格洛丽亚用的那个避孕套，拨拉到一边儿，继续往下掏。纸巾，香蕉

245

皮，烟头，直到找到下午和雷切尔用过的那个。我有我的标准。谢谢！请原谅，但我确实有自己的原则。没错儿，和格洛丽亚刚用过的那个更好一点。因为和雷切尔用的那个已经在纸篓子里躺了一下午，黏糊糊、冷冰冰，更脏。不过即使这样，也不能用刚用过的那个。那是对一个好姑娘的侮辱，太令人作呕了。

所幸我的老二已经勃起——只有熟悉才能产生这样的效果。我两眼圆睁，心里有点紧张。

"好了。"雷切尔分开双腿。


二十分钟后，我站在隔壁的卫生间里，凝望着洗脸池上的镜子里那张自己的脸。这张脸空洞无物，不无冷漠，和平常的样子大相径庭。我注视他的时候，那张没有表情的脸变得有了意识，露出一丝假笑，又化为微笑。瞧，小伙子，二十岁以下的年轻人不断地干这种事儿。记住，你只能年轻一次。因为只有年轻人可以不必因自己狗一样的欲望而负疚，不必因得意忘形而懊悔，不必为无知狂妄、玩世不恭而羞愧。《只有蛇在微笑》中的诗句表达了你的看法。


脸上沾满黏的东西，
那是云雨间流淌的糖蜜。
男欢女爱散发出甜甜的气味，
热雾缭绕快乐无虞。
浴室里放浪的笑声毫无歉意：
哦，这炎热的夏季！

真正的年轻人是被放逐到小岛上的一个"自我"，但他总是背对远方驶来的新船。他有一股赖以生存的蛮劲儿。为了她，每天都可以出卖力量。请把这一点记在心里。

我朝镜子里的自己眨了眨眼，拿起一个刀片，准备把避孕套的"喉咙"切断，扔进抽水马桶冲走。这可是个细活儿。因为平常我都是跑到浴室里再摘下剪掉的。可是今天别出心裁，套在老二上就想把它切断。我闭着眼睛，摸索着抓住避孕套前面储存精液的那个小囊，往外拉，准备用刀片切那个小嘴儿。不知怎的，我觉得那玩意儿还紧紧地套在老二上，（也许因为这个套用了两次，薄如蝉翼的胶皮收缩了？）我把它拉长，（哦，怎么会疼？），定睛细看才发现，拇指和食指之间捏着的不是那个橡胶小囊，而是我的包皮！

刀片"叮铃"一声掉到地板上的时候，我的第一个想法是，差点儿给自己举行了一场"割礼"，第二个想法是：避孕套哪儿去了？

我找到了避孕套那个橡皮圈儿，正无精打采地套在老二根儿上。

天哪！避孕套破了，雷切尔要怀孕了。


夜未央，即使我不再年轻。

雷切尔像个男孩儿，靠着枕头，半躺在床上抽烟。

"你干吗去了？"

"洗漱了一下。"

她往里挪了挪，给我腾出点地方。

"雷切尔，你想让我告诉你点真的会让你担心的事儿吗？当然，也许只是一场虚惊，压根儿就没必要着急。"

"不管发生什么事儿，你都要告诉我！"

"以后再告诉你不好吗？那时候也许就完全没有必要着急了。"

她吻了吻我的脸颊。"不好。因为我也有事情要告诉你。"

"是吗？什么事？"

"你先告诉我，我再告诉你。"

"不，还是你先说。说吧。我向你保证，无论什么事我都不介意。"我无法掩饰声音中的急切。

她把香烟送到唇边，深深地吸了一口。烟雾从鼻孔和嘴里喷出来。她说：

"我以前跟你说过我父亲的事。可那都是谎话。我长这么大，从来没有见过他，更没有和他说过话，也没有听到过任何关于他的消息。"

我望着天花板，"什么？巴黎的事儿也是假的……？"

她点了点头。

"他也没有给你打过电话？"

"没有。都是谎话。"

"也没有写过信？"

"什么也没有，从来没有。"

我的腿颤动了几下。

"天哪！"

她吻了我一下。"真蠢。我总是干这事儿。自己也不知道为什么。其实并不想这样做。"

"那你为什么还要撒谎？"

"我也不知道。只是觉得这样说，心里更……"

"更什么？更……对自己有信心？更……觉得有底气？"

"也许是吧。不，不是。只是想让我心里少几分悲伤。"

她说话的声音完全变了。

"是的，少几分悲伤。"

"……哦，好了，宝贝。别着急。说心里话，我一点儿也不在乎。"

雷切尔趴在我肩膀上哭的时候，我又想起她关于约翰-保罗的那些谎话。当然也有编得相当精彩的细节。比方说，我就挺喜欢她爸爸打来电话大发雷霆的故事。她把自己的"踪迹"掩盖得那么好，给人留下深刻的印象：那些经过深思熟虑、仔细推敲后对别人做出的评价——说他们多么机智圆滑，多么善于不旧事重提。估计德福瑞斯特到现在还蒙在鼓里。可是关于那位激情澎湃的巴黎画家，关于西班牙内战的故事，都是一文不值的废话。我的意思是……真的，我问你。

怀着一种新的好奇和复活了的对她的神秘感，我亲了亲雷切尔湿润的眼角。因为，我觉得她一定是疯了，难道不是吗？我躺在床上，幻想着，欺骗自己。我的存在本身也是谎言编织而成的五光十色的网。但是对我而言，这张网更……更什么呢……更好笑，更具有文学性，更出于理性的而不是感性的需要。是的，这就是区别。我又把她紧紧抱在怀里。她真是个难以理解的小东西。我当时的感觉就好像是和别的什么人躺在一张床上。

一个小时后，雷切尔已经清楚地知道，我深深地爱着她，绝对不会因为这些事情看不起她。然后，她问道：

"你打算告诉我什么事情呢？"

我一定已经在心里仔细琢磨过这事，所以开口说话的时候，很坦然，没有丝毫犹豫。

　　"哦，这么回事儿……听起来一定挺傻。只是，我没有答好卷子，恐怕进不了牛津大学。我觉得自己从根本上，就判断失误了。"

　　雷切尔好一阵安慰。窗外，刮了一晚上的风开始发出粗野的、不祥的呼啸声，地窖门和窗棂也都在烦躁不安地啸叫。

# 午夜：成年

就这样，我十九岁了，通常连自己在做什么都不知道。总是努力让思想摆脱书本的束缚，从别人的眼睛里认识自我。在大街上走路的时候，不愿意超过老年人或者瘸子，生怕我的敏捷伤了他们的心。喜欢看正在玩耍的孩子和动物，对被踢的乞丐、被撞的小姑娘却不介意。虽然不喜欢自己，却爱嘲弄那些比我更差、更不聪明的人们。我是否把这一切当作一种程序化的东西？

我现在把"雷切尔文件"整整齐齐摞好。闹钟的两个指针在钟面中间形成 V 字。七分钟后就合二为一了。

当然，第二天早晨，因为要去面试我兴奋激动得难以自持。（四十个小时之后，那种感觉依然缠绕着我。我因此而认为，精疲力竭是市场上让你精神迷乱的最廉价、最容易得到的"毒品"。）

平常我稍微有点响动雷切尔就会醒来，可是这天夜里她一直睡得很沉，我蹑蹑窣窣地穿衣服、收拾面试需要的材料都没有把她惊醒。三点钟，也就是五个小时前，我答应她走的时候跟她打个招呼，可是后来觉得没有这个必要。

心血来潮，我决定带着"雷切尔文件"去面试。

诺尔曼一个人坐在厨房看《太阳报》上那些花边新闻。詹尼显然已经不再关心我早饭该吃什么。

"你几点钟的火车？"

"九点过五分。"

（你径直到学院去找到写着你面试时间的通知。按姓氏的字母顺序，我应该排在中间，所以估计十点半之前不会轮到我。）

"早着呢！"诺尔曼说。

我们默默地喝了点茶，吃了点面包、黄油。咖啡是同性恋的早餐，烤面包片是左派人士喜欢的玩意儿。我牙齿痒痒，舌头好像长了毛，吃得很不舒服。

九点差二十。"走吧。你这套衣服真他妈的难看。哪儿弄的？是不是军队不要的破玩意儿？有你一封信。外国的。"

诺尔曼开着他那辆"科迪纳"牌轿车，在广场尽头加速。蓝哗叽夹克衫挂在后面的挂钩上。车里混杂着一股汽油、塑料、半透明的尼龙衬衫味儿和老年人夹带着香水味儿的汗臭味。我瞥了一眼信封，装到口袋里。是科科的信。

"坐好了吗？"

车轮打滑，颤动了五秒钟之后，向山下驶去。

"詹尼是不是很累呀？"我大声说。诺尔曼四轮驱动，猛地刹车，转了个弯，驶上贝斯沃特路。

"是，"前面亮起红灯，他又一个急刹车，从五十迈一下子减速到零。"根本用不着起这么早。"

琥珀色信号灯刚亮，诺尔曼就猛地发动汽车，像滑雪运动员一样，在车流中左冲右突。

"什么时候生？"

"五月末。"

"你高兴吗？"

他耸了耸肩。嘎吱嘎吱地换成二挡，不耐烦地按着喇叭（他这个电喇叭可以播放《新娘来了》的前四个音符），从左边一辆大货车旁边呼啸而过。一位步行的人吓了一跳，膝盖着地，摔倒在"科迪纳"排放的尾气中。

更多的红绿灯。

"你在要不要孩子这件事情上，为什么拿不定主意呢？"诺尔曼又给"科迪纳"加速，嘴里骂骂咧咧，矛头直指旁边送牛奶的平板车。"你是怕有了孩子增加负担，还是另有原因？"汽车飞驶，我们都在座位上坐好。

"你干……干过生过孩子的女人吗？"

"没有，"我说。他没听见，转过脸嘴巴半张，看着我。我摇了摇头。

"哦，我……"他发了疯似的在呈"之"字形的车流中穿来穿去，从一辆出租车和一辆送报纸的运货车之间钻过去，翘起两个前轮驶上皇后大道。"哦，我干过。不是跟你开玩笑。不知道你在那儿。"

诺尔曼大叫一声在斑马线侧面停下，让一个矮胖的金发女人走过，然后箭一样向前飞驰而去，刮掉两个暹罗老头外套的扣子，压平他们的鞋头。

"就像在空中挥动一面旗帜。"

更多的红绿灯。我想问诺尔曼有没有读过斯温伯恩[1]的书，但他继续说："她们肚腩稀松。詹尼要一个孩子，甚至两个都没

---

1 斯温伯恩（Swinburne, 1837—1909）：英国维多利亚时代最后一位重要的诗人，对二十世纪以来的外国诗人产生了深远的影响。

问题。我他妈的，说的是抱养。可是这些骚货愿意自己生孩子！结果……"他关掉车里的暖风。"……下身稀松，奶头，"——汽车继续行驶——"散发着一股奶坏了的臭味儿。乳房耷拉着，就像吊了两个烤饼。"

"真的？"

"没错儿。不过我想，他妈的，詹尼问题不大。她很结实。现在我不怎么干她了。我就把你放在这儿吧？你什么时候回去？"

"我也不知道，"我说，好像很惊讶的样子。"也许今天晚上。告诉雷切尔今天晚上。谢谢你送我过来。"

我刚下车，手还没有松开门把手，诺尔曼就已经坚定不移地踩下油门，肌肉结实的肩膀耸在方向盘上方，"科迪纳"飞驰而去。一群修女在前面慢慢走着。

在火车上坐着的一个小时里，"面试指南"一直放在我的膝盖上。我好像有意让自己颤抖似的，怎么也平静不下来，不得不两次跑到厕所，索性痉挛一番。难道这就是他不想要孩子的唯一理由吗？我一直认为倘若这样，真是太令人作呕了。我做梦也没有想到，这竟然是真的。诺尔曼，那么狂放无羁，充满激情。难道我们都是这样容易激动、粗鲁的人吗？诺尔曼不愿意詹尼又松又软，难道很奇怪吗？你自个儿难道心甘情愿吗？

我把手伸到口袋里掏手帕的时候，摸到了科科那封信。我几乎想不起她是谁了。不管怎么说，她向我表示歉意，说因为"未知的土地"打搅了我。其实，所谓"未知的土地"并不是实有其地，那只是科科和她的朋友自己创造的一个词，意思是指"幻想之地"或者"人的欲望"。关于我的其他质疑（她再来英格兰的时候，我会不会干她），我的回答是："……我说不准……也许会……"我匆匆忙忙按照马维尔[1]《致羞怯的情人》的节律，写下给她的信的初稿："只要我们有足够的空间和光阴，你的'羞怯'就可以接受。我们可以放松心情认真考虑"，等等。通常，这样的练习既可以让我心情平静，又可以让我激情满怀。可是此刻，这两种心情全然没有。

我在火车车厢里走来走去，就像棉花球[2]似的东倒西歪、跌跌撞撞。到处都是乱扔着的旧报纸、发了霉的蛋糕、变硬了的三明治、喝了半杯的茶水、小孩儿、嘴巴和脸都脏兮兮的小"哈利·赛科姆[3]"——照看他们的女人五大三粗，你会误认为是退休的足球运动员，还有面无表情的男人。

我敲了敲门，走进查尔斯·诺德博士的房间。虽然穿戴得整整齐齐、遮盖得严严实实，可心都提到嗓子眼儿里了。按照公示牌的时间表，面试已经开始十分钟了。一位穿着鲜艳上装、长得挺标致的门房（我像个乡巴佬，左一个'先生'、右一个'尊贵的殿下'称呼着他）把我领到楼梯口，告诉我应该进哪个房间。我进去的时候大声说着抱歉的话。

屋子里，没有打开的电暖炉对面，两个嬉皮士面对面坐着。

---

1  马维尔（Marvell, 1621—1678）：英国 17 世纪诗人，曾做过弥尔顿的助手，担任过英国驻俄国、瑞典、丹麦等国的外交官员。

2  棉花球：此处指板球或草地网球中打出的软绵绵的弱球。

3  哈利·赛科姆（Harry Donald Secombe, 1921—2001）：英国著名喜剧演员、歌手，在英国家喻户晓。

其中一个大概就是那位博士，头也没抬，朝我挥了挥手，说：

"走廊对面那个屋子。等五分钟。"

走廊对面那个房间里还有个嬉皮士。

"喂，什么情况呀？你是下一个吗？"

"你叫什么名字？"

"海威。你呢？曼森？"

"没错儿。我在你后面。"

"诺德博士就是那个房间里坐着的那位长头发先生吗？"

他直视前方，点了点头。"听说他是牛津大学最酷的家伙，现在就在我们身边。"他一边继续说，一边点着头。"关于贝里曼的研讨会。斯诺德格拉斯。塞克斯顿。像这样的一些家伙。"

"天哪！你能和他谈论什么呀？"

他在空中挥了挥拳头，好像威胁什么人似的。"只要能把话题引到罗伯特·邓肯，或者赫克特，也许……"

哦，这都是些什么人呀？我既没有研究过极端主义分子，也没有研究过利物浦人。

我解开衬衫上面四个纽扣，取下领带，扎在脑门儿上，脱下外套翻过来穿在身上（谢天谢地，外套里子有一道撕破的口子），把裤子塞进靴子里。那个嬉皮士问我："喂，你干什么呢？"

"有点儿热，"我说。

"是吗？"

"你知道他多大年纪吗？"

"二十五六吧。他很能干。"

"很能干？"

"搞改革。"

"此话怎讲？"让女孩子一直待到半夜，而不是十一点半？十分钟后吃早饭？"什么样的改革？政治改革？"

"是呀，政治改革。"

"哦，狗屁。"

门开了。

"海威？"第二个嬉皮士仰仰下巴，胡子颤动着。

我连忙朝他跑过去。"是我。"

"你是下一个。"

"情况怎么样？"我小声说。

他叫盖蒂，在楼梯口停下脚步，对我说："我想，还行。别紧张。他很友好。靓猫。"

"你们都聊了些什么？"

"俄罗斯新符号学者。"


诺德博士换到屋子最远那个角落，在靠窗户的一把椅子上坐下。椅子上没有椅垫。十二月的微风吹着他额头一缕鬈发。

"你不怕风吹吗？"他说，没什么口音，和我说话差不多。

"我才不怕呢。我脱下外套你介意吗？"

"不介意。"

我看见我的考试卷放在大腿上。是用红墨水判的。

"坐下吧，"那人说。

坐在地板上？当然不是。很简单，也显而易见。屋子里有一张沙发，两把扶手椅，一条长凳可供选择。我选择了后者。诺德

257

正漫不经心地翻看我的卷子。他一副城市游击队员[1]打扮：迷彩服，卡其帆布外套，大靴子，贝雷帽。他那张脸和发型特像杰克-克雷特。为了不让牙齿打战，我哼着《国际歌》。

"海威先生……你喜欢文学吗？"

哦，我的天哪！这算个什么问题？你最近读过什么小说？碰到什么问题？

我脸上露出一丝微笑。"这是个什么样的问题呢？"

"对不起，请你再说一遍。"他抬起头瞥了我一眼。"不过，如果我对你的答卷理解正确的话……"

我额头和腋窝都流着汗，掏出一块手帕。

诺德说："比如，在文学试卷中你这样批评叶芝和艾略特……'在后期创作阶段，他们选择了冰冷的事实为创作对象。而这种事实只有在纷乱的生活之外才能起作用。他们小心谨慎地修补自己的创作技巧，等等。'你因此而对《荒原》中表现出来的'虚伪的不人道'发表一番宏论。而这一论调应该源于 W·W·克拉克。这种观点看起来不但突兀而且凌乱。在文学评论试卷中，你嘲笑劳伦斯'不真实的、夸张的性描写'，用的其实是米德尔顿·莫利评论《恋爱中的女人》时的观点。而你也没有表示谢意。在下面的一行，你又指责他'将艺术等同于生活'。"

他叹了一口气。"关于布莱克，你似乎特别喜欢演绎他在《可怕的对称》那本书里说的那些话：'自主语言结构与生活本身必定没有关系'云云。但是在作文试卷中，你似乎又特别推崇'布莱克归化、提升人们的情感，回避构成写作技巧的原材料的

---

1　城市游击队员：尤指 20 世纪 70 年代在城市从事绑架等恐怖活动的城市游击队的成员。

那种紧迫之感'。顺便说一句，你试图回避过那种'原材料'吗？或者为此而迫不及待地教育某个人吗？"

"多恩因为他'情感的勇气'以及'以其诗文的结构表达了自己情感'的方法先是得到你的肯定，紧接着，因为你发现……发现什么来着？哦，对了，发现他'试图用华丽庸俗的辞藻表达真实的感情，为符合韵律学而扭曲自己的激情'。于是你又立刻否定了他。哪种说法更对呢？我并不想吹毛求疵，可是你在同一段话里对同一节诗做出这样相互矛盾的评论，真让人匪夷所思。"

"我不想再说下去了……如你所知，文学有其自身的生命。你不能仅仅是为了达到自己的目的，就这样……粗暴地对待它。对不起，我是不是对你不公平？"

有人敲门。

"马上就完，"他大声说道。

我用手帕捂着嘴，使劲咳嗽了几声，然后看了看咳出来的东西。诺德站起身，我也站了起来。

"真的像你……？"我耸了耸肩，两眼看着地板。

他把卷子送到我面前。"你想看看吗？我还把关于你的另外一篇更让人觉得哗众取宠的文章的分析也放到里面了。你也许愿意看看。你想再看看这些卷子吗？看看你是否同意我的看法。"

我摇了摇头。

"那么好吧。我想让你在以后的九个月或者十个月里认真想想我说过的这些话。不管怎么说，我还是准备收下你。如果我不收，别人也会收，那只能更糟。不要再读那些文学评论。看在上帝的分儿上，不要再读那些所谓结构主义的玩意儿。只去读诗，

259

然后弄明白你是否喜欢，为什么喜欢。好吗？剩下的事情自然而然就解决了——但愿如此。告诉利，让他进来，好吗？"

极目远眺，牛津的地平线上，金色的石头映衬着湛蓝的天空，创造出一种虚假的宁静。我当然不会被蒙蔽。我纳闷，是什么东西使得这座城市自命不凡。如果脚踏大地，双目平视，收入眼底的也是由音像店、干洗店、银行……组成的丑陋、繁忙、杂乱无章的街头生活。一旦目光不再顺着一幢幢建筑物向上看，它和别的地方没有什么区别。可是牛津不这样认为。没有一个地方像它那样自以为是。我向车站走去的时候，没有一个人瞅我一眼。

在乔治大街，我停下脚步，放下行李箱，正了正领带。然后去做我一直想做的那件事情。我向右拐，走进格洛斯特·格林车站，问售票员到村里去的下一班公共汽车几点。十五分钟后有一班。我有点饿。这种感觉真是久违了。于是我就走进自助餐厅喝了点饮料，吃了一份培根蛋卷。然后回家。

妈妈和她的小儿子在后门走廊。她正给瓦伦丁擦皮鞋。瓦伦丁抠鼻子。两只手双管齐下，似乎为了让两个鼻窟窿觉得他没有偏三向四。他们俩淡淡地问候了我一句，就好像我刚到商店买东西回来。

"哈啰，"我说，"我刚去面试。我考上了！……我被录取了！牛津大学！"

瓦伦丁无动于衷，一边抠鼻孔，一边吃着什么。妈妈说：

"太棒了！不是吗？"

"当然！"

"你父亲……瓦伦丁，别那样……一定会很高兴。"

"他什么时候回来？"

"他说，大约六点。哦，查尔斯，午饭不多，因为我担心……"

"没关系。我自己做点就是了。"

我到楼上，开始写"给雷切尔的信"。我花了三个小时。现在誊写得清清楚楚，放在眼前：

我最亲爱的雷切尔，

我不知道别人是如何绞尽脑汁写这样一封信的。因为能写这种信的人都是懦夫、臭狗屎、不诚实的人。所以我只能尽量坦诚一点，将这三者最小化。几个星期之前，我就觉得对你的感觉发生了变化。我说不准那是一种什么样的感觉，但是总是挥之不去，也不会再变成任何别的感觉。我不知道为什么发生、如何发生这样的变化，只知道一旦发生，这便是世界上最让人伤心的事情。

发生变化的是我，不是你。我希望你觉得（就如我觉得那样）我们这一段恋情是值得的，或者事实将证明是值得的。请你原谅。你给予我的爱是我有生以来得到的最重要的东西。

查

这封信里语法错误比比皆是，一会儿现在进行时，一会儿过去时。也许有的地方略显拘谨，而有的地方又稍嫌刻板……更谦虚有余。我始终吃不准有些用法是太过流行抑或是非常的罗伯特·弗罗斯特[1]化。不过就我所知，雷切尔不是一位很挑剔的读者。

我又写了一遍，做了些小小的改动。给科科的回信没有改。

往前门走的时候，电话铃响了。是找我的。我把信封放到门厅的小桌上，生怕弄脏。

"情况怎么样？"

"哦，很好。考上了。"

"……你听起来怎么好像不太高兴？"

"哦，还真有点……"

"……你怎么不回家？"

"我也不知道。觉得心烦。"

"……你什么时候回来？"

我咬了咬牙，"说不上。我觉得……我也说不上为什么，怪怪的。"

雷切尔似乎倒吸了一口凉气。"查尔斯，怎么了？"

"对不起，面试不太顺利。和我想象的不大一样。"

"可你被录取了呀！"

"是。有你妈妈的消息吗？"

"有呀。她今天早晨还来过电话。她几乎是向我道歉了。今天下午阿奇来接我。我想我最好还是回去吧，你说呢？"

"回去吧。眼下这是求之不得的事情。真对不起。别为我担心。我很可能明天回去。如果没有回去会给你打电话的。好吗？

---

1 罗伯特·弗罗斯特（1874—1963）：20世纪最受欢迎的美国诗人之一，并被誉为"美国文学中的桂冠诗人"。

我爱你！拜拜！"

　　向村里走去的时候，我脑子里一片空白，几乎没有什么想法。我对乡村致以崇高的敬意，但是无法从它的安谧中找到同情，也无法从它的宁静中看出责难。通常，那条路会让我想起许多往事。十岁时满面春风跑着去赶前往牛津的公共汽车，处于青春期那个胖乎乎的男孩儿到处乱走（比如因为生闷气），或者跑到树林里手淫。那个小青年在夏天的傍晚很潇洒地阅读丁尼生，或者想用生了锈的气枪打鸟。或者躲在树篱后面和杰弗里一起抽烟，然后在壕沟里大声咳嗽。但是现在的我神情茫然地走着，再也找不到童年的足迹。

　　布兰德巴听说我考上牛津大学的好消息后，跟我喝了几杯酒表示祝贺。我和他，还有他的妻子聊了二十分钟，口袋里还装着那两封信。"东道主"家又"破裂了几条血管"——布兰德巴太太失去了母亲、两颗门牙，第三颗也正让她烦恼不已。不过总体上看，他们二位都没有多大变化。我好像离开这儿好多年。不，不是"年"，是"天"？也不是"天"。我好像离开三个月了。

　　去过这个小邮局之后，回家的路上那种空空荡荡的感觉被一种莫可名状的东西替代。走近小巷的时候，树木轻轻摇曳，绞着手欢迎我，进家门的时候，风呼啸着似乎为我喝彩，两行清泪慢慢地流下脸颊。


　　《致父亲的信》——一份多么出色的文件。明白易懂而又不乏精巧敏锐，执着坚持而又间以牢骚抱怨，合乎情理又充满想象。高雅？是的。艳丽？不是。啊，诺德之流要是能读到这封信就好了。唯一的问题是，我拿它怎么办？

事实上，这个老家伙直到星期二，今天早晨才露面儿。我拿着信去书房见他——这种机会极其罕见。

"我已经通过面试，被牛津大学录取了。"

父亲看起来真诚地为我高兴。他走过来，拍了拍我的肩膀，这是好多年以来我们父子二人唯一的肢体接触。我不由得涨红了脸。

"很遗憾，现在喝酒庆贺还有点早，"他说。

"是的。情况是——并不是举杯祝酒不重要——只是我在想，我是否应该去上第二志愿报考的学院。我知道比不上这个学院，可我不喜欢面试我的那个老师。他满脑子馊主意。他说'有希望'。"

"有希望？可是……"

"不，他是说'有希望'这个词。我自个儿感觉良好。"

他脸上露出微笑。就像站在诺尔曼家楼梯上微笑，站在浴室外面的走廊里微笑，以及以前无数次微笑那样。笑我的情绪，笑我对问题的看法。我让他签字，向校方说明我为什么不愿意参加体育锻炼时，或者每一次显露出我的古怪、偏执时，他都这样微笑。但我现在什么都不在乎了。

"哦，"他说，"他答应给你奖学金了吗？"

我说现在还没有把握。

"也许他的意思是，别的学院想要你。他想在别人抢走你之前，先录取你。我觉得可以这么说。"父亲笑了起来。我觉得我也应该跟着他笑才对。

"他确实说过，如果他不要我，别人就会要。"

"这么说，他也许会给你奖学金。在这种情况下，我可以给老赫伯特爵士打个电话，问问他有什么建议。好吗？"

"太好了。"

接下去是一阵沉默。不过气氛很轻松。

"哦，爸爸，别认为我要故意和你为敌。我也不是因为任性才问你这事儿。可是我想知道，你和妈妈的事到底打算怎么办？我不是对你发难，只是想知道。我知道，我一直……可是我觉得现在对这种事情更理解了。"

父亲坐了下来，示意我也坐下。他双腿交叉，十指也交叉着放在腿上，看起来很警惕，似乎在估量我是否真诚。然后脑袋向后一仰，戈登·海威开口说话了：

"我打算在瓦伦丁长大成人之前和你妈妈待在一起。可能……很可能更长一点。但最大的可能是，永远不会分开。"

"你没有想过离婚？"

"到现在还没有。你知道，这是一件很昂贵且复杂的事情。不经过深思熟虑，不能贸然行事。你知道，婚姻总是一件需要相互妥协的事情。我敢保证你现在已经认识到这一点。任何长期的关系都需要相互妥协让步。而认识到这一点，并不需要一个漫长的过程，查尔斯。不，我希望你母亲和我永远不要离婚。"他很谦恭地耸了耸肩。"离婚成本太高，而且到了我这个年纪，也没有什么必要了。"

这话似乎有点危言耸听。可是我想，年轻人最容易癫癫狂狂做出的错事之一就是，总感觉到有一种力量压迫他去破坏，去颠覆，去嘲笑老年人瞻前顾后，自己做什么事情也不愿意妥协。总是试图寻找一个艰难的突破口，等等。当你不必看到什么例证，就真正懂得理想主义其实比百无一用更糟的时候，你就明白自己并不比别人强多少。十八九岁的年轻人通常总是喜欢把自己的行为从他对别人行为的看法中分离出来，而我已经没有多少道德力量留给自己了。

除此而外，明天我就二十岁了。我要理理发，穿上裤脚带翻边儿的裤子，浅褐色羊毛衫，羊毛袜子，拷花皮鞋。

"我明白了，"我说，"听起来很有道理。"

"你的事儿呢？"

"什么事儿？"

"和你那个小女朋友相处得怎么样啊？"

他在"和"与"你"之间停顿了一下。我有点惊讶，几乎是感动。不是因为他提的这个问题，而是因为他提问表示关心这一事实。

"结束了。我没兴趣了。原因很多。"

他摸着面颊。"是呀，这种事当然总是很遗憾。但是，不要沮丧。来来去去，都是一种经历。"

"你在告诉我，都是一种经历，没错。可是为什么……"我觉得拙嘴笨舌，就像一个好演员碰上坏台词。"来的时候那么慢，去的时候又那么快？"

父亲哈哈大笑起来。"我的好儿子，我要是知道这个问题的答案，我就是最幸福的人了。"他双手拍了一下大腿。"很高兴我们能聊这么多。消除了误会。晚饭见？"

"大概会吧。我有好多事情需要提前做。写信，还有别的事情要做。"

"当然。"

我二十岁前的倒数第二个"经历"发生在下午六点半，将近五个半小时前。我去了一趟小酒馆，买了两瓶酒，两个口袋里各装一瓶。正要推开前门进家，就听见砂砾小道上传来汽车轮胎轧过的声音。我等待着，这似乎是我最没料到的事情。我回转身，车灯照亮了车道拐弯的地方。

是一辆红色"捷豹"。雷切尔戴着墨镜注视着我。德福瑞斯特是个很敏锐的人，他没有看我，与摆在门廊的一个石瓮擦肩而过。

"哈啰，"我说。

德福瑞斯特选择待在车里。

我一声不响，把雷切尔领到我的房间，好像办公事一样。她在床上坐下，从放在膝盖上的手提包里摸出一支香烟。我发现自己既不惊讶，也不害怕，但我假装既惊讶又害怕。

"你收到我的信了？"

"是的，收到了。"她想做出一副多管闲事的样子，似乎我的信威胁她必须走什么法律程序，而她满不在乎一样。"是的。我收到了。所以才来这儿看你。你认为你能……"

她支支吾吾，低下头，手里拿着一团揉皱的耐斯克里斯牌纸巾，扶了扶太阳镜。她的身形仿佛从我的眼前退去。

我走过去，从废纸篓里拣起一个烟头。烟头上有褐色的污渍。我怀着一种试验精神舔了一下那块污渍，一股烟灰缸味儿。

我把烟头扔了回去。但我仍然觉得这是一次不无冒险的"性感之旅"。

我耐心地等待她哭泣，这样我就可以逃脱她那痛苦的凝视目光。

"为什么？"她咽了一口吐沫说，"你为什么要这样做？"

她抽了抽鼻子。

"我也不知道。但是我就想这样做了。对不起。"

"可是……"她摘下太阳镜，那双动人的眼睛又出现在我面前。她在哭，我凑到她身边。雷切尔用纸巾擦着眼睛，然后伏在我的肩膀上，又用纸巾擦面颊上的泪水。"你那封信真让人害怕，"她颤抖着说。

我动了动。

"什么让你害怕？我可没有想让你害怕的意思。怎么回事呀？"

她摇了摇头。

"是信的内容还是信的口气？我已经意识到可能写得太短了点，甚至唐突无礼。可是……那是因为写这封信的时候，我心里非常难受，不想写得太长。"

"冷冰冰的，"她说，好像回忆起在冰岛度过的假期。

我继续说："是啊，经历了我们经历的一切，"我咳嗽了几声，"或许以后什么都是冷冰冰的了。"

三分钟后，我又从废纸篓里找出那团粘着雷切尔睫毛膏的纸巾。这团纸在浸透了我的鼻涕眼泪的纸巾下面。我仔细看了一会儿，让它无声无息从我手里掉下去。现在，我用《致父亲的信》把它盖上。

"可是，雷切尔，我一直在想，而且确信，我给不了你喜欢
和需要的东西。我不知道，也许德福瑞斯特可以。"

他要是不叫这样一个可笑的名字就好了。

雷切尔从纸巾上方狠狠地瞪了我一眼。我心里想，最好也开
始哭吧。但是这样做不但于事无补，反而只能使问题复杂化。

"我能说什么呢？"我问道。

我希望她走，她待在这儿我什么也想不明白。我希望她走，
留下我一个人安安静静地为逝去的一切哀伤。

五分钟以后，她走了。离开的时候，没有说任何关于我的
话，没有问我是否知道会给自己惹来什么麻烦，更没有说我会遭
到什么报应。不过她留下一件礼物，一件非常有意义的礼物：注
释本"布莱克"。

这让我想起，我还没送过她什么，送过吗？

六点五十到六点五十五，我惊厥发作，看到星星。我干呕，
干哭。我想，我又犯了惊厥，我在看天上的星星。

七点钟，我觉得好了许多，开始考虑牛津大学和参加短篇小
说大赛的事。

现在，我走到书桌跟前，从抽屉里拿出一沓还没有开封的四
开大的纸。我在想，我能成为一个什么样的人呢？我写道：

　　露丝从梳妆台镜子里看见她那个傻头傻脑的泰迪熊和丑

八怪木偶娃娃靠在枕头上，从背后凝视着她。她把信装到信封里，把信封放回抽屉里。她低头看了看那一堆无可救药的、毫无用处的化妆品，又抬起头。她俯身向前，用手指摸着下巴上那个几乎看不见的小包，脸上露出微笑，心里想，如果这不是来月经前的征兆……又会是什么呢？

我读了一遍这段话。又读了一遍。没有什么真正的说服力。

我向窗口走去，注意到已经十二点了。我在椅子上坐下，一条腿搭在扶手上，又给钢笔灌满了墨水。

Martin Amis
**THE RACHEL PAPERS**
Copyright © 1973 by Martin Amis
Simplified Chinese edition copyright：
2023 SHANGHAI TRANSLATION PUBLISHING HOUSE（STPH）
All rights reserved.

图字：09－2013－385 号

**图书在版编目（CIP）数据**

雷切尔文件/（英）马丁·艾米斯（Martin Amis）
著；李尧译.—上海：上海译文出版社，2023.10
（马丁·艾米斯作品）
书名原文：The Rachel Papers
ISBN 978－7－5327－9404－1

Ⅰ.①雷⋯　Ⅱ.①马⋯②李⋯　Ⅲ.①长篇小说－英
国－现代　Ⅳ.①I561.45

中国国家版本馆 CIP 数据核字（2023）第 167950 号

**雷切尔文件**
［英］马丁·艾米斯　著　李　尧　译
责任编辑/龚　容　装帧设计/董茹嘉

上海译文出版社有限公司出版、发行
网址：www.yiwen.com.cn
201101 上海市闵行区号景路 159 弄 B 座
杭州宏雅印刷有限公司印刷

开本 850×1168　1/32　印张 9　插页 6　字数 149,000
2023 年 10 月第 1 版　2023 年 10 月第 1 次印刷
印数：0,001—3,000 册

ISBN 978－7－5327－9404－1/I·5875
定价：79.00 元

本书中文简体字专有出版权归本社独家所有，非经本社同意不得转载、摘编或复制
如有质量问题，请与承印厂质量科联系调换。T：0571－88855633